META FRIEDRICH

Salbeirausch

BERAUSCHEND Ein herrlicher Sommer hat in Lübeck Einzug gehalten, als Hauptkommissar Jan Knutsen zum Beidendorfer See gerufen wird. Passanten haben dort eine Frauenleiche entdeckt. Es handelt sich um Hannelore Dutt-Winter, die Direktorin einer Lübecker Schule. Die Gerüchteküche im Kleingartenverein Radieschenheim bringt schnell zu Tage, dass diese sich gern Feinde machte. Währenddessen scheint es für Margreta Mai nur ein Thema zu geben: Salbei! Sie kocht mit ihm und versucht ihn sogar mit Pinsel und Farbe auf die Leinwand zu bannen. Eines Abends steht jedoch Margretas Tochter Marjolein mit gepackten Koffern vor der Tür. Margreta erfährt, dass ausgerechnet Knutsens Ermittlungen für den ersten Ehestreit zwischen Marjolein und Knutsens Sohn Ole gesorgt haben. Sie beschließt, sich nicht länger aus dem Fall herauszuhalten. Als sie dann auch noch herausfindet, dass die Tote in ihren letzten Stunden Salbeibier konsumiert hatte, ist Margretas Interesse endgültig geweckt.

Meta Friedrich ist das Pseudonym der Autorin Meike Schwagmann. Die gebürtige Lübeckerin studierte in Wuppertal und Saarbrücken und lebte zeitweilig in Frankreich und den USA. Heute wohnt sie mit ihrer Familie in Hessen und arbeitet als freie Autorin und Journalistin. Neben mehreren Kurzgeschichten hat sie zwei Romane im historischen Genre veröffentlicht und wurde im Jahr 2015 für den HOMER-Literaturpreis nominiert. Mit ihrer Gartenkrimi-Reihe um die Kleingärtnerin Margreta Mai kehrt die Autorin an Norddeutschlands Küste zurück. Eine Herzensangelegenheit, wie sie meint.

Bisherige Veröffentlichungen im Gmeiner-Verlag
Radieschenheim (2016)
Die Seelenwärter (2014)
Die Schädeljäger (2012)

META FRIEDRICH

Salbeirausch

Der 2. Fall für Margreta Mai und Kommissar Jan Knutsen

Ausgewählt von
Claudia Senghaas

Besuchen Sie uns im Internet:
www.gmeiner-verlag.de

Im Ehnried 5, 88605 Meßkirch
Telefon 07575/2095-0
info@gmeiner-verlag.de

1. Auflage 2017

Lektorat: Teresa Storkenmaier
Herstellung: Julia Franze
Umschlaggestaltung: U.O.R.G. Lutz Eberle, Stuttgart
unter Verwendung eines Fotos von:
© VICUSCHKA / photocase.de
Druck: CPI books GmbH, Leck
Printed in Germany
ISBN 978-3-8392-2011-5

KAPITEL 1

Margreta Mai überhörte das Knurren. Vielleicht, weil sie ihren Dreibeinhocker zum Knarzen brachte, während sie sich millimeterweise auf seiner ledernen Sitzfläche nach vorn beugte. Vielleicht, weil ihre Aufmerksamkeit ganz allein dem Wilden Salbei gehörte, der zu ihren Füßen wuchs. Sie starrte bereits minutenlang darauf und konnte sich dennoch nicht sattsehen.

»Welch ein Meisterwerk!«, murmelte sie, als es der vorbeifahrende Zug aus Ratzeburg schaffte, sie aus ihrer Konzentration zu reißen. Sie war noch ganz betört vom ausgiebigen Studium von Form und Farbe des Salvia pratensis, als sie sich auf ihrem Dreibeinhocker aufrichtete und das Kreuz weit durchstreckte. Sie blinzelte ein paar Mal in den Lübecker Sommerhimmel, bevor sie ihren Blick wieder senkte.

Erst jetzt nahm sie den Hund wahr. Er kam direkt auf sie zugestürzt.

Sie zuckte reflexartig zurück. Ihr Dreibeinhocker klappte zusammen. Margreta landete rücklings im Wiesengras.

Der Skizzenblock, der auf ihrem Schoß gelegen hatte, flog hoch in die Luft und knallte mit einer Ecke hart auf ihren Oberarm.

Sie rappelte sich hoch, sah zum Hund. Er war angeleint. Zum Glück. Der Hund sprang immer wieder in sein Halsband. Mit breiter Brust und wütendem Gebell versuchte er, zu Margreta zu kommen.

»Verdammt!«, entfuhr es Margreta.

Sie konnte nicht glauben, was ihr passierte. Sie war noch nie Opfer eines Hundeangriffs geworden. Sie, die sich rühmte, von einem Hund noch nicht einmal angebellt worden zu sein!

Im Gegenteil, bislang hatte sie fest daran geglaubt, eine magische Wirkung auf des Menschen besten Freund zu haben. Es gab bisher keinen, der sie nicht schwanzwedelnd begrüßt hatte, ob sie ihn nun kannte oder nicht.

Dieser Hund sollte sie an diesem herrlichen Sommertag eines Besseren belehren!

Es war nur etwa eine Stunde her, als Margreta ihren alten Golf durch die Siedlungsstraßen rechtsseitig der Vorrader Straße gelenkt hatte, um zu einem besonderen Wiesenblumenstreifen am Fußweg zur Berliner Allee zu gelangen. Er lag gleich hinter den Bahngleisen neben einer eingewachsenen Wiese.

Sie hatte den Tipp von einer der Kleingärtnerinnen bekommen, die sich in Lübeck für die Pflanzung von Wiesenblumen an öffentlichen Plätzen starkmachte. »Das ist ganz wichtig für unsere Artenvielfalt!«, hatte sie betont, und Margreta hatte ihr Engagement bewundert.

Neugierig wurde sie erst, als sie hörte, dass unter den ausgesäten Wiesenblumen auch der Wilde Salbei wuchs, ein für Schleswig-Holstein untypisches Wiesenkraut, für Margreta ein altbekanntes. Denn wie im übrigen Deutschland war es auch in Hessen weitverbreitet. Und dort hatte Margreta die ersten 30 Jahre ihres Lebens verbracht.

Margreta hatte aus zweierlei Gründen Interesse am Artverwandten das Gartensalbeis. Zum einen war sie in diesem Sommer sowieso ganz auf den Salbei gekommen: Sowohl in der Küche als auch bei der Neugestaltung ihres Kräutergartens spielten verschiedenste der unzähligen Salvia-Arten eine Rolle.

Zum anderen suchte sie eine ganz besondere Blüte für den Sommermalkurs »Blühende Landschaften« der Kunstschule, zu dem sie sich in diesem Jahr angemeldet hatte. Warum den Salbei nicht auch auf die Leinwand bringen, hatte sie sich schon in ihrem Garten gedacht. Als sie von der wild wachsenden Sorte gehört hatte, war sie sofort Feuer und Flamme gewesen. Sie erinnerte sich an deren wunderschöne Blüte. Und sie hatte sie auf Anhieb wiedererkannt. Ein besonders eindrucksvolles Exemplar entdeckte sie neben einem Trampelpfad, der an dieser Stelle Zugang zur ansonsten eingezäunten Wiese bot und zu einem baufälligen Schuppen führte. Dieser rottete im Schatten einer Eiche vor sich hin.

Nun stand sie neben dieser prächtigen Blüte und hatte keine Zeit für sie, denn sie musste ihre Haut retten.

Zum Glück ist er angeleint, dachte Margreta. Sie hoffte, das Mädchen hinter ihm hatte ihn im Griff. Er war nicht allzu groß. Beste Straßenmischung. Sein Fell war grau und braun gescheckt. Sein Bellen und Knurren ging Margreta durch Mark und Bein.

»Nun nimm den Hund endlich weg!«, befahl sie dem Mädchen, das mit erschrockenem Gesichtsausdruck am anderen Ende der Leine hing.

Es versuchte zwar, sich mit aller Kraft in den Boden zu stemmen, um den Hund am Vorpreschen zu hindern, dennoch kam die wütende Bestie Stück für Stück näher.

»Entschuldigung«, rief das Mädchen. »Günni! Jetzt komm her!«

Margreta schluckte. Mit dem dünnen Stimmchen konnte es den Hund kaum zur Räson bringen. Und dann hieß er auch noch Günni! Wer kam auf die Idee, einem Hund den Namen Günni zu geben?

»Günni!« rief Margreta. Sie musste dem Kläffer selbst Respekt einflößen.

Doch Günni machte unbeirrt weiter.

»Hast du den Hund neu?«, fragte Margreta.

»Ja«, antwortete das verängstigte Mädchen, das nun auch noch anfing zu heulen. Dabei wurde es gleich noch einmal ein ganzes Stück nach vorn gezogen. »Er ist aus dem Tierheim.«

»Hmm«, machte Margreta, während sie sich bückte, um Zeichenblock und Dreibeinhocker in ihre Tragetasche zu werfen. Es war nur eine Frage der Zeit, bis Günni sie erreicht hatte. Zudem befürchtete sie, dass sich der Hund losreißen könnte. »Ich nehme an, ihr lernt euch gerade kennen?«, fragte sie.

»Hmm«, machte das Mädchen, was Margreta ein »Ich habe es befürchtet« entlockte.

»Du musst ihn ganz kurz nehmen!«, wurde Margreta nun lauter, während sie sich hektisch umsah. Sie musste ihre Fluchtmöglichkeiten einschätzen. Würde sich der Hund losreißen, wäre jedes Weglaufen sinnlos. Günni hätte sie schnell wieder eingeholt. Sie sah zum Schuppen. Wenn sie Glück hatte, konnte sie dort Zuflucht finden.

»Ich … ich kann nichts tun. Er ist zu stark.«

Zu stark! War das kleine Würstchen Günni etwa mit Superkräften ausgestattet? Margreta stieß genervt die Luft aus. Dennoch musste sie dem Mädchen recht geben. Besser, sie verließ sich nicht auf seine Kräfte.

Margreta entdeckte einen Stock im Gras. Sie hob ihn auf.

Der Hund verstärkte sein Knurren.

»Sie wollen Günni schlagen?«, rief das Mädchen erschrocken. »Er ist wirklich ganz lieb!«

»Ganz lieb?« Die Äußerung des Mädchens entlockte Margreta ein Auflachen. »Dann meine ich aber, dass Günni sich heute ganz besonders gut verstellt! Wie heißt du überhaupt?«, fragte sie und hob den Stock in die Luft.

»Lisbeth«, antwortete das Mädchen.

Margreta nickte, während sie weiter auf den wütenden Günni starrte.

»Lisbeth, pass auf! Ich werfe den Stock gleich in deine Richtung. Mit Glück wird Günni davon für einen Moment abgelenkt. Dann ziehst du, so fest du kannst!«

»Ist gut«, sagte Lisbeth. Margreta sah, dass sie versuchte, sich breitbeinig hinzustellen.

Margreta bückte sich und ließ den Stock kreisen. Günni bellte noch wütender. Dann warf Margreta den Stock über die beiden hinweg.

Günni zuckte zusammen und hörte damit tatsächlich für einen Moment auf zu ziehen. Lisbeths Kraft reichte nun aus, Günni ein Stück zurückzuziehen.

Margreta ergriff die Chance und lief auf den Trampelpfad Richtung Schuppen. Auf der Vorderseite war ein Doppeltor eingelassen. Da dort ein dickes Vorhängeschloss hing, ließ sie es rechts liegen. Auf der Rückseite gab es eine Tür. Sie drückte den Eisengriff herunter. Der Riegel, der darüber lag, war bereits zurückgeschoben. Leider ließ sich die Tür nicht öffnen.

»Mist!«, entfuhr es Margreta. Sie rüttelte noch einmal. Schließlich gab sie auf.

Gleichzeitig bemerkte sie, dass ihr Rettungsmanöver offenbar geglückt war. Sie hörte Günni noch kläffen, doch er wurde immer leiser. Lisbeth hatte ihn wieder in den Griff bekommen. Margreta wartete ein Weilchen, dann wagte sie sich zurück auf den Fußweg.

»Du malst?«, fragte Hauptkommissar Jan Knutsen noch am gleichen Abend. Er wirkte überrascht. Für diese Frage hatte er sogar seine akribische Suche nach jedem noch so kleinen Stück Paprika in Margretas Gulasch unterbrochen. Seine Gabel ließ er in seine bisherigen Fundstücke sinken, die er an den Tellerrand geschoben hatte.

Margreta hatte ihre Tochter Marjolein und deren Mann Ole zu einem Abendessen ins »Radieschenheim« eingeladen. Hauptkommissar Knutsen war einfach mitgekommen. Unangekündigt.

Als Schwiegervater von Marjolein sah er es als selbstverständlich an, dass er nicht fragen musste. Margreta hätte damit leben können, dass er sich selbst einlud, würde er nicht ständig an ihren Kochkünsten herumnörgeln. Für seinen Geschmack verwendete sie entschieden zu viel »Grööntüch« im Essen. Und dies ließ er sie regelmäßig wissen.

»Ja, ich male! Was dagegen?« Margreta sah ihn angriffslustig an.

»Nein, nein«, beschwichtigte dieser. »Um Gottes willen!« Er stocherte schon wieder im Essen herum. »Ich habe es nur nicht gewusst.«

»Mama hat sich zu einem Kunstkurs angemeldet. ›Blühende Landschaften‹«, erklärte Marjolein.

Knutsen hüstelte.

»Was?«, fragte Margreta scharf in seine Richtung.

»Na ja, besser auf der Leinwand als im Kochtopf!«, sagte er grinsend, während er sein Gulasch weiter untersuchte.

»Papa! Du kannst es echt nicht lassen!« Ole schüttelte den Kopf, während Marjolein die Augen verdrehte.

»Was denn?« Knutsen blickte unschuldig auf. »Sie hat nachgefragt!« Dann fasste er in seine Hemdtasche, zog eine Lesebrille heraus und setzte sie sich auf die Nase. Als er sich wieder über den Teller gebeugt hatte, schrie er schon bald »Ha!« und schob mit der Gabel einen weiteren Paprikaschnipsel aus der Soße.

»Paprika sind nicht giftig!« Margreta wollte Knutsens Tellerstocherei eigentlich ignorieren. Doch was zu viel war, war zu viel. Sie funkelte ihn böse an.

»Für mich schon!«, verteidigte sich Knutsen. »Ich habe danach immer so ein Ziehen im Bauch.«

»Pure Einbildung!«, entgegnete Margreta.

»Wie kann ich mir Bauchschmerzen einbilden?«

»Wenn du Bauchschmerzen hast, solltest du von diesem Salbeieistee trinken.« Sie schob ihm die Karaffe mit dem eiswürfelgekühlten goldfarbenen Getränk hinüber.

»Ich bin doch nicht verrückt!«, sagte er und schob sie mit angewiderter Miene zurück. »Salbei *macht* Magenschmerzen!«

»Aber nicht in dieser Menge! Du bist einfach krüsch, das ist alles.«

»Papa!«, sagte Ole.

»Mama!«, sagte Marjolein.

»Ist ja schon gut!«, kam es fast gleichzeitig aus den Mündern von Margreta und Knutsen.

»Erzähl lieber von deinem Malkurs, Mama. Mich interessiert das wirklich.« Marjolein angelte nach dem Salbeieistee.

»Was soll ich denn da erzählen?«, fragte Margreta und schob ihn ihr hinüber.

»Was macht ihr? Wer ist dein Lehrer?«

»Mein Lehrer?« Margretas Augen begannen augenblicklich zu leuchten. »Hans Junker natürlich!«

Niemand reagierte.

»Ihr kennt Hans Junker nicht?« Margreta sah entsetzt in die Runde.

»Nein«, kam es von Ole und Marjolein.

»Wüsste nicht, warum ich den kennen sollte. Oder hat er sich in meiner Verbrecherkartei verewigt?« Der Hauptkommissar grinste.

Margreta zog eine Schnute. »Banausen!«

Knutsen grinste. »Wer ist er denn nun, dein Mallehrer? Ist er berühmt?«

»Oh ja!« sagte Margreta und sah bedeutend in die Runde. »Er ist ein großartiger Künstler mit internationalem Ruf. Er wurde mit dem renommierten Lemaire-Preis ausgezeichnet!«

Ole und Kommissar Knutsen sahen sich an und zuckten mit den Schultern.

Marjolein hingegen schien der Name etwas zu sagen. »Der Lemaire-Preisträger? Bei dem hast du den Kurs belegt? Er ist gerade Gesprächsthema Nummer eins bei uns im Lehrerzimmer, weil unsere Rektorin ihn für einen Vortrag an unserer Schule verpflichten konnte. Seinetwegen hatte die Dutt-Winter den Termin mit mir am Freitag abgesagt.«

»Na, wenn seine Kunstfertigkeiten für deinen Grundschulunterricht von Vorteil sind, kann es mit ihm ja nicht weit her sein.« Knutsen lehnte sich zurück, strich sich über seinen vollen Bauch und grinste.

»Aber klar, Jan. Deine vielseitigen Erfahrungen helfen dir ja genauso in deinem Beruf, auch einen leichten Fall schnell aufzulösen«, erklärte Marjolein mit ihrer üblichen Engelsgeduld gegenüber ihrem Schwiegervater. »Selbst wenn es während des Vortrags nicht um Methoden für den Kunstunterricht geht: Warum sollten die Tricks eines großen Künstlers nicht hilfreich sein, den Kleinsten die Kunst schmackhaft zu machen? Oder den Benachteiligten? Die Schulung befasst sich mit dem Thema, wie Kunst als Interdisziplin im schulischen Alltag bei Lernbehinderungen positiv eingesetzt werden kann.«

»Das klingt interessant«, sagte Ole.

»Na, wenn der Künstler sich damit auskennt«, sagte Knutsen, und es klang, als würde er es bezweifeln. Er griff zu seinem Handy und sah kurz drauf, legte es aber gleich wieder weg. Offensichtlich gab es nichts Spannendes darauf zu sehen.

Margreta legte ihr Besteck auf den Teller. »Da musst du unbedingt hingehen, Marjolein!«

»Ja, habe ich mir auch schon überlegt«, sagte die und nickte.

»Und was macht ihr in eurem Kurs? Auch so was Theoretisches?«, fragte Ole. Er füllte sich einen Löffel voll Bohnen auf seinen Teller, was Margreta wohlwollend zur Kenntnis nahm.

»Unter dem Oberbegriff ›Blühende Landschaften‹ malen wir Ausschnitte von Blüten, um ihren Ausdruck zu studieren.«

Knutsen bedachte Margreta mit einem Blick, als hätte sie erzählt, sie würde neuerdings in der Badewanne übernachten.

»Es geht um die Ausdruckskraft des Schwunges, um genau zu sein. Die Blüten dienen uns als Beispiel aus der Natur.«

»Wow!«, sagte Marjolein. »Das hört sich wirklich toll an.«

»Malt ihr in der Natur oder habt ihr Vorlagen?«, fragte Ole, der nun ebenfalls sein Besteck beiseitelegte.

»Tja, das ist so eine Sache«, sagte Margreta. »Junker hält allein das Original für eine optimale Vorlage. Da der Kurs jedoch abends stattfindet, können wir nicht rausgehen. Deshalb möchte Junker, dass jeder seine Blüte außerhalb des Kurses in der Natur studiert. Wir sollen Skizzen anfertigen. Und dann während der Stunde mit Fotos der Blüten arbeiten. Ein Kompromiss. Anders geht es nicht.«

In dem Moment meldete sich Knutsens Handy. Und während er danach griff, sah er zu Margreta. »Bin gespannt, welches Unkraut du auf deiner Leinwand verewigst!«

Dann nahm er den Anruf entgegen. »Ja, was gibt's, Magnus?« Knutsen kam bei seinem Kollegen Fink wie gewohnt direkt zur Sache. Lange Begrüßungsfloskeln waren nicht seine Art.

»Wo, sagst du? In Beidendorf? Am See? Ich komme sofort!«

Alle hatten aufgehorcht, als sie Knutsen vom Klempauer Hofsee sprechen hörten. Der See war in Lübeck besser unter dem Namen Beidendorfer See bekannt. Es war ein beliebter Badesee im Sommer. In einem abgetrennten Bereich hatte ein Angelverein sein Zuhause. Was Margreta, Marjolein und Ole jedoch in Aufruhr versetzte, war, dass Beidendorf der Nachbarort von Wulfsdorf war, dem Zuhause von Margreta.

»Ich bin gerade im ›Radieschenheim‹ und gleich da!«, sagte Knutsen, beendete das Gespräch und stand auf. »Ihr entschuldigt mich, die Pflicht ruft«, informierte er Margreta, Marjolein und Ole und wandte sich Richtung Ausgang. »Und danke fürs Essen, Margreta«, rief er, als er schon halb zur Tür hinaus war. »Ich hoffe, ich habe heute nicht Pech und du hast einen Nachtisch ohne Hokuspokus vorbereitet.«

Margreta überhörte die Stichelei. »Was ist am Beidendorfer See?«

»Angler haben eine Leiche im Wasser gefunden.« Die Tür fiel ins Schloss.

»Oh nein!«, flüsterte Margreta.

»Da baden so viele Kinder!«, rief Marjolein entsetzt aus.

Ole nahm seine Frau in den Arm.

KAPITEL 2

Als Margreta am nächsten Morgen auf der Gästeterrasse des »Radieschenheims« stand und den Tau von den Sitzgruppen abwischte, kündigte sich Grete Siebenhus durch das leise Klimpern ihrer Armreife an.

»Guten Morgen, Frau Siebenhus!«, grüßte Margreta, während sie ihren Lappen über einen eingetrockneten Kaffeefleck kreisen ließ.

»Tach, Frau Mai!« Grete Siebenhus ließ sich vor Margreta auf die Bank plumpsen und streifte ihre Holzpantoletten von den nackten Füßen. Die glitzernden Pailletten, die auf ihrem olivgrünen Flattershirt in geschwungener Schrift das Wort »wild« bildeten, hatten exakt den gleichen Orangeton wie der Nagellack an ihren Händen und Füßen. »Hast du schon gehört? Die Rektorin der Vogelsangschule ist tot!«

Margreta erschrak. Marjolein machte gerade ihr Referendariat an der Grund- und Gemeinschaftsschule am Vogelsang. »Oh nein!«, sagte sie mitfühlend und hob den Lappen vom Tisch.

Die Rentnerin versuchte, eine ihrer herabhängenden silbernen Haarsträhnen zurück in ihre lockere Hochsteckfrisur zu schieben.

»Meine Nachbarin hat es mir erzählt«, sagte Grete Siebenhus, während sie weiter an ihren Haaren herumfummelte. »Sie weiß es von einer Freundin.«

»Und die kennt die Rektorin?«, fragte Margreta interessiert.

»Neeein«, entgegnete Grete Siebenhus. »Die Freundin kennt einen Arbeitskollegen ihres Cousins, der einen Sohn hat.« Grete Siebenhus ließ die Hände sinken und sah ratlos vor sich hin. »Oder war es eine Tochter?«

Margreta zuckte mit den Schultern und widmete sich wieder dem Wischen des Tisches.

»Doch, es war eine Tochter!« Grete Siebenhus stieß Margreta mit dem Fuß an. »Jetzt weiß ich es wieder, sie hatte so einen komischen Namen. Pumilla, oder so. Ich frage meine Nachbarin noch mal.«

»Pumilla war demnach mit der Rektorin bekannt?« Margreta versuchte, Grete Siebenhus wieder auf das Thema zu bringen.

»Mit der Rektorin? Aber wie kommst du denn darauf, Frau Mai?« Die Rentnerin sah Margreta an, als sei sie verrückt geworden. »Nein! Pumillas Freundin war bei der Friseuse in der Kahlhorststraße. Du weißt schon, der Salon, in dem die Chefin noch selbst schneidet.«

»Aha!«, sagte Margreta, die langsam das Interesse an der Geschichte verlor. Grete Siebenhus war dafür bekannt, dass sie sich in ihren Erzählungen verfranzte.

Margreta sah auf die Uhr. Sie musste sich beeilen, wollte sie den Salat noch vor dem Eintreffen der Mittagsgäste ernten. Für die Vorbereitungen sollte sie schon bald wieder in der Küche sein.

»Jedenfalls hat die Freundin neben einer Frau gesessen, die gesagt hat, dass die Rektorin tot ist.« Grete Siebenhus fing erneut an, an ihrer Frisur herumzuzupfen. Und je mehr sie es tat, desto mehr Haarsträhnen fielen heraus. »Also, ich stelle es mir ganz schlimm vor, im Schwimmunterricht zu ertrinken!«

»Im Schwimmunterricht? Oh mein Gott. Die armen Kinder!« Margreta schlug sich vor Entsetzen eine Hand vor den Mund.

»Wieso Kinder, Frau Mai?« Grete Siebenhus ließ ihre Haare und zog ihre grün getönte Hornsonnenbrille, die aus der Zeit stammen musste, in der »Ein Bett im Kornfeld« gerade die Hitliste der Schlagerparade erstürmt hatte, nach vorn auf die Nasenspitze und sah Margreta verwundert an. »Von Kindern hat meine Nachbarin nichts erzählt.«

»Ich dachte nur, weil Sie Schwimmunterricht sagten.«

Grete Siebenhus schob die Brille wieder zurück. »Ach so! Das hast du falsch verstanden, Frau Mai. Ich habe dir nur gesagt, dass sie da tot gefunden wurde.« Nun besah sie mit kritischem Blick ihre orange lackierten Fingernägel. »Aber gut, dass du gefragt hast. Man weiß ja, wie schnell Gerüchte entstehen!«

»Das ist wahr«, sagte Margreta und musste aufpassen, dass sie bei all dem Ernst der Geschichte nicht lachen musste.

»Also, meine Nachbarin und ich denken, sie wird einen Herzinfarkt gehabt haben«, fuhr Grete Siebenhus fort, während sie ihr Flattershirt lüftete. »Die Hitze diese Woche macht ja vielen zu schaffen!« Sie seufzte. »Und so jung war sie schließlich auch nicht mehr. Und dann noch die ganze Belastung als Rektorin. Als Frau, wenn du weißt, was ich meine, Frau Mai!« Grete Siebenhus schüttelte besorgt den Kopf, als könnte sie nicht verstehen, wie ein Mensch all das überhaupt ertragen sollte. Sie kratzte sich am Nasenflügel. »Und gemocht haben soll sie auch keiner, hat meine Nachbarin gesagt.« Dann sah sie zu Margreta.

Als diese nicht sofort auf das Ende ihrer Geschichte reagierte, beugte sie sich über den Tisch Margreta entgegen. »Geht es dir gut, Frau Mai?«

»Ja, natürlich!«, antwortete Margreta. »Eine merkwürdige Geschichte, wenn sie wahr ist.«

»Natürlich ist sie wahr!« Grete Siebenhus richtete sich empört auf. »Ich kann da meiner Nachbarin voll und ganz vertrauen!«

Margreta sah auf die Uhr. »Vielen Dank jedenfalls dafür, dass Sie mir das erzählt haben. Nur jetzt müsste ich weiter. Ich habe noch eine Menge zu tun, bis ich das Lokal öffne.«

»Ach Gott, ja, ich auch, Frau Mai!«, Grete Siebenhus rutschte in ihre Holzpantoletten und stand auf. »Wenn ich daran denke, was ich noch alles auf meinem Zettel stehen habe!«

Und eine Hand in die Luft erhoben, winkte sie Margreta zu, während sie von der Terrasse auf den Zibbelsring watschelte. Ihre Armreife klimperten noch, als Margreta sie schon nicht mehr sehen konnte.

Wenig später stand Margreta mit der Nase dicht über die Salatköpfe in ihrem Hochbeet gebeugt. Sie war auf der Suche nach Schneckenschleim und Schneckenfraß, konnte jedoch keinen finden.

»Slavek, du bist ja wirklich Gold wert«, murmelte sie, als sie sich wieder aufrichtete und zufrieden auf die prall wachsenden Köpfe blickte.

Slavek, der polnische Gärtner von Frau Steenkamp, hatte ihr das Hochbeet am letzten Montag neu angelegt, kurz nachdem Margreta bei Frau Steenkamp über ihre Schneckenplage geschimpft hatte. Diese baute zwar kein Gemüse an, hatte aber Margreta versprochen, ihren Slavek um Rat zu fragen.

»Nixe Schnecken mehr, Frau Mai! Schnecke möge keine Kupfer!«, hatte der mit breitem Grinsen und strahlenden Augen versprochen, während er ihr mit dem Prospekt des Hochbeetbausatzes »Schneckweg« vor der Nase herumgefuchtelt hatte.

Zufrieden nahm Margreta ihr Erntemesser aus dem Korb und drückte auf den Salatköpfen herum. So konnte sie die herausfinden, die sich fest anfühlten. Von diesen schnitt sie die größten dicht über der Erde ab.

Nachdem sie auch Pflücksalat und Endivie geerntet hatte, wagte sie einen vorsichtigen Blick hinter die Fliederbeerbüsche in den unteren Teil des Gartens, in dem auch ihr Kräuterbeet lag. Vorsichtig deshalb, weil sie das Bild des ehemaligen zweiten Vorsitzenden, wie er vor wenigen Monaten erst tot in ihrem Kräuterbeet gelegen hatte, wohl nie vergessen würde. Sie tauschte ihr ungutes Gefühl gegen ihre Neugier, als sie drei hingestellte Pflanztöpfe am Rande des Beetes entdeckte.

Slavek war wirklich sehr eifrig. Sie hatte den Wunsch nach mehr Salbeisorten nur erwähnt, und nun hatte er ihr bereits drei mitgebracht. Den Purpursalbei erkannte sie sofort an seiner teils violetten Blattfarbe. Auf dem Etikett des zweiten, grün belaubten las sie, dass es sich um die Sorte Ananassalbei handelte. Sie rieb ein wenig an einem der Blätter und sog anschließend an ihren Fingern den süßlichen Ananasgeruch ein. Der dritte Salbei mit den weiß-grün-rosa gescheckten Blättern musste die Sorte Tricolor sein, mutmaßte sie, und das Etikett verriet ihr, dass sie recht hatte.

Margreta freute sich sehr über die neuen Pflanzen, dennoch wusste sie, dass sie Slavek ein wenig bremsen musste. Sie hatte ihm erlaubt, ihr ein wenig zur Hand zu gehen, und konnte seine Hilfe auch gut gebrauchen. Insbesondere jetzt, da sie sich für den Malkurs bei Hans Junker angemeldet hatte. Sie merkte, dass er seine Chance nutzen wollte, um ihr zu beweisen, welch gute Arbeit er zu leisten imstande war. Das Problem war, dass Margreta auf Dauer keinen Gärtner bezahlen konnte und wollte. Was sollte sie tun? Er war wirklich ein Pfundskerl!

Sie dachte noch daran, als sie später mit ihrem Auto in die Ratzeburger Allee zum Malkurs fuhr. Von Zeit zu Zeit roch sie dabei an ihren immer noch so herrlich nach Ananas duftenden Fingern.

»Meine Liebe, meine Liebe! Nein, nein, nein! So wird das nichts. So wird deine Blüte nie zu wahrer Pracht erblühen, sondern nur ein ordinäres Abbild bleiben!«

Margreta sah zwischen dem renommierten Maler und ihrem Bild hin und her und seufzte.

»Erkennst du denn nicht, dass deine Linien nicht dem richtigen Schwung folgen? Du musst den Radianten der natürlichen Form erspüren, nur dann kann deine Blüte lebendig werden!«

Margreta trat einen Schritt von ihrer Leinwand zurück und wischte sich über ihre verschwitzte Stirn. Die Hitze des Tages hatte sich in dem Atelier der Kunstschule angestaut. Und da kein Lüftchen wehte, halfen auch die geöffneten Fenster nicht.

Hans Junker hatte ja recht. Der Salbei auf ihrem Blatt, das sie auf die Leinwand geklebt hatte und auf dem sie heute die Blütenschwünge üben sollte, war alles andere als lebendig. Sie fand zwar, dass er nicht so schlecht aussah, wie ihr Kunstlehrer tat, aber sie musste zugeben, er war nichts im Vergleich zu dem echten.

»Ich weiß nicht mehr, was ich noch verbessern soll«, stöhnte Margreta.

»Dann fangen Sie von vorne an«, sagte Hans Junker und setzte seine Sonnenbrille auf, die an einem langen Band vor seiner Brust gebaumelt hatte.

Gunnar vom Kunstkreis »Rotblaumond« warf Margreta einen mitfühlenden Blick zu. Er wartete neben seiner Staffelei, bereit, sich seinen eigenen Kommentar von Junker abzuholen.

»Ganz von vorne?«, fragte Margreta sicherheitshalber nach.

»Haben Sie je den Drang verspürt, eine echte Blüte besser machen zu wollen?«

Margreta dachte an die vielen auseinandergezogenen Blüten, die ihre Gäste ihr manchmal in den Vasen zurückließen. »Okay, ich verstehe«, sagte sie nachdenklich.

»Eben! Jede Blüte ist zwar anders, aber immer perfekt. Selbst die, die wir als fehlerhaft ansehen. Sie sind alle ein Wunderwerk, ausladend in ihrer Form ohne jede Einschränkung. Nach diesem Vorbild wollen wir unsere Blüten auch auf die Leinwand bringen. Perfekt und einzigartig.«

Sie bemerkte, wie er rücklings in den Gürtel griff und seine Hose hochzog, die ihm über den schmalen Hintern zu rutschen drohte. Dann riss sie ihr Blatt vom Block und begann von Neuem.

Wenn sie eines in den zwei Stunden ihres Sommermalkurses bereits gelernt hatte, dann, dass Hans Junker ein gnadenloser Lehrer war. »Entweder ihr wollt, oder ihr wollt nicht. Ein Dazwischen gibt es bei mir nicht. Wer da nicht mit mir d'accord geht, kann seine Staffelei räumen!«

Mit Junker über sein Urteil zu diskutieren, das schien unmöglich. Er war ein ganz besonderer Lehrer, entschuldigte Margreta seine Strenge.

Für Margreta war klar, dass sie wollte. Sie hatte all die Jahre, in denen ihre Leinwand aus Platzgründen erst im Frankfurter und anschließend im Lübecker Kellerverschlag eingemottet stand, vergessen, was ihr das Malen einmal bedeutet hatte. Es konnte sie berauschen, beflügeln, beruhigen. Alles auf einmal. In ihrem kleinen Häuschen in Wulfsdorf stand ihr der Platz reichlich zur Verfügung, trotzdem hatte sie ihre Malutensilien beim

Einzug auf den Dachboden getragen. Jetzt schüttelte Margreta den Kopf über sich.

Ja, Margreta wollte malen! Sie setzte ihren Bleistift auf das unschuldige Blatt, schloss die Augen und versuchte sich vorzustellen, mit welcher Kraft sich jedes einzelne Blatt der Salbeiblüte entfaltete.

Die Ankündigung des Kurses »Blühende Landschaften« war ihr beim Durchblättern der Zeitung direkt aufgefallen. Sie hatte zwar mit dem Namen Hans Junker nicht sofort etwas anfangen können. Nach einem kurzen Blick ins Internet aber wusste sie, sie wollte teilnehmen. Ein Lemaire-Kunstpreisträger! Das preisgewürdigte Bild hatte international große Anerkennung erhalten!

Ihre Freundin Valerie, mit der sie ihre Kindertage in einem kleinen Dorf am Rande des hessischen Vogelsbergs verbracht hatte und die ihr als Geschäftspartnerin im »Radieschenheim« half, hatte sie sofort bestärkt. »Du konntest dich früher schon so sehr in deine Malerei vertiefen, dass ich manches Mal Angst hatte, du würdest in deine Bilder hineinfallen. Melde dich bloß an, Margreta! Es wird dir guttun.«

Sie hatte Glück, als sie bei der Kunstschule anrief: Es war gerade jemand abgesprungen. Sie konnte den Platz haben.

Als Margreta ihre Augen wieder öffnete und auf die Leinwand sah, hatte sie mehrere Bögen gemalt. Sie trat einen Schritt zurück, dann wieder vor und zuletzt ganz dicht vor die Leinwand. Nein, das alles hatte nichts mit dem kraftvollen Aufblühen von irgendeinem Ding zu tun, geschweige denn mit dem prächtigen Blütenaufbau ihres Wilden Salbeis. Sie seufzte und sah in die Runde ihrer Mitstreiter. Alle wirkten angespannt und verbissen, während sie ihre Bleistifte über ihre Papierbögen zogen. Dabei wurden sie von Hans Junker umkreist. Seine Augenbrauen standen dabei auf Schlechtwetterstimmung, sodass Margreta befürchtete, die große Falte auf seiner Stirn würde nie mehr verschwinden. Nein, heute schien keiner den Schwung des großen Meisters gefunden zu haben.

Über den Ehrgeiz seiner Schüler brauchte er sich allerdings nicht zu beklagen.

Margreta blickte auf die Wanduhr. Der große Zeiger war nur wenige Minuten vor dem Stundenende angelangt. Also räumte sie ihren Platz auf und ihre Sachen zusammen und wartete, bis auch die anderen so weit waren.

»Gehen wir noch irgendwohin?« fragte der unternehmungslustige Björn, als sie gemeinsam den Raum verließen. Der Vorschlag klang für alle verlockend, jeder konnte eine Erfrischung gebrauchen. Nur Hans Junker entschuldigte sich bei seinen Kursschülern. Seine Zeit in Lübeck sei begrenzt, gab er vor. Zudem müsse er sich auf einen Vortrag konzentrieren, den er in Lübeck halten wollte.

Das Bedauern über seine Absage hielt unter seinen Schülern nur kurz an. Eine Viertelstunde später saßen sie schon vergnügt an einem der Tische vor dem Alten Zollhaus und warteten auf ihre Getränke. Bei Bier, Wein und Wasser unterhielten sie sich über die vergangene Stunde.

»Ich verstehe nicht, was daran falsch sein soll, mit einem Foto zu arbeiten!«, beschwerte sich Filibert, dessen Künstlername Margreta insofern irritierte, als er mit seinen rötlichen Haaren und seinem breiten Kreuz eher wie ein kräftiger Nordmann als ein Franzose aussah. »Ich fand, dass meine Skizze genau der Blutpflaumenblüte auf meinem Foto entsprach!«

»Es stand in der Kursbeschreibung, dass eine Blüte auszusuchen sei, die derzeit in der Natur zu finden ist«, sagte Thorsten und zuckte mit den Schultern. »Wie sagt Junker immer? *Sie müssen den richtigen Schwung am Originalobjekt studieren können!*«

»Die Blutpflaumenblüte ist nun einmal meine Lieblingsblüte. Warum soll ich etwas malen, was ich nicht mag?« Filibert versenkte seinen roten Oberlippenbart in den weißen Schaum seines Bieres.

»Es gibt im Moment herrliche Blüten! Du brauchst dich nur umzuschauen. Mein Problem ist sein mathematischer Ansatz!«, meinte Levke.

Margretas Gedanken schweiften ab. Sie erinnerte das Gespräch über Filiberts Blutpflaumenblüte an das Pflaumen-Blätterteig-Gebäck, das sie am nächsten Morgen plante zu backen. Gleichzeitig wurmte es sie, dass sie während des Kurses nichts auf der Leinwand zustande gebracht hatte. Sie überlegte, dass sie ein Stündchen des nächsten Vormittags am liebsten dem Wilden Salbei gönnen würde, den sie auf einem künstlich angelegten Wiesenblumenstreifen in der Verlängerung der Rosa-Luxemburg-Straße hinter den Bahngleisen gefunden hatte. Dort könnte sie dem *Schwung am Originalobjekt* auf die Spur gehen, nahm sie sich vor. Das Pflaumengebäck würde sie heute Abend noch in den Ofen schieben.

Margreta zog ihr Handy aus der Hosentasche und wählte die Nummer vom »Radieschenheim«. Mit etwas Glück war ihre Freundin Valerie noch dort. Sie könnte den Blätterteig aus dem Gefrierfach nehmen, das würde Margreta Zeit sparen. Niemand nahm den Hörer ab. Margreta seufzte und steckte ihr Handy wieder ein.

»Was der immer mit seinem Radianten hat. Ich konnte früher schon kein Mathe leiden«, maulte die hübsche Levke und holte Margreta damit gedanklich in die Runde zurück. »Wenn ich einen Mathekurs hätte machen wollen, hätte ich keinen Malkurs gebucht!«

Margreta hatte die Sache mit dem Radianten auch nicht richtig verstanden und nickte zustimmend in Levkes Richtung.

»Tja, da hat er sich was ausgedacht, unser Lemaire-Preisträger!«, meinte Thorsten und grinste.

»Mich irritiert schon, dass er immer seine Sonnenbrille aufhat«, merkte Levke an.

»So sind sie, die Künstler. Die Sonnenbrille ist sein Markenzeichen, habe ich gehört«, klärte sie Björn auf.

»Und ich meine, irgendwo gelesen zu haben, dass er sie immer trägt, weil seine Lider zucken«, richtete sich Levke auf.

»Wo kann man denn so etwas lesen?«, fragte Gunnar und sah sie zweifelnd an.

Levke zuckte mit den Schultern. »Das weiß ich jetzt auch nicht mehr!«

»Hat jemand mal das Bild gesehen, mit dem er den

Preis gewonnen hat?«, fragte Gunnar weiter und mühte sich, seine stämmigen Beine zu überschlagen. »Es ist wirklich fantastisch!«

»Es ist bestimmt im Internet zu sehen«, meinte Björn und zückte ein Tablet aus seiner bunt gestreiften Umschlagtasche. »Ah, da ist es ja!«, sagte er wenig später und reichte sein Tablet herum, auf dessen Display das preisgekrönte Landschaftsbild erschienen war.

»Ist schon Wahnsinn! Allein in dieser Ansicht. Weiß jemand, ob es in einer Ausstellung hängt?«, fragte Levke. »Dann könnten wir ja mal gemeinsam hinfahren.«

»Warte! Vielleicht steht hier was dazu«, meinte Thorsten, der das Tablet gerade gereicht bekam. Er brauchte nicht zu scrollen, Filibert wusste die Antwort bereits.

»Er hat es bei sich zu Hause! Irgendwo bei Wilhelmshaven. Ich habe ihn in der ersten Stunde gefragt, da ich gehofft hatte, dass wir es uns mal ansehen können.«

»Vielleicht kommt es irgendwann nach Lübeck in eine Ausstellung. Oder zumindest Hamburg.« Björn sah in die Runde. »Wir verabreden uns jetzt schon, dass wir dann gemeinsam hingehen. Wer weiß, wann das sein wird.«

»Ist doch witzig«, meinte Levke. »Vielleicht sind wir dann alle alt und grau.«

Und damit gaben sich alle zufrieden.

Es war spät, als Margreta das letzte Blech mit dem Blätterteiggebäck aus dem Ofen zog, das »Radieschenheim«

abschloss und mit ihrem alten Golf schließlich zufrieden, aber hundemüde nach Wulfsdorf fuhr.

Das Taxi in ihrer Einfahrt sah sie erst, als sie selbst einbiegen und in ihre Garage fahren wollte. »Och nee, was ist denn hier los?«, seufzte sie, zog die Handbremse an und stieg aus.

Die Fahrertür des Taxis öffnete sich, und eine Frau mit roten, lockigen Haaren stieg aus. »'n Abend!« rief sie Margreta zu und ging einmal um das Taxi herum, um die Beifahrertür zu öffnen.

»Sie können jetzt aufwachen. Hallo, hören Sie mich? Ihre Nichte ist jetzt da!«

Margreta ging Richtung Taxi. »Ihre Nichte ist da?«, wiederholte sie. »Meinen Sie etwa mich damit?«

Die Taxifahrerin, die sich in der Zwischenzeit zur Beifahrertür hineingebeugt hatte, tauchte wieder auf. »Ob Sie nun ihre Nichte sind oder nicht, das ist mir ehrlich gesagt schietegal. Hauptsache, Sie kümmern sich jetzt mal um die Dame. Ich habe noch was anderes vor.«

Margreta versuchte vergeblich, einen Blick auf den Fahrgast zu werfen. Sie konnte an der rundlichen Figur der Taxifahrerin nicht vorbeisehen.

»Hallo! Wachen Sie auf!«

»Lassen Sie mich mal!«, sagte Margreta.

Die Taxifahrerin machte ihr Platz.

»Ach du meine Güte, Tante Ria!«, entfuhr es Margreta. Auf dem Beifahrersitz saß leibhaftig ihre Großtante aus dem Vogelsberg.

Die grunzte zur Antwort, während sie sich auf dem Beifahrersitz einmal umdrehte und weiterschlief.

»Sie war schon weg, kurz nachdem sie sich ins Taxi gesetzt hatte. Hat mir gerade noch Ihre Adresse in die Hand gedrückt. Seitdem schläft sie. Tief und fest.« Die Taxifahrerin wischte sich eine Haarsträhne aus dem Gesicht. »Ich habe mehrfach versucht, sie zu wecken. Und bei Ihnen habe ich geklingelt, aber es hat ja niemand aufgemacht. Das Taxameter läuft, nur damit Sie das wissen!«

»Das kriegen wir schon hin«, murmelte Margreta, während sie sich ins Taxi beugte. »Tante Ria! Hörst du mich?« Margreta rüttelte an ihrer Schulter.

Ihre Tante grunzte zur Antwort.

»Nützt doch nix! Schläft wie mein Mann vorm ›Tatort‹«, mischte sich die Taxifahrerin ein.

Margreta sah auf die Anzeige, die schon 73 Euro meldete. »Wenn Sie das Taxameter anhalten, wäre es mir egal, ob Sie finden, dass das nix nützt. Ansonsten könnten Sie mir mal helfen.« Margreta versuchte, Tante Rias Beine in Richtung Tür zu heben. »Gehen Sie auf die andere Seite und passen Sie auf, dass sie nicht zur Fahrerseite fällt.«

»Wie? Ich weiß ja nicht.«

»Aber ich. Also bitte. Ich kann sie sonst nicht Richtung Tür drehen.«

Ein Auto hielt an der Straße, eine Autotür klappte zu. »Was ist denn hier los!«

Margreta stieß mit dem Hinterkopf gegen den Türrahmen, als sie sehen wollte, wer gekommen war. »Autsch!« schimpfte sie.

Knutsen stand breitbeinig in der Auffahrt.

»Jan, was machst du denn hier?« Margreta rieb sich die schmerzende Stelle am Kopf.

»Ich bin gerade auf dem Nachhauseweg und habe dein Auto halb aus der Einfahrt stehen gesehen.«

»Hmm, ja, das Taxi stand im Weg. Siehst du ja. Meine Tante Ria ist zu Besuch gekommen. Wir kriegen sie nicht aus dem Auto. Weil sie schläft.«

Knutsen bedachte ihre Informationen mit einem Knurren und trat dann einen Schritt vor. »Lass mich das mal machen.«

Mit Knutsens Hilfe stand Tante Ria schnell, wenn auch wackelig, auf ihren Beinen.

»Ach, der Herr Kommissar. Das ist ja wunderbar.« Tante Rias Mundwinkel zogen sich für einen Moment nach oben, und sie warf Knutsen einen treuherzigen Blick zu. Im nächsten fielen sie wieder schlaff hinab. »Ach, ich möchte lieber noch schlafen!«, nuschelte sie, während sie es sich in Knutsens Armbeuge gemütlich machte.

»Das kannst du gleich, wenn wir im Haus sind«, sagte Margreta, die von der Taxifahrerin einen Gehstock und einen schweren Jutebeutel entgegennahm.

»Kann ich denn jetzt mein Geld haben? Ich habe Feierabend!«, nörgelte die Taxifahrerin.

»Gleich! Ich bringe jetzt erst mal meine Tante ins Haus.« Margreta konnte nicht begreifen, wie unverständig die Dame sich gab. »Sie können schon mal den Koffer aus dem Kofferraum holen«, rief sie ihr zu, während sie gemeinsam mit Knutsen die halb wieder eingedöste Tante zum Haus manövrierte.

»Das Taxameter läuft dann aber weiter!«, informierte

sie die Taxifahrerin. »Und einen Koffer, meinen Sie? Den hatte sie nicht.«

»Was? Keinen Koffer? Sind Sie sicher? Die Dame kommt von weit her!«, rief Margreta über die Schulter, während sie mit einer Hand den Haustürschlüssel aus ihrem Schlüsselbund sortierte.

»Nee, sie hatte nix dabei außer dem Zettel mit Ihrer Adresse. Und dem Jutebeutel.«

Margreta und Knutsen verfrachteten Tante Ria auf das Bett im Gästezimmer.

»Und nun?«, fragte Margreta.

»Kümmere dich man um sie. Ich regle das da draußen«, meinte Knutsen.

Margreta schüttelte verwundert den Kopf, als sie den Jutebeutel ausleerte. Neben einer zerknautschten Wurststulle in Butterbrotpapier, einer halb leeren Flasche Wasser , einer leeren Flasche Apfelwein der Marke »Roppe Schoppe« kamen nur noch eine zerdrückte Schachtel mit Kreislauftabletten, eine Geldbörse mit ein paar klimpernden Euros, ein orangefarbener Zahnputzbecher mit Kalkflecken und eine zerkaute Zahnbürste nebst Prothesenhaftcreme heraus.

»Kein Nachthemd. Keine Sachen zum Wechseln. Bestimmt hat sie den Koffer im Zug vergessen!«, rief sie Knutsen zu, der gerade zurückkehrte und im Türrahmen stehen blieb. Da sie im Moment keine andere Wahl hatte, deckte sie ihre Tante, so wie sie war, mit der Gästedecke zu. Dies schien dieser zu gefallen, denn sie knautschte sich die Decke sofort bis hoch unter ihr Kinn und begann selig zu schnarchen.

»Sie ist mit dem Taxi aus Hessen gekommen? Das hat ja mehr als ein Vermögen gekostet!« Knutsen schüttelte den Kopf, während sie aus dem Zimmer gingen.

»Nein. Nur vom Bahnhof. Aber sie müssen eine Weile vor dem Haus gewartet haben. Ich war nicht da.«

»Oha!« Knutsen blickte mit abschätzender Miene auf seine Armbanduhr. »Und du wusstest nicht, dass sie kommt?«

»Nein, ich hatte keine Ahnung. Sonst hätte ich sie vom Zug abgeholt.«

»Haste auch recht«, sagte er. Dann hob er die Hand, und Margretas Autoschlüssel kam zum Vorschein. Er baumelte mit seinem Schlüsselring an Knutsens kleinem Finger. »Er steckte noch!«, sagte Knutsen. »Ich habe das Taxi rausgelassen.«

»Danke! Gut, dass du so aufmerksam warst.«

Knutsen zuckte mit den Schultern. »Liegt mir im Blut. Als Polizist!«, sagte er und grinste. »Ich mache jetzt auch den Abflug, wenn du nichts mehr hast. Das Geld kannst du mir ein andermal geben.«

Es war bereits nach zwölf, als Margreta im Bad stand und sich die Zähne putzte. Mit Bedauern dachte sie an ihren Ausflug zum Wildsalbei, den sie nun getrost vergessen konnte. Jetzt galt es herauszufinden, warum sich Tante Ria auf den weiten Weg von Hessen nach Lübeck gemacht hatte. Und warum Tante Rias Tochter, Margretas Tante Trudi, ihr nicht Bescheid gesagt hatte. Womöglich wusste sie nichts davon. Doch das klang unwahrscheinlich.

Margreta überlegte gerade, ob es zu spät war, noch bei Tante Trudi und Onkel Erwin anzurufen, bei denen Tante Ria wohnte. Vielleicht herrschte dort helle Aufregung um den Verbleib von Tante Ria. Vielleicht lagen sie auch selig schlafend in den Betten.

In dem Moment klingelte es an der Haustür.

»Das werden sie doch nicht sein?«, mutmaßte Margreta mit Zahnbürste im Mund. Dann spuckte sie schnell den Schaum ins Waschbecken, spülte den Mund aus, zog ihren Bademantel über und eilte die Treppe hinunter. »Oder es ist die Taxifahrerin, der eingefallen ist, dass Tante Ria einen Koffer dabeihatte?«, murmelte sie, als sie die Tür öffnete.

Doch nichts von dem traf zu.

Kaum hatte sie die Tür geöffnet, fiel ihr Marjolein um den Hals.

»Mama!«, schluchzte die herzerweichend und heulte in Margretas Halsbeuge.

»Na, Marjolein. Was hast du denn?« Margreta streichelte ihr über die dunklen Haare.

Marjolein wischte sich ihre Tränen mit dem Handrücken ab. »Ole und ich! Wir haben uns gestritten! Mama, kann ich heute Nacht bei dir bleiben?«

KAPITEL 3

Die Küchenuhr tickte gemütlich auf die fünf Uhr zu, als Margreta es aufgab, in dieser Nacht noch Schlaf zu finden. Im Nachthemd zog sie an ihren Küchentisch um.

Was für eine Nacht! Margreta trank einen Schluck aus ihrem grasgrünen Kaffeepott, den der dramatische Schriftzug »Hochbeetgemüse kommt vor dem Fallobst!« zierte. Ein uraltes Geschenk ihrer Freundin Valerie und ein Dauerbrenner auf ihrem Küchentisch. Heute brachte er sie nicht zum Lachen.

Ein Streit zwischen Marjolein und Ole! Mannomann! Und es muss ein heftiger Streit gewesen sein, sonst wäre Marjolein nicht gekommen, dachte Margreta. Sie waren so ein glückliches Paar. Hoffentlich wird das wieder!

Ihre Tochter war derart aufgelöst gewesen, dass sie kaum hatte sprechen können. Deshalb hatte Margreta ihr schon bald, ohne viel zu fragen, die freie Seite ihres Doppelbettes bezogen und sie zugedeckt, sobald sie sich mit einem »Danke, Mama! Ich erklär dir morgen alles!« hingelegt hatte.

»Natürlich. Das weiß ich«, hatte Margreta geantwortet und ihr über das Haar gestrichen, bis Marjolein immer weniger schluchzte und schließlich einschlief.

Was sie überhaupt bis dahin versucht hatte zu erzählen, hatte für Margreta wenig Sinn ergeben. Sie hatte immer wieder die Namen Ole und Jan wiederholt. Und dass Ole zu ihr halten müsste.

Jetzt am Küchentisch zerbrach sich Margreta den Kopf darüber, in welcher Sache Ole und sie aneinandergeraten sein könnten.

Und was hatte Knutsen angestellt? Hatte er sich irgendwo eingemischt? Er war in der Nacht hier gewesen. Und da hatte er nicht gewirkt, als wäre etwas passiert.

Sich einmischen! So etwas machte doch nur Simone! Margreta zog bei dem Gedanken an Marjoleins Schwiegermutter ein grimmiges Gesicht. Knutsens Exfrau hatte das Wort »Einmischen« quasi erfunden! Sie wollte nicht ungerecht sein. Der Name »Simone« war schließlich nicht einmal gefallen!

Margreta nahm noch einen Schluck Kaffee.

Und die Geschichte mit Tante Ria! Die Aufregung um Marjolein hatte sie ihren unerwarteten Besuch fast vergessen lassen. Margreta hatte die Befürchtung, dass Tante Trudi und Onkel Erwin nichts von Tante Rias Reise wussten. Tante Rias Tochter hätte den Besuch ihrer Mutter angekündigt. Oder nein. Anders. Sie hätte sie nicht allein reisen lassen!

Margreta nahm sich vor, so bald wie möglich bei Tante Trudi und Onkel Erwin anzurufen. Fünf Uhr hielt sie allerdings für noch zu früh.

Um Viertel nach fünf quietschte Margretas Gartenpforte. Das Geräusch mischte sich in das lautstarke Zirpen der Grillen vor dem auf Kipp stehenden Küchenfenster. Die Zeitungsfrau war mal wieder pünktlich. Margreta nahm sich vor, ihr bei Gelegenheit ein Stück Selbstgebackenes an die Tür zu hängen. Sie wusste, dass sie ihr damit immer eine Freude machen konnte. Dann dachte sie an die Blätterteigtaschen, die im »Radieschenheim« lagen. Schade. Damit wäre sie ihr jetzt sogar hinterhergelaufen.

Margreta stellte ihre leere Kaffeetasse neben der Kaffeemaschine ab und schlurfte zur Tür, um die Zeitung hereinzuholen.

Wie üblich las Margreta erst den Witz des Tages auf der Hauptseite, bis sie sich den Themen des Tages widmete.

Zwei Wattwürmer im Urlaub an der Ostsee. Sie treffen sich am Strand. Fragt der eine: Heute schon gebadet? Sagt der andere: Ich warte schon seit Stunden, aber das Wasser kommt nicht!

Ein leichtes Lächeln spielte um Margretas Lippen, das ihr im nächsten Moment gefror, als sie die Schlagzeile sah. Sie zog den Artikel näher zu sich heran.

Angler entdecken Frauenleiche im Klempauer Hofsee – Todesursache noch unklar

Zwei Angler haben am frühen Sonntagmorgen auf dem Klempauer Hofsee eine Frauenleiche entdeckt. Dabei handelt es sich um die 57-jährige Hannelore D. aus Lübeck. Der Polizeisprecher teilte mit, dass Verletzungen der Leiche Fragen aufwerfen und deshalb ein Tötungsdelikt nicht auszuschließen sei. Die Staatsanwaltschaft habe eine Obduktion angeordnet.

Margreta fiel die Geschichte von Grete Siebenhus ein. Hannelore D. – Hannelore Dutt-Winter! Das könnte passen!

Eine resolute Stimme riss sie aus ihren Gedanken.

»Ei, es muss hier ja mindestens e Dutzend Giggel geben. So einen Krach hab ich ja im ganze Vogelsbersch noch net gehört!«

Margreta blickte auf. Tante Ria stand auf ihren Stock gestützt im Türrahmen. Ihr Anblick wirkte nicht halb so aufgeräumt wie ihre Ansicht über die Wulfsdorfer Hühnerschar. Ihre Bluse war vom Schlaf zerknittert, ihr brauner Rock saß verdreht auf den Hüften.

»Ich fürchte, ich habe vergessen, dein Hörgerät auszustellen«, sagte Margreta. »Tut mir leid! Hast du trotzdem gut geschlafen?«

»Ei, was dann sonst! Ich schlaf immer gut! Im Nachthemd wär es allerdings bequemer gewesen!« Ihr strenger Blick sorgte bei Margreta sofort für ein schlechtes Gewissen.

»Ich habe es nicht im Jutebeutel finden können. Und um den Koffer konnte ich mich noch nicht kümmern.«

»Ei, hast du denn kei zweites?« Tante Rias Blick verdunkelte sich.

»Hast recht«, sagte Margreta und ärgerte sich im gleichen Moment darüber, dass sie nicht selbst darauf gekommen war.

»Denk dei Zeugs zu Ende!«, sagte Tante Ria und zupfte ihren Rock gerade.

Margreta hatte den Spruch schon früher oft zu hören bekommen. Und wie damals fühlte sie sich ertappt. Dabei passte es ihr nicht, wie ein Kind gerügt zu werden. Auf einmal lachte Margreta. Tante Ria hatte schon immer ein Händchen dafür gehabt, die Versäumnisse anderer Familienmitglieder schamlos aufzudecken. Kein Grund für eine erwachsene Frau, darüber in Panik auszubrechen.

Sie stand auf und legte den Arm um die Schultern ihrer Großtante. »Jetzt setz dich erst einmal hin«, sagte sie und führte sie zu dem Stuhl, der ihnen am nächsten stand.

Doch Tante Ria schüttelte den Arm ab. »Naa, dafür hab ich jetzt kei Zeit! Ich will zu deinem Kommissar!«

»Warum das denn?«

»Ich will eine Anzeige uffgebbe, was sonst!«

»Das ist viel zu früh!«, meinte Margreta und kehrte zu ihrem Platz auf der Bank gegenüber von Tante Ria zurück. »Setz dich lieber hin und erzähl mir, was los ist. Warum bist du nach Lübeck gekommen?«

Tante Ria setzte sich zwar, zog aber lieber einen Schmollmund, als zu antworten.

»Hat man dich im Zug bestohlen?«, schlug Margreta deshalb vor.

»Naa!«, sagte Tante Ria, zog ihren Gehstock vor ihre Knie und legte beide Hände über den Knauf. Sie sah aus wie das Abbild eines ehrwürdigen Familienoberhaupts aus dem 19. Jahrhundert.

»Dein Koffer! Du hast den Koffer verloren!« Margreta blieb nichts anderes übrig, als weiterzufragen.

»Geh fort!«, sagte Tante Ria, hob die eine Hand kurz in die Luft und erklärte damit auch diesen Vorschlag für nichtig.

»Es ist etwas mit Tante Trudi und Onkel Erwin passiert!«, schlug Margreta vor.

»Babbel net so e dumm Zeusch, Kind!«

Kind! Margreta hatte dies ewig nicht gehört! Jetzt fühlte sie sich endgültig in frühere Zeiten versetzt. Zum Beispiel wenn sie sich bei Tante Ria am Küchentisch um Kopf und Kragen geredet hatte, damit nicht herauskam, was sie ausgefressen hatte. Aus Angst vor der Schelte ihrer Mutter war sie dann lieber an Tante Rias Küchentisch am anderen Ende des Dorfes geflüchtet.

Doch Tante Ria hatte stets den Braten gerochen. »Kind, veräppele tu ich mich lieber selbst!«, hieß es dann, was bei Margreta wie ein Wundermittel wirkte und sie mit der Wahrheit herausrücken ließ.

Margreta überkreuzte ihre Arme und stützte sich mit den Ellenbogen auf den Tisch. »Dann sag endlich, was passiert ist!«

»Ich will Tante Trudi und Onkel Erwin anzeigen! Das hab ich doch schon gesagt!«

»Waas?«, kam es in diesem Moment von der Tür her. Marjolein stand dort, noch ungekämmt und mit blassem Gesicht. Ihren Augen konnte man die Aufregung der letzten Nacht noch ansehen.

»Ei, Marjolein! Hast du mich erschreckt! Was machst denn du plötzlich hier?« Tante Ria verlor tatsächlich für einen Moment ihre Fassung.

»Entschuldige!«, sagte Marjolein und rutschte auf die Bank rechts von Tante Ria. »Das Gleiche könnte ich dich fragen! Mama hat mir nicht erzählt, dass du da bist. Und wo sind Tante Trudi und Onkel Erwin? Habe ich richtig gehört? Du willst sie anzeigen?«

Tante Rias Mund bewegte sich mehrfach zwischen zugespitzt schmollend und zerknirscht herabgezogen hin und her, während sie auf ihren Gehstock starrte. »Sie haben mich bestohlen!«, rückte sie dann endlich mit der Sprache heraus.

»Nein!«, entfuhr es Margreta und Marjolein gleichzeitig.

»Sie bevormunde mich!« Tante Ria hob ihren Stock kurz an, dann ließ sie ihn auf den Boden knallen.

Marjolein sank mit überkreuzten Armen gegen die Banklehne. Margreta zog nachdenklich die Brauen zusammen.

»Sie behandele mich, als wäre ich ihr Kind und kei erwachsene Frau!«

»Kenn ich!« Marjoleins Blick wurde düster. Ein Schmollmund zog auf ihr Gesicht.

»Du kennst das auch?« Tante Ria sah zu Marjolein.

Die nickte.

»Moment, ihr zwei!«, unterbrach Margreta die beiden. »Bevor ihr euch verbündet, möchte ich wissen, was überhaupt vorgefallen ist.«

Tante Ria begann als Erste, ihr Herz auszuschütten.

Zeit ihres Lebens hatte sie Rücksicht auf alles und jeden nehmen müssen, beklagte sie sich. Dabei hätte sie so gern etwas von der Welt gesehen. Der Ausflug nach Lübeck zu Marjoleins Hochzeit, der hatte ihr richtig gut gefallen! »Wo bin ich denn vorher schon groß gewesen?«

Zuvor hatte es für sie nur ein paar Ausflüge gegeben. Nach Frankfurt zu ihrem Cousin Richard. »Aber der ist schon so viele Jahre dood!«

Und nach Linsengericht, zu ihrem Sohn Harald. Seit der geschieden war, würde er sie nicht mehr einladen, sondern zu ihnen kommen, wenn es etwas Gutes zu essen gäbe. »Das kann der auf 20 Meilen riechen, wenn der gude Braten im Ofen schmort!«

Margreta und Marjolein mussten Tante Ria bremsen, damit sie wieder zum Thema kam. Ihren Ärger über Onkel Harald hatten sie trotz der vielen Kilometer, die sie trennten, schon zu oft gehört.

Jedenfalls hatte sie eines Tages einen Anruf bekommen, fuhr Tante Ria fort, während Margreta zwei Tassen aus dem Schrank holte und allen Kaffee einschenkte. Von einem netten Herrn, wie Tante Ria betonte, der sie gefragt hatte, ob sie gern Wein trinke.

»Gegen einen Schoppe hatte ich noch nie etwas einzuwenden gehabt, habe ich ihm gesagt!« Tante Ria nippte an ihrem schwarzen Kaffee.

Sie sei ganz entzückt darüber gewesen, dass der Herr ebenfalls einen guten Apfelwein zu schätzen wusste. »Nicht so wie ihr Fischköpp hier oben!«, sagte sie streng in Erinnerung an Marjoleins Hochzeit. Damals hatte sie vergeblich den Kellner um ein Glas »Sauergespritzten« gebeten.

Überhaupt seien sie sofort ins Plaudern gekommen, schwärmte Tante Ria mit verträumten Augen. Dieses und jenes Thema hätten sie gestreift und wären schließlich auf ihre einzige Reise nach Lübeck gekommen.

»Und daran seid ihr nicht ganz unschuldig!«, meinte sie zu Marjolein und Margreta. »Denn wer hat schließlich net an mei Sauergespritzten gedacht? Justus, so hieß er, konnte es auch net glaube.«

»Ihr habt euch geduzt?« Marjoleins Gesichtsausdruck nach zu urteilen schien sie großes Gefallen an der romantischen Geschichte zu finden.

»Geduzt? Im Leben nicht! Der Justus ist ein Herr, der weiß, was sich gehört. Aber die Vorname, die haben wir uns schon gesagt!« Tante Ria lächelte verträumt. Dann erzählte sie weiter.

Über das Reisen im Allgemeinen seien sie und der Anrufer auf die Schönheit der Hansestadt gekommen. Dabei beschwerte sich Tante Ria bei Margreta, warum diese ihr bei ihrem letzten Besuch nicht mehr von der Altstadt gezeigt hatte. Dass sie zu müde gewesen sein sollte, wie Margreta daraufhin behauptete, wollte Tante Ria nicht gelten lassen. Doch sie ließ sich schnell wieder besänftigen, schließlich hatte Justus ihr versprochen, gemeinsam nach Lübeck zu reisen, um ihr »des schee Städtsche« einmal richtig zu zeigen!

»Ach, ich würd ja so gern mehr von der Welt sehen. Das hab ich dem Justus auch gesagt. Seit ich e klei Mädsche gewesen bin, träum ich schon davon!«

Daraufhin habe jener Justus den Vorschlag einer gemeinsamen Schiffsreise gemacht.

»Einmal um die ganze Welt! Hach, was für e schee Idee! Das hat mir mei Ferdinand, Gott hab ihn selig, nie vorgeschlage«, meinte Tante Ria und strahlte dabei über das ganze Gesicht.

Der Justus sei ein richtiger Mann von Welt, schwärmte sie. »Er kennt jemanden, der Reisen veranstaltet! Und sich um alles kümmert!«

Doch um einen Extrarabatt auf die Reise zu bekommen, sollte Tante Ria ja niemandem etwas davon erzählen. »Es soll ja eine schöne Überraschung für deine Dochter sein, hat der Justus gesagt! Doch da konnte ich ihn gleich beruhigen. Um Gottes willen, hab ich ihm gesagt. Ich wär ja schön blöd, ihr was zu sage. Mei Dochter, die würd mir nur dazwischefunke. Die meint, sie weiß immer alles besser!«

Sie hatten verabredet, dass Justus sie noch einmal anrufen würde. Und so habe sie gewartet, bis er es tatsächlich tat.

»Ein feines Angebot hat er von seinem Freund gemacht gekriegt. Stellt euch vor, eine dreiwöchige Reise. Von Frankfurt bis in die Südsee! Und alles für nur 5.000 Euro! E Schnäppche, hat der Justus gesagt.«

»Von Frankfurt aus? Da fährt gar kein Kreuzfahrtschiff los!« Margreta musste über die Unwissenheit ihrer Großtante den Kopf schütteln.

»Ach, Mama, nun lass sie erst erzählen«, meinte Marjolein. Und Tante Ria bestrafte Margretas Kommentar mit einem bösen Blick.

Sie habe lange nachgedacht, erzählte Tante Ria weiter, wie sie an so viel Geld kommen sollte. Bis ihr das Familiensilber einfiel. Sie habe es aus dem Schrank geholt und den Wochenboten aus dem Altpapier gesucht. »Da stehe doch diese Menschen drin, die all des Silber und Gold kaufe«, erklärte sie Marjolein und Margreta. »Da brauch man net groß in die Stadt zu fahre. Nee, die kommen auch bis in den Vogelsbersch hinaus!«

Tante Ria hatte den Goldankäufer an dem Tag zu sich nach Hause bestellt, an dem Tante Trudi mit Onkel Erwin zur Zahn-OP gefahren war. »Da hat man wenigstens sei Ruh, wenn man schon mal so etwas Wichtiges vorhat!«

Sie habe hart verhandeln müssen, erzählte sie und gab sich stolz darüber, 5.000 Euro und sogar noch etwas mehr bekommen zu haben. Justus habe gleich danach angerufen und gesagt, das sei ja wunderbar. Und er versprach, in den nächsten Tagen seinen Neffen vorbeizuschicken. »Der wohnt nämlich zufällig in mei Nähe! Justus versprach, dass der mir auch gleich des Zugticket bis nach Frankfurt mitbringt. Und da hat er recht, der Justus. Wie sollte ich sonst eins bekommen? Es sollte ja schon bald losgehen! Und wir wollten uns erst am Schiff treffen.«

Marjolein beugte sich neugierig vor. »Und jetzt kommen Tante Trudi und Onkel Erwin ins Spiel?«

Tante Rias Blick verfinsterte sich augenblicklich. »Na, das kannst du laut sagen! Jetzt stell dir doch emol vor. Ausgerechnet an dem Daach will mei Trudi das Silber putze! Seit Jahren steht des unbeachtet im Schrank!«

»Oha!«, sagte Margreta, die sich vorstellte, wie Tante Trudi in das Schrankfach schaute und feststellen musste, dass es leer war. Margreta kannte das Fach, sie hatte oft genug die silbernen Gabeln und Löffel an den Feiertagen herausgeholt. »Da war sicher der Teufel los!«

Tante Ria reckte ihr Kinn in die Luft. »Jaaa. So kann man es beschreibe!«

Tante Trudi sei nach ihrer Entdeckung ganz aufgeregt gewesen und habe sofort Onkel Erwin geholt. »Geschrien hat sie wie am Spieß. *Wir sind bestohle worde! Wir sind bestohle worde!* Und darauf hat der Erwin dann den Hannes, unsern Dorfpolizisten, geholt.«

»Und du?«, fragte Marjolein.

»Ich?«, fragte sie erstaunt. »Na, ich bin spazieren gegangen. Ich konnte ja von der Bank am Ortsausgang aus sehen, wann der Hannes mit sei Blaulicht wieder davongebraust ist.«

»Du hast nichts gesagt?«, fragte Margreta ungläubig.

»Wem gehört denn das Familiensilber?«, fragte Marjolein.

»Na, mir!«, sagte Tante Ria.

»Na dann!«, Marjolein zuckte mit den Schultern.

»Was ist dann passiert?«, wollte Margreta wissen.

Eine Nachbarin, die zufällig vorbeigegangen war, hatte das Auto und die Werbeaufschrift des Goldankäufers gesehen und dies bei der Befragung dem Dorfpolizisten Hannes erzählt. »Und dabei dachte ich immer, der tät nur auf seinem Hinnern sitze. Dass der auch was tue tut!« Tante Ria staunte immer noch über die neu entdeckte Seite an ihrem Dorfpolizisten.

Jedenfalls sei die Sache dadurch aufgeflogen, erklärte Tante Ria. Tante Trudi und Onkel Erwin hätten ihr eine Standpredigt gehalten und danach beim Goldankäufer angerufen und das Familiensilber eingelöst. Gemeinsam mit dem Dorfpolizisten hatten sie dann dafür gesorgt, dass Tante Rias vermeintliche Reisebegleitung ab sofort polizeilich gesucht wird.

»So eine Frechheit! Der Justus e Betrüger! Sie kennen ihn doch gar net!«, jammerte Tante Ria an Margretas Küchentisch.

»Es wäre möglich«, sinnierte Margreta und erntete dafür einen entrüsteten Blick von Marjolein.

»Mama! Du kannst niemanden verdächtigen, weil es auf den ersten Blick so aussieht.«

Margreta schüttelte ein weiteres Mal den Kopf über die übertriebene Nachsicht ihrer Tochter.

Tante Ria hingegen war begeistert von Marjoleins Beistand und nickte ihr freundlich zu. Dann erzählte sie weiter. Sie hatte noch 150 Euro vom Silberverkauf übrig, sodass sie sich die Fahrkarte nach Lübeck leisten konnte.

»Und nun bin ich hier, um mei Justus zu helfen. Und dei Kommissar, Margreta, muss Tante Trudi und Onkel Erwin und auch unseren Dorfpolizisten Hannes verhaften. Wegen Einmischung, Diebstahl und Verleumdung und überhaupt!«

Margreta sah auf die Uhr, stand auf und holte das Telefon.

»Rufst du ihn jetzt gleich an?« Tante Ria sah sie erfreut an.

»Wer, ich? Nein! Das kannst du später selbst erledigen.«

»Aber wen rufst du dann an?«, fragte Tante Ria.

Nach nur einem Klingeln wurde die Verbindung hergestellt.

»Hallo? Tante Trudi? Hier ist Margreta. Aus Lübeck. Entschuldige, dass ich so früh anrufe, ich wollte dir nur sagen, dass Tante Ria hier ist. … Gestern Abend. … Ja, ich habe mir gedacht, dass du wach bist.« Dann lauschte sie, was Tante Trudi zu berichten hatte.

Als Margreta aufgelegt hatte, erntete sie einen bösen Blick von Tante Ria, und Marjolein betitelte sie sogar als Verräterin.

»Du hättest sie ruhig etwas zappeln lassen können!«, warf Marjolein ihr vor.

»Das ist nicht das Gleiche wie bei dir, liebe Tochter. Während Ole sich denken wird, dass du hier bist, ist Tante Trudi heilfroh zu wissen, dass es Tante Ria gut geht. Wie ich es mir gedacht hatte, hatten sie bereits die Polizei eingeschaltet.«

Marjolein sah nun aus wie Tante Ria zuvor: Den Mund zu einer kleinen Schnute und die Augenbrauen auf große Gewitterstimmung zusammengezogen.

Margreta konnte diese Reaktion nicht verstehen. »Ich möchte mal wissen, was mit dir los ist!«, warf sie ihrer Tochter ärgerlich vor. Marjoleins Verhalten kam ihr nicht weniger kindisch vor als das von Tante Ria. Sie tat so, als habe sie nichts von dem sogenannten Enkel-Trick gehört. Sie musste erkennen, dass dieser Justus Tanta Ria allein um ihr Geld bringen wollte.

Für einen Moment herrschte Ruhe am Küchentisch. Bis Tante Ria Margretas Frage wiederholte, wenn auch mit veränderter Bedeutung.

»Marjolein, auf jetzt! Ich möchte wissen, was mit dir los ist. Warum bist du hier und nicht bei deinem Mann? Ihr habt kei Knaadsch, oder?«

Marjolein richtete sich auf. »Tante Ria, mir geht es wie dir! Auch ich bin verraten worden!«

Als Margreta den stolzen Ton in Marjoleins Stimme vernahm, war sie beruhigt. Ihre Tochter trug eine gesunde Portion Wut im Bauch.

»Ole hat weder zu mir gehalten, als ich ihn am meisten brauchte, noch scheint er mir zu vertrauen!«, beschrieb Marjolein ihr Dilemma. »Ich habe entschieden, ich bleibe vorerst hier! Wie das alles enden wird? Ich weiß es nicht!«

Margreta schluckte. Marjolein nahm den Streit ernster, als sie gedacht hatte.

Und dann berichtete Marjolein, was am Abend zuvor geschehen war.

»Ich und Ole haben gemütlich beim Abendessen zusammengesessen, als ich einen Anruf von einer Kollegin bekam. Ich wollte erst nicht rangehen, aber Ole sagte, es würde ihm nichts ausmachen. Und da ich wusste, dass Wiebke sich immer kurzfasst, ging ich dran. Was ich von ihr hörte, hielt ich zuerst für einen schlechten Scherz! Sigvard Winter soll verhaftet worden sein! Sigvard Winter, Mama! Mein Mentor! Mir wurde sofort ganz anders. Und ich glaube, ich wäre vom Stuhl gekippt, wenn Ole nicht so geistesgegenwärtig aufgesprungen wäre, um mich festzuhalten!«

»Ach du meine Güte!«, sagte Margreta mitfühlend. Sie konnte sich das Drama an Marjoleins und Oles Esstisch genau vorstellen.

»Verhaftet? Ach Gottche! Gut, dass ich gekommen bin!« Tante Rias Wangen vibrierten vor Anspannung. »Warum überhaupt?«

Marjolein blies betrübt die Luft aus. »Ich weiß nicht, ob ihr es schon gehört habt. Seine Frau, Hannelore

Dutt-Winter, wurde tot aufgefunden. Im Beidendorfer See.«

Margreta griff nach Marjoleins Hand. »Er wird sie nicht etwa …« Dann verstummte sie, um den schrecklichen Verdacht nicht aussprechen zu müssen.

»Das ist es ja gerade!«, rief Marjolein erbost und entriss Margreta die Hand. »Er steht unter Tatverdacht. Er soll sie umgebracht haben! Ausgerechnet Sigvard Winter! Er ist so ein lieber Mensch. Das kann ich einfach nicht glauben!«

»Ei, Mädsche, das ist ganz einfach, was wir da mache!« Tante Ria sah Margreta an. »Jetzt musst du dei Kommissar anrufe, Kind! Sag ihm, er hat e Fehler gemacht.«

»Tss!« Margreta reagierte auf den absurd klingenden Vorschlag mit Kopfschütteln. »Das wird ihm sicherlich gefallen, wenn ich das tue. Und hör auf, ihn die ganze Zeit *mei Kommissar* zu nennen!«

»Ja, ist er das denn net?« Tante Ria sah sie verblüfft an.

»Kommissar Knutsen? Das ist mein Schwiegervater, Tante Ria!«, klärte Marjolein sie auf, und Margreta nickte zustimmend.

»Seid ihr da sicher?«, fragte Tante Ria nach.

»Hundert Prozent!«, sagte Marjolein.

Tante Ria dachte eine Weile nach, schließlich lachte sie. »Das ist ja noch viel besser!«, rief sie. »Dann kann dei Ole mit Margretas Kommissar spreche!«

»Aber deshalb haben wir uns gestritten, Tante Ria!«, antwortete Marjolein aufgebracht. »Ich wollte, dass

Ole seinen Vater anruft, um herauszufinden, was passiert ist. Und er sollte ihm sagen, dass Sigvard Winter auf keinen Fall der Täter ist!«

»Ei, dann wird alles gut, Kind. Es braucht alles sei Zeit!«, sagte Tante Ria.

»Nichts ist gut, Tante Ria!«, schimpfte Marjolein. »Ole hat sich geweigert, mir den Gefallen zu tun. Hat gesagt, er macht es nicht. Er mischt sich nicht in die Arbeit seines Vaters ein. Der wüsste, was er tut!«

Marjolein schnaubte vor Wut. »Und dann fing er an, so komisch zu fragen!«

»Was zu fragen?«, wollte Margreta wissen, die sah, dass Marjolein den Tränen nah war.

»Na, warum mich das überhaupt interessiert. Sigvard Winter wäre nur mein Mentor gewesen. Und Ole hätte nicht mitbekommen, dass unsere Beziehung so intensiv war. Und warum ich überzeugt wäre, dass er unschuldig ist. So etwas könnte man nur von jemandem behaupten, den man richtig gut kennt. Ja und dann … und dann …« Marjoleins Augen füllten sich mit Tränen. »Dann hat er mich tatsächlich gefragt, ob Sigvard etwa mehr sei als mein Mentor! Könnt ihr euch das vorstellen? Das ist so gemein von ihm!« Marjolein schlug sich die Hände vor das Gesicht und fing an zu heulen.

»Hat er damit recht?«, fragte Tante Ria unsicher.

»Natürlich nicht!«, schrie Marjolein durch ihre Hände.

Margreta angelte nach der Taschentuchbox auf dem Regal über ihr und stellte sie vor Marjolein auf den Tisch. Dann verschwand sie mitsamt Telefon in den

Flur und dann ins Wohnzimmer. Sie schloss die Tür und wählte Knutsens Nummer.

Es dauerte eine Weile, bis der Anruf entgegengenommen wurde, schließlich knurrte der Kommissar ein »Was ist? Ich schlafe noch!« in den Hörer.

»Hallo, Margreta hier. Sag mal, hast du schon von Ole und Marjolein gehört?«

In der Regel geriet der Kommissar bei »Hast du schon gehört«-Geschichten nicht gleich in Aufregung, auch wenn er sie seines Berufs wegen nicht gänzlich ignorieren konnte. Da es in diesem Fall jedoch um seinen Sohn und seine von ihm vergötterte Schwiegertochter ging, fragte er nach. »Schieß los. Was ist passiert?«

»Sie haben sich gestritten.«

»Wie kann man sich so früh streiten, Mensch noch mal!« Margreta hörte ein Ächzen und nahm an, dass sich Knutsen in seinem Bett aufrichtete.

»Es geht um die Verhaftung von Sigvard Winter, Marjoleins ehemaligem Mentor.«

Am anderen Ende der Leitung herrschte Stille.

»Was ist?«, fragte Margreta nach. »Du weißt doch davon?«

»Was soll das hier werden, Margreta?«, fragte Knutsen. Sein Ton war streng.

»Was meinst du?« Margreta war verwirrt.

»Du versuchst, mich über die Ermittlungen auszuquetschen?«

»Ich … Nein!« Margreta war empört. »Ich sagte, dass sich Ole und Marjolein …«

»Wieso sollten sie sich deswegen streiten? Und wenn schon, dann wird es wohl nicht so schlimm sein!«

»Ist es doch! Marjolein hat sogar hier geschlafen. Und Ole wirft ihr vor, etwas mit Winter gehabt zu haben.«

Knutsen schwieg.

»Marjolein ist sich sicher, dass die Verhaftung nur ein Missverständnis sein kann. Deshalb wollte sie, dass Ole bei dir anruft, um es dir zu sagen. Doch er hat sich geweigert.«

Knutsen schwieg immer noch.

»Wenn du mir sagst, was los ist, könnte ich es Marjolein schonend beibringen, und sie und Ole könnten sich wieder …«

»Ich glaub, nun wird die Welt verrückt!« rief Knutsen sauer.

»Was? Warum denn?«

»Dir ist wohl jedes Mittel recht, um deine Neugier zu befriedigen?«

»Ich … nein! Es geht um Marjolein!«

Er lachte auf. »Du denkst, ich verrate etwas wegen eines kleinen Streits unter den Kindern?« Er räusperte sich. »Richte meiner Schwiegertochter einen schönen Gruß von mir aus. Ole hat recht damit, sich nicht in Dinge einzumischen, die ihn nichts angehen. Sie soll sich wieder einkriegen!« Dann legte er auf.

»Das darf nicht wahr sein!«, schimpfte Margreta und schmiss das Telefon auf das Sofa. »Was bildet der sich ein!«

KAPITEL 4

Ein kleines Lächeln zog auf Margretas Gesicht, als sie beim Ringstedtenhof rechts einbog und ihren Wagen in gemütlicher Geschwindigkeit durch die Wiesen in Richtung des dahinterliegenden Wohngebietes lenkte. Der Ausflug zum Wildsalbei ließ die Aufregung der Nacht ein wenig in den Hintergrund treten. Durch die halb geöffneten Fenster wehte ein angenehmer Luftzug durch den Wagen, der ihr über den Nacken und die nackten Arme streichelte und ab und zu den leichten Stoff ihres Sommerrocks anhob und insgesamt die Fahrt in dem von der Sonne aufgeheizten Wagen erträglicher machte.

Ein kurzer Anruf bei Valerie und es war ausgemacht, dass sie sich den Ausflug zu den Bahngleisen am Vormittag leisten konnte. Valerie meinte, es sei überhaupt kein Problem, früher ins »Radieschenheim« zu kommen. Sie hatte es eh vorgehabt, um sich mit der Rezeptur einer neuen Eiskreation zu befassen. »Bislang haben wir nur Schokolade und Vanille. Da ist noch Luft nach oben, Margreta«, hatte sie gesagt und dabei gelacht.

Marjolein war am frühen Morgen pünktlich zur Schule aufgebrochen. Sie wollte auf keinen Fall zu Hause bleiben, sondern sich lieber unter den Kollegen umhören, was die über den Tod von Hannelore Dutt-Winter dachten.

»Es kann einfach nicht sein, dass Sigvard Winter damit etwas zu tun hat! Es wäre doch gelacht, wenn meine Kollegen nicht dasselbe denken wie ich!« Marjolein hatte dabei mehr ärgerlich als betrübt geklungen. Und auch die Art, wie sie ihre Schultasche gepackt hatte und zur Haustür marschiert war, hatte Margreta gezeigt, dass Marjolein für eine Sache zu kämpfen bereit war.

Im Grunde genommen fand Margreta die kämpferische Stimmung, die derzeit in ihrem Haus herrschte, beflügelnd. Insbesondere, weil sie ihr dabei half, ihre eigenen Wunden zu lecken, die Knutsen durch seine boshafte Anschuldigung, sie wolle ihn nur ausspionieren, verursacht hatte.

Die Stimmung ging hauptsächlich von ihrer 85-jährigen Großtante Ria Lewelt aus, die es offenbar ein für alle Mal satthatte, sich das Leben verbieten zu lassen. Damit steckte sie ihre Tochter Marjolein jedoch an, als wäre sie ein trockener Grashalm auf einer brennenden Wiese.

Margreta konnte in gewisser Art und Weise sogar Verständnis für Tante Ria aufbringen. Obwohl diese immer das Regiment im Vogelsberger Haushalt geführt hatte, hatte sie dies allein im Sinne der Familie getan. Und sich dabei jeglichen Egoismus verkniffen. Als sie ihren Mann verloren hatte, war sie selbstverständlich in die zweite Reihe gerückt. Das Sagen hatten Tante Trudi und Onkel Erwin übernommen.

Dass ausgerechnet dieser zwielichtige Justus das Bedürfnis in ihr ausgelöst hatte, etwas nachzuholen, was ihr bislang verwehrt geblieben war, fand Margreta unglücklich und nachvollziehbar zugleich. Sie verstand, dass Tante Ria auf Selbstbestimmung pochte.

Und deshalb hatte Margreta auch nachgegeben, als Tante Ria darauf bestanden hatte, mit zu ihrem Wiesensalbei zu kommen. »Ei, warum denn net? Mich interessiert, was mei Nichte mache tut.«

Allerdings war Tante Ria wieder einmal sofort nach dem Besteigen des Wagens eingeschlafen. Und so schnarchte sie noch laut und sorglos, als Margreta wenig später am Fußweg hielt, der aus der Wohnsiedlung zu den Bahngleisen führte.

»Tante Ria? Wir sind da!«

Margreta entschied, nachdem sie einen Blick zum Himmel geworfen und die hoch aufgetürmten Schönwetterwolken gesehen hatte, die Fenster einen Spalt offen zu lassen, und zog den Schlüssel aus dem Schloss.

»Hmm?«, gab Tante Ria von sich.

»Wir sind da, habe ich gesagt.«

»Ja. Gut«, murmelte Tante Ria, ohne auch nur die Augen einen Spalt geöffnet zu haben.

»Willst du hierbleiben? Ich bin da drüben, wenn du aufwachst.«

Tante Ria grunzte zufrieden und schnarchte weiter.

Margreta nahm den Fußweg, überquerte die Bahnschienen und folgte dem Weg um die Kurve. Der Wiesenblumenstreifen lag zur Rechten. Er trennte den Weg von der hochgewachsenen Sommerwiese, die von einem alten Zaun eingefasst war, an dieser Stelle jedoch heruntergetreten dalag. Margreta klappte ihren Dreibeinhocker auseinander.

Sie nahm Platz und betrachtete das vor ihr liegende Wiesensalbeiexemplar, das sie so sehr an ihre Kindheit erinnerte. Die blauen Blütenstände waren ein Meisterwerk. Sie hingen mit ihren gekrümmten Rücken wie Wasserspeier in vier Richtungen übereinandergetürmt am Stängel und luden die Bienen und Hummeln zum Anflug ein.

Margreta kniff die Augen zu einem Spalt zusammen. Sie beugte den Kopf langsam nach links und dann nach rechts, schließlich dichter heran.

Auf einmal meinte sie, sie zu sehen. Die Bögen, die als Teil unzähliger Kreise die Form der Blüte prägten. Die sie »prall machten«, wie Junker gern sagte.

Schnell kramte sie mit einer Hand nach ihrem Skizzenblock, sie wollte das Entdeckte keinesfalls aus den Augen verlieren.

Sie setzte den Bleistift auf den Block und begann, Kreise zu ziehen. Kreise, die ineinander übergingen und aus denen sich die Blüte wie von selbst formen sollte. Sie sah nicht auf das Blatt. Sie spürte, dass sie das Richtige tat.

»Autsch!«, zuckte sie zusammen und drückte dabei ihren Bleistift so fest auf das Blatt, dass die Spitze abbrach.

»Mist!«, schimpfte sie und nahm Bleistift und Block in eine Hand, während sie mit der anderen ihr Bein zum Fuß hinab abstreifte. Etwas hatte sie gebissen!

Sie sah die Ameise, die auf der nackten Haut ihres Fußrückens herumkrabbelte. Sie wischte sie ins Gras. Auf ihrer Haut blieb ein roter Fleck zurück.

»Na, so was!«, sagte sie ärgerlich. Sie zupfte eines der Salbeiblätter ab, quetschte es zusammen und legte es als grünes Pflaster auf den Biss. Als sie sich gerade wieder in die Formen der Salbeiblüte vertiefen wollte, hörte sie die freudige Stimme Tante Rias von den Bahngleisen her.

»Ja, wo ist er denn, mein Kleiner?«, jauchzte die geradezu.

Margreta erhob sich von ihrem Sitz und ging ein paar Meter des Weges zurück, um zu sehen, was sich Freudiges hinter der Biegung tat.

Tante Ria stand in gebückter Haltung beim Andreaskreuz und klopfte sich auf die Oberschenkel.

»Na, komm mal her, mein Kleiner!«

Ein Hund und ein Mädchen kamen aus der Siedlung angelaufen. Sie waren nur noch wenige Schritte von Tante Ria entfernt. Margreta erkannte das grau-braun gescheckte Ungeheuer an der Leine sofort.

Oh nein! Es war Günni!

»Tante Ria, sei vorsichtig!«, schrie Margreta und schmiss ihre Malsachen ins Gras.

Tante Ria schien ihre Warnung nicht zu hören. Oder sie ignorierte sie. Sie klopfte sich weiter freudig auf die Schenkel und rief: »Ach, was für ein Süßer bist du denn?«

Eine Erinnerung fuhr durch Margretas Kopf. Sie sah Tante Ria, wie sie sich damals bereits über jeden Hund im Dorf gefreut hatte. Es war oft Thema in der Bäckerei gewesen, dass sie sich einen wünschte. Doch ihr Ferdinand hatte die Hundehaltung verboten. »Ein Tier hat in einem Bäckereibetrieb nichts verloren«, hatte er gepredigt, und dieser Grundsatz hatte auch nach seinem Tod Gültigkeit behalten.

»Komm mal her, mein Schatz. Ich habe etwas für dich!«, rief Tante Ria.

Margreta ahnte, was Tante Ria aus ihrer Tasche ziehen würde. Sie hatte früher schon immer ein Leckerli für Hunde dabeigehabt.

»Bei Fuß, Günni!«, rief Lisbeth mit ihrem Stimmchen. Natürlich vergeblich. Günni sprang wie verrückt in seine Leine und zog das Mädchen weiter mit sich.

Margreta meinte, das Unglück kommen zu sehen, und rannte los. Doch sie war viel zu weit weg und Günni mitsamt Lisbeth im Schlepptau schneller. Als er Tante Ria erreichte, stoppte sie. Und musste zusehen, wie Günni ihre Großtante in seiner ungestümen Art fast umriss.

Tante Ria wusste sich jedoch zu wehren. Sie hieb ihren Stock gegen seine Brust.

Günni jaulte auf.

»Platz!«, befahl Tante Ria, und Günni setzte sich auf seine Hinterläufe. Dann schnüffelte er an Tante Rias Hand und nahm brav das Leckerli entgegen. Sein Schwanz wischte aufgeregt über den Weg.

»Braver Hund!«, sagte Tante Ria und klopfte ihm den Rücken.

Margreta war fassungslos über das friedliche Bild, das sich ihr bot. Was war mit Günni los?

Als dieser ausreichend an Tante Ria herumgeschnüffelt und festgestellt hatte, dass mehr Leckerlis offenbar nicht zu erwarten waren, zog er Lisbeth weiter. Und sie hatten keine zwei Meter zurückgelegt, als Günni sich wieder in seine Leine warf.

Margreta war unsicher, was sie tun sollte, und kehrte vorsichtshalber um. Sie bog in den Trampelpfad ein, in der Hoffnung, dass Günni und Lisbeth einfach vorbeigingen.

Als die beiden jedoch auf ihrer Höhe waren, spielte Günni wieder verrückt. Er bellte und knurrte und zog Lisbeth direkt in ihre Richtung. »Günni! Aus!«, rief Lisbeth.

Günni blieb unbeeindruckt.

»Was ist denn mit dem Hund?«, hörte Margreta Tante Ria rufen. Sie selbst flüchtete bereits in Richtung Schuppen, die einzige Zuflucht weit und breit.

Günnis Gebell wurde immer lauter und wütender, bis Margreta auf einmal einen gellenden Pfiff vernahm. Günni jaulte auf. Dann verstummte er.

Margreta kauerte hinter dem Schuppen, bis sie Tante Rias Stimme vernahm. »Wo bist du, Margreta? Wo bist du denn hin?«

»Seit wann hast du denn Angst vor nem Hund?«

Mit ärgerlicher Miene schaltete Margreta vom dritten in den vierten Gang. »Habe ich nicht!«

»Aber wieso bist du weggelaufen? Das war so ein Süßer!«

»Ich bin ja nicht wirklich weggelaufen.« Margreta hob die Hand zum Rückspiegel. Sie hatte das Bedürfnis, ihn neu auszurichten. »Ich wollte dir nur die Aufregung ersparen, die dieser Köter immer veranstaltet, wenn er mich sieht.«

»Köter?«, fragte Tante Ria misstrauisch. »Du hast sonst nicht so von Hunden geredet.«

»Bislang hat auch keiner so komisch auf mich reagiert. Hast du denn nicht gesehen, wie wütend er wurde?«

»Steck dir das nächste Mal ein paar Leckerlis ein, wenn du da hingehst«, sagte Tante Ria nur. Dann sah sie eine Weile aus ihrem Fenster. »E Hund merkt, wer e gude Mensch ist!«

»Na, vielen Dank für die Blumen!«, brummte Margreta.

Das Thema Günni beschäftigte Margreta und Tante Ria noch, als sie im »Radieschenheim« ankamen.

»Du hast ihn mal was geärgert! Anders geht's net!«, behauptete Tante Ria.

»Ich bin ihm nie zuvor begegnet«, verteidigte sich Margreta.

»Vielleicht wissen die im Tierheim etwas über seine Vorgeschichte«, schlug Valerie vor.

»Hmm«, machte Margreta und sah zerknirscht drein. Vielleicht könnte sie dort nachfragen, sollte sich die Geschichte nicht von allein erledigen. Im Moment wollte sie in dieser Angelegenheit lieber keine guten Ratschläge mehr hören und flüchtete deshalb unter einem Vorwand in den Kräutergarten. Dort angekommen strich sie mit ihrer Hand über die einzelnen Stauden und stand augenblicklich in einer Duftwolke, von der sie sich Nervenberuhigung erhoffte. Allerdings war sie noch zu aufgeregt, um den Moment wie sonst genießen zu können.

»Dieser verdammte Köter!«, schimpfte sie noch einige Male, bis ihre Wut über alle Hunde dieser Welt und ein bisschen auch über sich selbst verflogen war. Und schon wenige Zeit danach war sie ganz vertieft in ihre Gedanken über die neuen Salbeisorten. Sie zupfte ein paar Triebspitzen ab und überlegte, wie sie in der Küche Verwendung finden konnten. Und so stand ihre Laune wieder auf Schönwetter, als sie mit den geernteten Blättern ins Lokal zurückkehrte.

Valerie war inzwischen eingetroffen. Sie stand, ganz lässig und mit einer Hand auf die Hüfte gestützt, am Tisch von Tante Ria und ließ sich von ihr erklären, wie es dazu kam, dass sie heute im »Radieschenheim« und nicht an ihrem Vogelsberger Küchentisch saß.

Tante Ria hatte gerade den Punkt ihrer Geschichte erreicht, an dem sie ihre Erschütterung darüber zum Ausdruck brachte, wie überrascht sie war, dass sich der Dorfpolizist von ihrer Tochter hatte einwickeln lassen.

»Ich wusste schon immer, dass er nichts schaffe tut, aber dass er sich so blende lässt! Das liegt am Vadder. Der hat auch nix auf die Reih gekriegt.«

»Wie ich sehe, wirst du bereits auf den neuesten Stand gebracht?« Margreta zwinkerte Valerie zu, während sie die Lokaltür hinter sich ins Schloss zog. Dann ging sie zu ihrer Freundin und hielt dieser das Ananassalbeiblatt hin. »Riech mal. Dir fällt vielleicht was ein!«

Valerie und sie waren schon seit Kindertagen beste Freundinnen. Ursprünglich waren beide im gleichen Dorf am Rande des Vogelsbergs aufgewachsen. Ihre Wege hatten sich während der Schulzeit getrennt, als Valeries Familie nach Lübeck gezogen war. Sie hatten ihre Freundschaft über viele Jahre per Briefkontakt und unzähligen gegenseitigen Besuchen gepflegt. Sie hatten gemeinsam übers Telefon gelitten, als ihre ersten Beziehungen in die Brüche gegangen waren, und hatten jeweils der anderen zur Seite gestanden, als diese sich am Traualtar mit dem vermeintlich Richtigen verband. Beide wurden Taufpate ihrer inzwischen erwachsenen Töchter. Und natürlich hatte Valerie ihrer Freundin und deren kleiner Tochter ein Zimmer angeboten, als Margreta unverhofft von ihrem Exmann Ulf Mai verlassen wurde. Diesem war vor 20 Jahren eingefallen, dass er sein Leben lieber als Weltenbummler denn als verantwortungsbewusster Familienvater verbringen wollte.

Als Margreta damals spontan ihren und Marjoleins Koffer packte, da sollte es nur für eine kleine Auszeit aus ihrem Frankfurter Leben sein. Margreta brauchte ihre Freundin an ihrer Seite. Mit ihr zusammen konnte sie herausfinden, wie sie ihr künftiges Leben als alleinerziehende Mutter gestalten wollte. Und dann verliebte sie sich ins »Radieschenheim«. Das damals leer stehende Gartenlokal in der gleichnamigen Kleingartensiedlung lief ihr bei einem Besuch bei Valeries Eltern über den Weg, die sie zu Kaffee und Kuchen in ihre Gartenparzelle eingeladen hatten.

»Eis!«, meinte Valerie und zwinkerte zurück.

»Wie Eis? Du meinst Salbeieis?«

Valerie roch noch einmal am Blatt. »Warum nicht?«, sagte sie und gab ihr den Ananassalbei zurück. »Sag mal, ist es wahr, dass Marjolein auch bei dir geschlafen hat?«

Margreta nickte. »Der erste Ehestreit. Und gleich ein handfester, wie es aussieht. Zumindest badet sie nicht in

Selbstmitleid. Obwohl sie so aufgewühlt war und wenig geschlafen hat, war sie felsenfest davon überzeugt, zur Schule gehen zu müssen. Ich verstehe, warum sie hingeht. Sie will sich sicher mit ihren Kollegen beraten.«

»Mit ihren Kollegen? Sie will mit den anderen Lehrern ihren Ehestreit besprechen? Was für eine ausgefallene Idee ist das denn?« Valerie schüttelte den Kopf.

»Natürlich nicht den Ehestreit!«, sagte Margreta. Sie war inzwischen an der Theke angelangt und befüllte sich ein Glas mit Wasser.

»Was dann?«, fragte Valerie irritiert.

Margreta hätte ihre Freundin gern weiter aufgeklärt. Ein Aufschrei Tante Rias unterbrach sie.

»Ach Gott, ach Gott! Bei euch schwimmt ja noch e dode Leiche aufm See!«

Tante Ria hielt sich die Zeitung dicht vor die Nase, dann sah sie Margreta böse an, als hätte sie persönlich etwas damit zu tun. »So viel Schreckliches gibt's bei uns aber net!«

»Das ist die gleiche«, klärte Margreta auf.

Valerie nahm Tante Ria die Zeitung ab und begann zu lesen. »Ach du meine Güte!«, kommentierte sie den Fund der Rektorin, während sie weiterlas. »Ist das nicht die Schule, in der Marjolein unterrichtet?«

Margreta nickte. »Allerdings!« Dann nahm sie die Gelegenheit wahr, Valerie den Zusammenhang zwischen Schule und Marjoleins Ehestreit zu erklären.

Als Marjolein kurz nach zwei im »Radieschenheim« erschien, knallte sie ihre Schultasche auf den nächstbesten Tisch. So wie früher, dachte Margreta und sorgte sich für einen Augenblick darum, dass die danebenstehende Gerbera mitsamt Blumenvase umkippen könnte. Sie blieb glücklicherweise standhaft.

Marjolein hatte über den Vormittag nichts von ihrer kämpferischen Stimmung eingebüßt, stellte Margreta fest. Die hektischen, roten Flecken auf den Wangen ihrer Tochter signalisierten von Weitem, dass es keinen Sinn hatte, sich mit ihr anzulegen. Mit dieser Stimmung konnte Marjolein weiße Rosen blau diskutieren.

Alle starrten gebannt auf Marjolein.

»Es gab eine Party! Beide waren eingeladen. Sigvard Winter und seine Frau!«

»Sigvard, der Stein des Anstoßes?«, fragte Valerie Margreta leise.

Margreta nickte.

»Und seine Frau? Wer ist das?«, fragte sie nach.

»Die Leiche vom See!«, erklärte Margreta.

»Die gleich Leich?«, fragte Tante Ria argwöhnisch.

»Die gleiche, Tante Ria!«, beruhigte Margreta sie.

»Und die kennst du, die dode Leich?« Tante Ria legte Marjolein besorgt die Hand auf die Schulter.

»Das haben wir dir heute Morgen doch schon erklärt!« Marjolein hatte wenig Geduld.

»Ei ja. Schon. Man darf doch noch emol nachfrage, oder net?« Tante Ria schüttelte verständnislos den Kopf.

»Sie kamen getrennt«, setzte Marjolein fort. »Im Laufe des Abends kamen sie sich näher. Wie immer.«

»Du sagst, wie immer?« Valerie sah Marjolein stirnrunzelnd an.

»Ja, so läuft es wohl jedes Mal zwischen ihnen, haben mir die Kollegen erklärt.«

»Wäre nichts für mich!«, sagte Valerie kopfschüttelnd. Dann überlegte sie laut: »Das heißt, wenn sie den Abend zusammen verbracht haben, könnten sie auch zusammen gegangen sein. Und dann wäre es möglich, dass Winter weiß, was ihr passiert …«

»Nein!«, donnerte Marjolein dazwischen und sah Valerie böse an. »Fang du nicht auch noch an!«

»Ja, was ist denn? Ist das so weit hergeholt?«

»Ich finde auch, es klingt, als könnt er wisse, was mit deiner Rektorin passiert ist«, mischte sich Tante Ria ein.

»Natürlich weiß er es nicht! So ein Quatsch!« Marjolein sah erbost in die Runde.

Valerie räusperte sich. »Kann es sein, dass ich auf der Leitung stehe? Ich möchte dir auf keinen Fall zu nahe treten, Marjolein. Aber wenn du an dem Abend nicht dabei warst, woher willst du dann wissen, was passiert ist?«

Marjolein antwortete ihr mit einem finsteren Blick.

Margreta versuchte zu schlichten. »Sie ist fest von seiner Unschuld überzeugt.«

»Auch wenn die Polizei das anders sieht?« Valerie sah Margreta ungläubig an.

»Auch dann!«, beantwortete Marjolein selbst die Frage, und zwar derart bestimmt, dass Valerie Ruhe gab.

»Na gut. Mal angenommen, du hast recht. Was willst du tun?«, fragte Valerie.

»Beweisen, dass er es nicht war«, sagte Marjolein.

Margreta nickte, sie war inzwischen hinter die Theke gegangen und hatte begonnen, Kaffeelöffel mit dem Geschirrtuch zu polieren.

»Und wie?« Valerie sah nicht überzeugt aus. »Mithilfe deines Schwiegervaters?«

»Pfft«, machte Margreta. »Das lassen wir mal schön bleiben. Er war es schließlich, der Sigvard verhaftet hat.«

»Okay, verstehe schon«, sagte Valerie. »Der Kommissar ist tabu.«

Margreta nickte. »Absolut tabu!«

»Was? Der Kommissar ist net tabu!«, rief Tante Ria aufgebracht. »Den brauch ich doch für mei Anzeisch.« Ihre Entrüstung ließ ihre Wangen erzittern.

Margreta seufzte. »Du wirst sicher noch Gelegenheit bekommen, ihm deine Geschichte zu erzählen.«

»Na, das will ich hoffen!«, sagte sie, und ihre Wangen bebten gleich noch einmal. »Deshalb bin ich schließlich hergereist!«

Margreta sah zu ihrer Tochter. Marjolein schien nachzudenken.

»Also, was machen wir?«, rief sie ihr zu.

»Wir müssen mehr über die Party herausfinden!«, antwortete die nachdenklich.

»Ein guter Anfang«, meinte Valerie. »Wer zum Beispiel war der Gastgeber?«

»Gustav Kroneck. Er hat zu seinem Geburtstag eingeladen«, antwortete Marjolein.

»Gustav Kroneck? Sollte ich den kennen?« Margreta hatte namentlich schon von vielen Kollegen von Marjolein gehört und sie teils auch selbst kennengelernt. Dieser kam ihr gänzlich unbekannt vor.

»Er ist eine Weile in Pension«, sagte Marjolein. »Ich habe ihn einmal auf einer Schulveranstaltung getroffen. Sigvard hat ihn mir vorgestellt.«

»Eine Geburtstagsgesellschaft. Da dürfte es kein Problem sein herauszufinden, wer da war«, dachte Valerie laut nach.

»Im Lehrerzimmer fielen ein paar Namen, ich weiß nicht, ob ich sie noch zusammenbekomme«, sagte Marjolein.

»Alles Kollegen von dir?«, fragte Margreta.

»Nein, überhaupt nicht. Einige sind mir zwar bekannt, aber sie sind pensioniert. Oder an einer anderen Schule. Ich denke, bis auf Sigvard und Frau Dutt-Winter war keiner von der Vogelsangschule da.«

Marjolein fuhr sich durch das Haar. »Ich muss herausfinden, was an dem Abend gelaufen ist! Vielleicht gab es einen Streit oder irgendetwas anderes.«

»Und der bleibt auf einer Party keinesfalls unbemerkt«, sagte Margreta, räumte die Löffel in die Schublade und hängte das Handtuch an den Haken.

»Ich werde zuerst herausfinden, wer alles auf der Party war. Damit können wir anfangen«, sagte Marjolein.

»Also, wenn ihr mich braucht, ich wär dabei«, bot sich Tante Ria an. Ihre Augen leuchteten ähnlich wie am Morgen, als sie ihre eigene Geschichte mit ihrem Justus zum Besten gegeben hatte. »Das ist ja spannender als im ›Daadort‹!«

Margreta sah durch das Glas der Lokaltür, dass Grete Siebenhus und Ewald Ferman im Anmarsch waren. Ferman war ein weiterer Schrebergärtner und wie Grete Siebenhus Mitglied im Ältestenrat, dem selbst ernannten Aufsichtsorgan der Kleingartensiedlung. Margreta fragte sich, warum die beiden sich ständig nach unten beugten und beim Aufrichten gegenseitig anlachten. Da ihr die Holztische und -bänke allerdings die Sicht verdeckten, konnte sie die Ursache nicht ausmachen.

»Wir sollten klären, wie wir das ›Radieschenheim‹ und unsere Nachforschungen unter einen Hut bringen«, sagte Margreta. »Schließlich haben wir ja auch noch Gäste.«

»Oh, da mach dir man keine Sorgen!«, sagte Valerie. »Ich übernehme gern mehr Stunden, wenn du mal wegmusst. Wenn ich euch auf diese Art helfen kann, bin ich zufrieden. Mein Mann wird mich schon nicht vermissen. Er ist neuerdings unter die Buddelschiffbauer gegangen und mit sich allein mehr als zufrieden!« Sie rollte die Augen. »Aber sollte es mal jemanden zu beschatten geben, dann denkt bitte an mich. So etwas wollte ich schon immer mal machen.« Sie zwinkerte Margreta zu.

»Kartoffeln schälen könnte ich auch«, bot sich Tante Ria an. »Aber lieber würd ich mit beschatten gehen. Nur uff en See, da kriegt ihr mich net druff. Gott bewahre, wenn das Boot umkippe tut. Ich kann nämlich überhaupt net schwimme.«

KAPITEL 5

»Hallo zusammen. Was darf ich bringen?«, begrüßte Margreta die beiden Neuankömmlinge auf der Terrasse. Grete Siebenhus und Ewald Ferman im Gespann, das war eine Seltenheit, dachte sie. Dafür musste es einen Grund geben. Doch sie hielt ihre Neugier im Zaum. Grete Siebenhus würde es ihr schon erzählen. Warum sonst sollte sie sich die Mühe machen und ins »Radieschenheim« kommen? Dass sie vor Mitteilungsbedürfnis fast platzte, konnte Margreta ihr von den pastellrosa bemalten Lippen ablesen, die sich gerade zu einem breiten Lächeln auseinanderzogen.

Die Mittsechzigerin war ein echtes Original in der Kleingartensiedlung, insbesondere wegen ihres ausgefallenen Modegeschmacks, denn diesbezüglich schwelgte sie immer noch in den Achtzigerjahren. An diesem Tag trug sie ihren heiß geliebten Tigerlook, und zwar in einer lila-weißen Farbvariante. Das luftige, kurzärmelige Viskose-Shirt saß ihr dank riesiger Polster hoch auf den Schultern. Ihre weißen langen Haare hatte sie mit einem pinken Frotteeband zu einem sportlichen Zopf mitten auf dem Kopf zusammengefasst. Ein lila Frotteestirnband, lila Turnschuhe, pastellrosa Nagellack und eine randlose Sonnenbrille mit einem Herz aus Strasssteinchen auf einer Glasecke vervollkommneten ihren heutigen Look.

»Zuallererst ein Schälchen mit schön kaltem Wasser!

Das wäre wundervoll«, rief sie Margreta immer noch breit lächelnd zu, und die Strasssteinchen glitzerten in der Sonne.

»Nanu? Wozu? Wollt ihr euch abkühlen? Wurde einer von euch von etwas gestochen? Soll ich lieber einen kalten Waschlappen holen? Oder den Insektenstift?«

Nun mühte sich auch Ferman ab, sich auf der Holzbank umzudrehen. Sein im blassgrünen T-Shirt steckendes Rentnerbäuchlein drückte sich schwerfällig an der Tischkante vorbei. Als das geschafft war, hob er sein staksiges, in einer kurzen, braunen Cordhose steckendes Bein über die Sitzfläche. Seinen in beigen Socken und braunen Ledersandalen steckenden Fuß richtete er genau auf Margreta aus. Dabei grinste er geheimnisvoll.

Im nächsten Moment hörte sie ein Rascheln und dann ein Kläffen unter dem Tisch.

Reflexartig machte Margreta einen Satz zurück. »Huch? Na, was haben wir denn da?«

Ein kleiner Hund mit braun-schwarzem Fell und hellen Pfoten und einer roten Schleife zwischen den Ohren lugte unter der Bank zwischen Fermans Beinen hervor. Er kläffte Margreta ein zweites Mal an und legte dann den Kopf schief und hechelte.

»Och nee, Ewald, guck mal. Das ist ja so goldig!« Grete Siebenhus schlug gleich mehrmals ganz verzückt ihre Hände zusammen, begleitet vom Klimpern ihrer zahlreichen Modeschmuckarmreife.

»Na, du bist ja wirklich ein Hübscher!«, sagte Margreta und schlug sich auf die Schenkel. Wäre sie normalerweise sofort auf den Hund zugestürmt, blieb sie heute, wo sie war. Und daran hatte Günni Schuld, das musste sie sich eingestehen.

»Eine *Hübsche*!«, korrigierte Ferman sie. »Darf ich dir Miss Pitty vorstellen? Meine kleine Yorkshire-Terrier-Prinzessin.«

»Hallo, Miss Pitty!«, sagte Margreta so fröhlich wie möglich. Sie hoffte, dass niemand ihre Unsicherheit bemerkte. Und um ihrer neu erwachten Furcht vor Hunden gleich etwas entgegenzusetzen, streckte sie ihre Hand nach dem kleinen Tier aus.

»Du kannst ruhig näher herangehen«, lud Ferman sie ein.

Margreta blieb, wo sie war, und hockte sich hin.

Miss Pitty lief aufgeregt, soweit ihre Leine es erlaubte, hin und her. Ab und zu blieb sie stehen und wedelte mit dem Schwanz oder kläffte in die Luft.

»Frau Mai, seit wann hast du Angst vor Hunden? Sieh, wie sie sich freut!«, ermunterte Grete Siebenhus sie, noch mehr zu wagen. »Sie ist ja so eine Liebe.«

»Sie haben recht«, seufzte Margreta. Sie gab sich einen Ruck und näherte sich Schritt für Schritt der Hundedame, die ihr den Gefallen tat, sich nicht vom süßen Schoßhund in eine menschenfressende Bestie zu verwandeln. Im Gegenteil, sie erwartete Margreta freudig, schnüffelte an ihr und leckte ihre Hände. »Na, siehst du wohl, Margreta. Es geht doch!«, sagte Ferman zufrieden.

Er erzählte, dass Miss Pitty sein Sommergast war. »Sie ist der Hund meiner lieben Nachbarin. Die Arme muss heute noch ganz überraschend für ein paar Tage ins Krankenhaus. Und natürlich habe ich angeboten, mich um meine kleine Prinzessin zu kümmern«, erklärte er und wirkte wie ein kleiner Junge, der stolz seinen ersten Hund präsentierte.

»Na, dann sei herzlich willkommen, kleine Miss Pitty«, sagte Margreta und streichelte dem Hund über den Kopf. »Auf eine gute Zeit für dich hier bei uns im ›Radieschenheim‹!«

»Ich habe meiner Nachbarin gleich erzählt, dass sie sich nicht einen Tag Sorgen um die kleine Miss Pitty zu machen braucht«, sagte Ferman zufrieden, als sich das Trio schon bald verabschiedete. Miss Pitty sollte weiter auf Vorstellungsrunde durch die Kleingartensiedlung gehen.

In all der Aufregung um Marjolein, den Tod der Rektorin und den verhafteten Sigvard Winter war die kleine Hundedame eine willkommene Abwechslung im »Radieschenheim«. Margreta freute sich noch im Nachhinein über das Lächeln, das der Hund auch ihrer Tochter auf das Gesicht gezaubert hatte. Dennoch konnte er die Sorgen nicht in Luft auflösen.

Tante Ria war am Abend müde von der, wie sie selbst sagte, guten Seeluft früh ins Bett gegangen. Marjolein war ihr alsbald gefolgt. Und so saß Margreta den Abend über allein im Wohnzimmer und versuchte, den mit aufregenden Momenten reichlich gefüllten Tag mit einem seichten Abendprogramm ausklingen zu lassen. Doch die Sorgen ließen sich nicht einfach vertreiben. Und so grübelte Margreta über Sigvard Winter und den durch seine Verhaftung ausgelösten Ehestreit zwischen Marjolein und Ole, während sie stur auf die Mattscheibe starrte. Sie bekam nicht mit, wie der Abendkrimi von den Nachrichten und dann einer Diskussionsrunde abgelöst wurde. Ihr war bewusst, dass Marjolein nicht umhinkam, zuerst im Kreise ihrer Kollegen nach dem Mörder zu suchen, was Margreta einen Seufzer nach dem anderen entlockte. Sie hatte keine Idee, wie sie ihrer Tochter diese Last abnehmen konnte. Sie wünschte, sie könnte sie vor weiterem Schmerz bewahren. Irgendwann fiel Margreta todmüde ins Bett.

Ein paar Stunden Schlaf brachten wenigstens eine Erkenntnis. Und die unterbreitete Margreta ihrer Tochter, als Marjolein am Morgen in der Küche erschien: »Wen auch immer du verdächtigst, du darfst nicht vergessen: Es ist ein Kollege von dir! Du solltest diskret vorgehen. Sonst könnte es mehr Ärger geben, als dir lieb ist.«

»Was soll ich denn machen?« Marjolein sah betrübt aus.

»Erst einmal nichts, außer deine Ohren aufzuhalten. Ich werde mich für dich an den Gastgeber, den Kroneck, wenden. Ich weiß zwar noch nicht wie, aber mir fällt schon was ein!«

Gustav Kroneck stand mitsamt Adresse im Telefonbuch, und so machte sich Margreta noch am Vormittag auf den Weg nach Eichholz. Unterwegs hörte sie die neuesten Nachrichten:

»Im Fall um den Leichenfund am Klempauer Hofsee

gibt es laut Pressesprecher der Polizei neue Erkenntnisse. Die Obduktion hat ergeben, dass die tote Frau ertrunken ist. Schwere Verletzungen am ganzen Körper sprechen dafür, dass sie zuvor von einem Auto überfahren wurde. Die Polizei sucht nun nach Zeugen, die diesen Verkehrsunfall gesehen haben könnten.«

»Oh mein Gott! Sie wurde zuvor überfahren!«, stieß Margreta aus und stieg dabei so abrupt auf die Bremse, dass sich der Autofahrer hinter ihr mit einem Hupen beschwerte. Zum Glück hatte er genug Abstand eingehalten, dass nichts passierte. Margreta fuhr rechts auf einen Parkstreifen. Der Autofahrer überholte. Dass er ihr dabei einen Vogel zeigte, bemerkte sie gar nicht. Sie musste erst einmal verdauen, was sie gerade gehört hatte.

Es musste das nächste Haus sein. Margreta folgte der blickdichten Ligusterhecke, bis sie zu einem geschlossenen Tor aus Jägerzaun kam, an dem ein weißes Schild mit einer schwarzen Neun befestigt war. Hier musste es sein, dachte sie und öffnete die Pforte.

Die Ligusterhecke zog sich einmal um den Vorgarten. Hinter einem kurz geschorenen Rasen lag ein weißes Backsteinhaus mit einem dunklen Flachdach. An der Frontseite des Hauses kletterte weitverzweigt eine rote Rose am Spalier empor. Ihre prallen Blüten erzählten von liebevoller Pflege, und ein grüner Plastikeimer mit vertrockneten Blütenständen, der ein wenig abseits stand, bestätigte diesen Eindruck. Sie hatte es bei den Bewohnern also mit Rosenliebhabern zu tun.

Margreta folgte den verwitterten Betonsteinplatten, die zum Hauseingang führten. In den Ritzen zwischen den Trittsteinen hatte sich etwas Moos breitgemacht. Eine Stufe führte zur Haustür hoch, einer dunklen Massivholztür. Daneben befand sich in gleicher Höhe und etwa doppelt so breit eine Wand aus Glasbausteinen.

Margreta wollte gerade die Hand zur Klingel von Gustav und Lisa Kroneck heben, als sie dahinter einen Schatten entlanghuschen sah. Sie zögerte und ließ ihre Hand wieder sinken.

Die Tür öffnete sich.

Ein Mann mit silbernem Lockenkopf und gestutztem Vollbart, der in einer grünen, halblangen Arbeiterlatzhose und barfuß in braunen Zehenlatschen steckte, erschien. Unter seinen Trägern lugte sein weißes Breitgeripptes hervor.

Er schien gern in der Sonne zu sein, denn seine Haut hatte einen kräftigen Goldton. Den einen Arm hielt er eng an den Körper gepresst, darunter klemmte eine graue Pappschachtel, auf deren sichtbarer Seite Margreta die Zeichnung eines Nagels und eine Zahlenreihe erkennen konnte. In der anderen hielt er einen Hammer. Auf seiner Nasenspitze saß eine Brille.

Da er seinen Blick konzentriert zu Boden gerichtet hielt, mussten es Margretas Füße gewesen sein, die ihn auf ihre Gegenwart aufmerksam gemacht hatten. Er zuckte heftig zusammen, dann schaute er langsam auf. »Nanu? Wen haben wir denn hier?«, sagte er und schaute Margreta über die Brille hinweg direkt ins Gesicht. Sein Ton klang dabei weder besorgt noch belustigt, sondern einfach überrascht.

Margreta lächelte. »Hallo. Mein Name ist Margreta Mai. Sind Sie Gustav Kroneck?«

Seine Augenbrauen senkten sich, sein Blick wurde misstrauisch. »Der bin ich! Und Sie? Sind Sie von der Presse?«

»Presse? Wie kommen Sie darauf?«

»Sie wären nicht die Erste!« In seinem Tonfall schwang eine gewisse Warnung mit. Margreta verstand, dass er keine Spielchen mochte.

»Ich bin die Mutter von Marjolein. Marjolein Knutsen. Früher Mai.«

»Wer soll das sein? Diese Mayo…«

»Marjolein. Sie ist Lehrerin. An der Schule am Vogelsang.«

Er zog den Mund kraus. Seine Augenbrauen drängten aneinander. Er schien zu überlegen. Schließlich schüttelte er den Kopf. »Kenne ich nicht!«

»Sie sagt, sie habe Sie einmal kennengelernt.«

Er sah sie argwöhnisch an. »Ich bin seit Jahren pensioniert. Das kann nicht sein!«

»Aber Sie haben trotzdem noch einige Schulveranstaltungen besucht. Sie kennen Sigvard Winter. Er hat Sie beide bekannt gemacht.«

»Sigvard Winter. Wo haben Sie denn den Namen aufgefischt! Sie sind von der Presse!«, schimpfte er. »Lassen Sie mich in Ruhe!« Kroneck tat einen Schritt zurück ins Haus.

»Sigvard Winter war der Mentor meiner Tochter. Es stimmt, was ich sage. Bitte, warten Sie!« Sie zog ihr

Handy aus der Tasche und tippte darauf herum, bis sie ein Foto von Marjolein gefunden hatte. »Hier! Sehen Sie! Vielleicht erinnern Sie sich!«

Er betrachtete das Bild mit argwöhnischem Blick. Dann hob er die Hand mit dem Hammer hoch zum Ohr, um sich mit dem Stielende an einer Stelle dahinter zu kratzen. »Na gut. Kann sein«, meinte er. »Ich erinnere mich an sie. Und es stimmt, sie hatte so einen komischen Namen.«

»Er ist holländisch!« Die Erklärung kam Margreta ganz automatisch aus dem Mund. Sie hatte sie schon oft ausgesprochen.

»Tut mir leid, ich bin derzeit sehr angespannt. Wenn Sie Winter kennen, wissen Sie vielleicht, dass seine Frau … Sigvard Winter wurde verhaftet.«

»Deshalb bin ich hier«, sagte Margreta. Kroneck sah sie misstrauisch an, dann trat er ganz aus der Tür, zog sie hinter sich zu und lud sie mit einer Geste ein, ihm zu folgen. Der Weg führte am Haus entlang.

»Sie haben hoffentlich nichts dagegen, wenn ich im Garten ein paar Nägel einschlage, während Sie mir erzählen, was Sie zu mir führt. Ich muss leider immer in Bewegung sein, sonst bekomme ich schnell Schmerzen. Wegen der Bandscheiben musste ich aus dem Schuldienst ausscheiden!«

Margreta nahm seine Erklärung kommentarlos hin und folgte ihm hinter das Haus. Auch hier hatte sich der Rosenliebhaber verewigt. Rosen in den unterschiedlichsten Farben und Sorten beherrschten das Bild. Sie waren in mehreren Beeten zu hübschen Arrangements geordnet, eingefasst von Immergrünen. Dazwischen leuchteten in kräftigem Purpur und Gelb Lavendel und Frauenmantel. Allein der Geruch war überwältigend, was Margreta ihrem Gastgeber auch kundtat.

»Meine Frau liebt Rosen über alles«, erklärte Kroneck. »Und ich sorge dafür, dass sie darin schwelgen kann.«

»Ich bin beeindruckt!«, sagte Margreta und folgte Kroneck bis zu einer nagelneu aussehenden Gartenlaube, die in frisch lackiertem Weiß leuchtete. An der einen Seite errichtete Kroneck gerade ein neues Spalier. Weiß gestrichene Latten lehnten neben dem schon befestigten Grundgerüst.

»Wenn Sie wollen, können Sie sich gern setzen!«, meinte Kroneck und wies auf einen Klappstuhl mit weiß-blauen Streifen, der in der Nähe stand. »Mir ist es, wie gesagt, lieber, wenn ich in Bewegung bleiben kann.«

Margreta nickte und zog sich den Stuhl heran. Eine Weile sah sie zu, wie Kroneck Abstände maß und Bleistiftstriche an das Grundgerüst malte und zwischendrin immer wieder ein paar Schritte ging, dann erklärte sie ihr Anliegen.

Sie erzählte, wie sie die Nachricht vom Tode der Rektorin erfahren hatte. Und von Marjoleins Ehestreit, den die Verhaftung Winters ausgelöst hatte. Sie erklärte die Verbindung zum ermittelnden Kommissar Jan Knutsen und berichtete schließlich vom gemeinsam gefassten Plan, Winters Unschuld auch ohne polizeiliche Hilfe zu beweisen.

Als sie auf den Tod von Hannelore Dutt-Winter zu

sprechen kam, bemerkte sie, wie Kroneck in seiner Arbeit innehielt und in den Himmel starrte.

»Ist alles in Ordnung?«

Er wischte sich mit dem Handrücken über die Augen. »Ich kann es einfach nicht fassen!«

Er griff nach einer der Holzlatten, schwenkte sie, um sie waagerecht an die vorgesehene Stelle zu heben. Dann ließ er die eine Seite wieder zu Boden sinken und umgriff die Latte wie einen Stab. Er zog Mund und Kinn ganz kraus, sein Gesicht erzitterte, dann lief ihm eine Träne über den Wangenknochen in den Bartansatz hinein.

»Er hat sie geliebt!«, stieß er aus und wischte sich über die feuchten Augen. »Wie hätte er ihr etwas antun können?« Er sah Margreta anklagend an. »Wenn es einer wissen muss, dann ich. Oder nicht? Ich kenne ihn mein Leben lang!« Er trat mit einem Fuß gegen die Latte.

»Sind Sie denn von seiner Unschuld überzeugt?«, fragte Margreta.

»Ja doch! Natürlich!« Er wirkte verzweifelt. »Aber … sieht es denn nicht so aus, als wäre er es gewesen?«

»Warum? Nur weil sie zusammen die Party verlassen haben?«

»Ach …«, sagte er und wischte ihre Bemerkung weg, als sei sie unwichtig. »Weil … weil. Die Polizei sagt, es war sein Auto, mit dem sie überfahren worden ist. Dabei waren sie nicht mit dem Wagen da, sondern mit dem Taxi. Sie haben beide getrunken.«

»Ich habe das mit dem Auto gerade im Radio gehört«, sagte Margreta. »Sie wussten es schon vorher?«

»Ja. Der Kommissar hat es mir gesagt.«

»Puuh!«, sagte Margreta und lehnte sich zurück. »Das sind Neuigkeiten!«

»Und trotzdem, das passt nicht!« Er schüttelte den Kopf.

»Wohnten die beiden eigentlich zusammen? Weil meine Tochter erwähnt hatte, sie seien getrennt gewesen.«

Er nickte. »Stimmt schon, sie waren getrennt. Er wohnt Richtung Süden raus und sie wohnte in der Innenstadt.«

Auf einmal schmiss Kroneck die Latte zu Boden. »Verdammt, ja! Sie war sicherlich kein einfaches Mädchen.« Er raufte sich die Haare. »Und ich würde Stein und Bein schwören, dass er ihr kein Haar gekrümmt hat! Ich … ach verdammt!«, fluchte er.

Plötzlich marschierte Kroneck Richtung Haus. Margreta folgte ihm auf die Terrasse. Unter einer gelbweiß gestreiften Pergola stand eine Gartenmöbelgarnitur aus grünem Plastik mit bunt betupften Auflagen. Der Boden war mit Waschbetonplatten ausgelegt. Eine Gartenliege aus der gleichen Kollektion wie die Tischgruppe stand aufgeräumt an einem Ende, am anderen wartete ein Barhocker unter einer kleinen, von der Wand heruntergeklappten Tischplatte aus Kiefernholz.

Kroneck bückte sich mit steifem Rücken hinter den seitlichen Sitzplatz und kam mit zwei Bierflaschen wieder hoch, die Hälse zwischen die Finger geklemmt. Während er den Barhocker herauszog, hielt er Margreta die Bierflaschen entgegen. »Auch eine? Sind noch von der Party übrig geblieben. Ein Freund hatte Selbstgebrautes dabei. Das war natürlich der Renner und dieses ist liegen geblieben!«

»Selbst gebrautes Bier?« Margreta nahm ihm eine der Bügelflaschen ab.

»Jaja. Mein Freund Karkhoff versteht da wirklich was davon!« Halb setzte er sich, halb lehnte er sich gegen den Hocker. Er wies auf die Tischgruppe. »Wenn Sie wollen, setzen Sie sich. Ich bleibe aber hier. Sogar bequemes Sitzen ist für mich eine Qual!«

Margreta rückte einen Stuhl herum und setzte sich. Kroneck starrte gedankenversunken vor sich hin. Ab und an nahm er einen Schluck aus seiner Flasche. Der Widerstreit seiner Gefühle war ihm im Gesicht abzulesen.

Dann begann er zu erzählen. Von seinem Freund Sigvard Winter. Wie sie zusammen studiert und auf einer Lehrveranstaltung Hannelore Dutt kennengelernt hatten.

»Sie saß neben uns. Neben mir, um es genau zu sagen. Und ganz ehrlich? Sie war damals schon eine giftige Qualle gewesen! Hat mich, kaum dass ich mich hingesetzt hatte, sofort auf einen Fleck auf meinem T-Shirt hingewiesen. Das macht man nicht, oder?«, fragte er Margreta. »Nicht, wenn man sich nicht kennt!« Er schüttelte den Kopf. »So war sie. Sie wies einen gern auf Fehler hin. Wusste es gern besser.« Wieder schüttelte er den Kopf, als könnte er es nach all den Jahren immer noch nicht fassen. »Wissen Sie, ich fand immer, dass ihre Art etwas Unangenehmes hatte. Ganz ehrlich, ich habe nie verstanden, was Sigvard an ihr fand.« Er trank einen Schluck. Dann lachte er. »Aber er konnte sie immer mit anderen Augen sehen. Für ihn stand bald fest: Er wollte sie unbedingt. Sie und keine andere! Was sollte ich dazu sagen?«

Tatsächlich seien sie bald ein Paar geworden, erzählte er weiter. Und eines Tages hatte Sigvard Winter Kroneck gefragt, ob er sein Trauzeuge werden wollte.

»Da habe ich natürlich nicht Nein gesagt. Wenn er sie haben wollte, sollte er sie haben. Damit war das Thema für mich erledigt und basta!«

Die Ehe hielt genau sieben Jahre, erzählte Kroneck. »Ausgerechnet das verflixte siebte!« Kroneck verließ seinen Platz und wanderte ein wenig herum.

»Vielleicht hätte ihnen ein Kind gutgetan«, sinnierte er. »Doch sie wollte nie Kinder. Und er war zufrieden, wenn sie es war.«

Kroneck kehrte zu dem Wandtisch und seinem Hocker zurück und zog eine neue Bierflasche aus dem Kasten. Er bot sie Margreta an, die lehnte dankend ab. Er ließ den Verschluss ploppen und spielte dann eine Weile damit herum.

Letztlich hatten sie die Finger auch nach der Trennung nicht voneinander lassen können, erzählte er. »Sie waren das berühmte Paar, das nicht mit-, aber auch nicht ohneeinander auskam. Sie lebten einerseits getrennt, andererseits blieben sie unzertrennlich. Es wäre niemandem in den Sinn gekommen, nur einen von ihnen einzuladen.«

»Keiner von beiden hatte mal einen anderen Partner?«, fragte Margreta.

Er schüttelte den Kopf. »Nein. Keiner von beiden. Was sie einander geben konnten, reichte ihnen offenbar aus.«

»Also waren sie noch ein Paar?«

Kroneck zuckte mit den Schultern. »Sie haben sich nie scheiden lassen, waren aber offiziell getrennt. In unserem Kreis galten sie als zusammen. Und sie hatten nichts dagegen.«

»Sie haben sie also aus Gewohnheit zusammen eingeladen?«

Kroneck sah Margreta an. Dann stellte er sein Bier ab und begann, um Margretas Tischgruppe herumzulaufen.

»Sie entschuldigen, dass ich ...«, sagte er und drehte mit seinem Zeigefinger Kreise in die Luft. »Mein Rücken hat mich fest im Griff!«

»Machen Sie nur«, sagte Margreta.

Er nickte und drehte weiter seine Runden.

»Darüber habe ich nie nachgedacht. Vielleicht haben Sie recht, und es geschah in gewisser Weise nur aus Respekt gegenüber meinem Freund.« Er lachte auf. »Vielleicht war sie letztlich zur Freundin geworden. Wissen Sie, die Zeit verhält sich milde gegenüber unseren schlechten Eigenheiten. Wir gewöhnen uns an sie. Finden Sie nicht?«

Margreta dachte über seine Worte nach, während er noch eine schweigsame Runde drehte.

»Und die anderen? Wer war noch auf der Party? Und wie standen die anderen zu den beiden?«

Kroneck ging zu seinem Tisch, trank einen Schluck, dann wanderte er vor Margreta auf und ab.

»Tja, ich würde uns als einen zusammengewürfelten Haufen von Lehrern bezeichnen, die alle Spaß am Doppelkopfspielen haben. Es war Sigis und meine Idee, die Runde ins Leben zu rufen, wir haben so eine schon zu Studentenzeiten gehabt.«

»Und wer nahm daran teil? Waren es alles Freunde?«

Er schüttelte den Kopf. »Nein. Jeder Kollege, der Spaß daran hatte, konnte dabei sein. Wer Doppelkopf liebte, war unser Freund!« Er blieb stehen und sah zu einer nahe stehenden Buschrose. Er ging zu ihr und riss eine vertrocknete Blüte ab. Als er zurückkam, lächelte er in sich hinein. »Manchmal haben wir andere Sachen unternommen. Kinobesuche. Altstadtfest. Mal zum Hamburger Fischmarkt. Aber mittwochs Doppelkopf!«

»Also hat Frau Dutt-Winter ebenfalls Doppelkopf gespielt?«, fragte Margreta. Nach allem, was sie bisher über die Rektorin gehört hatte, schien sie niemand zu sein, der seine Entspannung in Spiel und Spaß suchte.

Kroneck schüttelte den Kopf. »Ach wo! Sie hat nicht gespielt. Sie war mittwochs nicht dabei.«

Als Margreta später ins »Radieschenheim« kam, herrschte dort gerade die vorabendliche Ruhe. Kleingärtner hielten sich gern an geregelte Essenszeiten. Ein Umstand, den Marjolein und Valerie bei ihren Essensplanungen zu schätzen wussten. Neben ein paar Kindern, die an einer Eistüte mit Valeries selbst gemachtem Eis schleckten, saßen nur ein Herr und Tante Ria auf der Terrasse. Der Herr hielt die Tageszeitung ausgebreitet in der Hand, während er darüber hinweg gebannt auf Tante Ria starrte. Seinem Gesichtsausdruck nach zu urteilen durfte er gerade an den Ungerechtigkeiten teilhaben, die ihr im Vogelsberg zugestoßen waren.

Margreta winkte Tante Ria zu, doch die bekam davon nichts mit. So schlüpfte Margreta durch die Tür ins Gartenlokal, in dem sie Marjolein vorfand, die an einem der Tische an ihren Vorbereitungen für den nächsten Schultag saß.

»Hannelore Dutt-Winter und Sigvard Winter haben beide gegen halb zwei die Party verlassen«, eröffnete Margreta ihr, während sie sich auf einen der Barhocker vor dem Tresen setzte. »Das war das Letzte, was Kroneck von ihnen gesehen hat.«

Marjolein schob ihren Füller zusammen, stand auf und kam zu ihr.

»Sie sind also doch zusammen gegangen«, sagte Valerie, die gerade aus der Küche gekommen war und nun im Türrahmen zum Gastraum stand. Sie hielt eine Schüssel unter einen Arm geklemmt, während sie darin mit einem Schneebesen herumrührte.

»Arm in Arm, ja«, bestätigte Margreta. »Kroneck hatte geglaubt, die beiden würden die Nacht zusammen verbringen. Es war wohl nicht das erste Mal.«

Marjolein seufzte. »Allerdings. Das war in der Schule kein Geheimnis. Doch ist sich Kroneck sicher? Nicht, dass er es nur annimmt, weil es sonst auch so war.«

»Er konnte sich sogar daran erinnern, dass sie die Köpfe zusammengesteckt haben und tuschelten, als sie das Grundstück verließen. Ihm seien sie vorgekommen wie frisch verliebt. Und Kronecks Frau Lisa hat das bestätigt, als sie später zu uns kam.«

Valerie schnalzte mit der Zunge. »Sieht wohl schlecht aus für deinen ehemaligen Mentor, Marjolein.« Sie stellte die Rührschüssel auf die Theke.

Marjolein bedachte Valerie mit einem vernichtenden Blick und wanderte dann zu einem der Tische, um dort missmutig aus dem Fenster zu starren.

Margreta seufzte. »Habt ihr auch gehört, dass die Lehrerin zuerst überfahren worden sein soll? Es kam im Radio.«

Valerie nickte.

»Kroneck hat gesagt, dass die Polizei ihm erzählt hätte, dass das Auto, mit dem es passiert ist, Sigvard Winter gehören soll!« Margreta sah zu Marjolein, um zu sehen, wie sie die Nachricht aufnahm.

Die Reaktion kam prompt. »Das ist jetzt nicht wahr, Mama!« funkelte Marjolein ihre Mutter an.

Margreta seufzte. »Es tut mir leid. Ich erzähle nur, was ich herausgefunden habe.«

»So ein Quatsch! Die waren mit dem Taxi auf der Party!«, sagte Marjolein und drehte sich wieder zum Fenster.

»Auf der Party, ja. Aber sie wurde doch später überfahren«, versuchte Valerie eine Erklärung zu finden.

Marjolein schüttelte den Kopf. »Es muss anders gewesen sein!«

Margreta und Valerie sahen sich an. Valerie rollte mit den Augen. »Aber wie, bitteschön?«, fragte sie. »Du kannst die Fakten nicht ignorieren!«

»Was sagt Kroneck zu der ganzen Sache?« Marjolein kam zurück zur Theke.

Margreta sah sie mitfühlend an. »Ich glaube, er möchte so gern wie du – oder wie wir – an Winters Unschuld glauben!«

»Und? Hat er Vorschläge, wie wir sie beweisen können?«

Margreta schüttelte den Kopf.

»Pfft!«, machte Marjolein. »Was ein toller Freund!«

»Sei nicht ungerecht, Marjolein«, sagte Margreta. »Er ist mehr als am Boden zerstört darüber, was mit seinem Freund passiert ist. Und das nach seiner Party. Das macht es für ihn nicht besser.«

Marjolein zuckte mit den Schultern, als würde sie das nicht interessieren. »Hat er denn gar keine Idee? Hat er wenigstens etwas über die Leute gesagt, die da waren? Gab es unter denen Streit?«

Margreta seufzte. »Er hat mir die Namen all derer gegeben, die da waren. Er hat uns auch erlaubt, seinen Namen zu nennen, wenn wir mit den Gästen reden. Aber er möchte selbst keine Nachforschungen anstellen, wofür ich vollstes Verständnis habe. Er möchte keinen seiner Freunde beschuldigen.«

Marjolein zog den Mund zur Schnute. Ein typisches Gesicht bei ihr, wenn sie etwas einsehen musste, was sie nicht wahrhaben wollte.

»Ich verstehe. Wir gehen vertraulich mit den Namen um. Alles bleibt unter uns!«, sagte Valerie.

Margreta nickte und zog einen Zettel aus ihrer Tasche. »Hier sind sie, die Namen aller Partygäste.«

Marjolein riss ihr die Liste sofort aus der Hand und fing an, die Namen einzeln vorzulesen. »Asmus Karkhoff. Der ist Rektor in Ratzeburg.«

»Und Bierbrauer!«, fügte Margreta hinzu.

»Bierbrauer?« Marjolein sah sie fragend an.

»Hat Kroneck gesagt.«

»Kann sein«, sagte Marjolein und sah wieder auf den Zettel. »Ach, und der Berthold war auch da. Philipp Berthold mit seiner Frau. Er ist Sportlehrer an unserer Schule. … Melanie Uhlig mit Mann Nino. Aha. Sagt mir erst mal nichts. … Stefan Lustig und Karl-Heinz Luntebuhr, beide mit Frau. Ja, die kenne ich. Sind beide bei uns. … Henrike Soll-Hatte. Ach, ich glaube, die Soll-Hatte war auch mal bei uns. Hatte dann Burn-out. Und Beate Kummerschuh mit Mann. Nee, der Name sagt mir nichts.« Marjolein sah hoch. »Das waren alle?«

»Ja«, sagte Margreta.

»Was hat er über sie gesagt? Verdächtigt er jemanden?«

»Ich habe ja schon gesagt, dass er sich in Sachen Verdächtigungen lieber heraushalten will. Er ist wegen seines Rückenleidens schon länger pensioniert und meinte deshalb, dass er über die Dinge, die in der Schule laufen, nichts sagen könne. Wichtig war ihm, mir zu sagen, dass ihm alle, die er eingeladen hatte, am Herzen liegen.«

»Hast du eigentlich an das Johannisbrotkernmehl für das Eis gedacht?«, fragte Valerie, die kurz in die Küche gegangen war und nun ohne Schüssel zurückkam.

»Oh nein! Das habe ich tatsächlich vergessen!« Margreta schlug sich an die Stirn, dann sah sie auf die Uhr. »Aber ich kann es noch besorgen.«

Margreta hatte Glück und konnte in der letzten Minute vor Ladenschluss ins Reformhaus schlüpfen und das Johannisbrotkernmehl besorgen. Jetzt stand sie vor dem Geschäft und hatte noch eine Stunde Zeit, bis der Malkurs begann. Und so überlegte sie, sich zur Erfrischung noch ein Eis zu gönnen.

Der milde Sommerabend hatte viele Menschen auf die Straßen gelockt. Die Außentische der Eisdiele waren voll besetzt und die Schlange vor dem Verkaufsfenster lang. Margreta stellte sich hinten an.

Auf Zehenspitzen schielte sie über die Schulter ihres Vordermannes, in der Hoffnung, schon einen Blick auf die Eissorten werfen zu können. Dies erwies sich als komplett aussichtslos. Margreta gab es auf und ließ ihren Blick schweifen. Ein kleiner Junge wurde aus der Menschengruppe vor dem Verkaufsfenster ausgespuckt. Er schleckte bereits an einer Kugel Schokoladeneis und sah dabei sehr zufrieden aus. Eine Frau, offenbar seine Mutter, rief ihm hinterher, er solle bitte warten, was er dann auch tat. An einem der Tische fiel ihr eine ältere Dame mit weißem Strohhut und dunkler Sonnenbrille auf, die gedankenversunken in einer Espressotasse rührte. Erst als am Nachbartisch ein Handy mit lauter Rockmusik klingelte, nahm sie den Löffel heraus und leckte ihn ab.

Margreta war schon um wenige Plätze in der Schlange vorgerückt, als sich ihr Vordermann unerwartet daraus löste. Margreta verfolgte ihn, ohne nachzudenken, mit ihrem Blick, während sie gleichzeitig bis zur nächsten Schulter aufrückte. Sie registrierte, wie er zielstrebig auf einen der Tische am Rand zusteuerte. Margreta hätte sich nicht weiter darum gekümmert, wenn sie nicht zufällig den Namen gehört hätte, den er ausrief, als er den Tisch erreicht hatte.

»Karkhoff! Asmus Karkhoff! Ich glaube es ja nicht, du alter Schwerenöter. Was machst du denn hier?«

»Ich? Ich warte auf mein Eis! Und du?«

KAPITEL 6

Asmus Karkhoff! Der Bierbrauer! Margreta starrte auf den sonnengebräunten Mann mit den silbergrauen Haaren, der seinen Gast mit Handschlag begrüßte. Mit seinen langen, schlanken Beinen in weiß-orange karierten Shorts und dem hellblauen Polohemd machte er einen sportlichen Eindruck. Als sich sein Bekannter zu ihm setzte, faltete er die Zeitung zusammen, die vor ihm ausgebreitet auf dem Tisch gelegen hatte. Dann lehnte er sich bequem zurück und grinste sein Gegenüber an.

Margreta beobachtete, wie die beiden immer wieder lachten, während sie sich unterhielten. Sie wirkten wie gute Freunde oder zumindest alte Bekannte, die einiges zusammen erlebt haben. Eine Bedienung brachte Karkhoff irgendwann einen Eisbecher und wenig später auch eine Eiswaffel für den Herrn aus der Schlange.

Margreta konnte kaum den Blick von den beiden lassen. Sie hätte gern gehört, über was sie sich unterhielten. Noch viel lieber hätte sie selbst an Karkhoffs Tisch gesessen. Was für ein Zufall, ihn hier zu treffen!

Sie war fast an der Reihe, als sie mitbekam, dass sich der Freund von Karkhoff verabschiedete. Sie überlegte nur kurz und kam dann zu dem Schluss, dass sie sich diese Gelegenheit nicht entgehen lassen sollte. Und so stand sie Augenblicke später selbst vor Karkhoffs Tisch.

»Ist hier noch frei?«, fragte sie und versuchte, möglichst charmant zu lächeln.

»Für eine schöne Frau? Immer!«, sagte er nicht minder charmant und lud sie mit einer Armbewegung ein, sich zu setzen.

»Was war das wieder für ein herrlicher Sommertag heute!«, sagte Margreta und stellte ihre Handtasche auf ihren Schoß.

»Den man mit einem gelungenen Eisbecher versüßen sollte«, meinte Karkhoff lächelnd und schob sich einen Löffel voll Eiscreme, garniert mit Nusssplittern und Schokosoße, in den Mund.

»Ich wünsche guten Appetit«, sagte Margreta und griff zur Eiskarte. Und während sie darin blätterte, überlegte sie, wie sie am besten vorgehen könnte.

Die Bedienung kam, eine magere junge Frau um die 20, die sich ohne Worte, dafür kaugummikauend, neben Margreta stellte und dort auf deren Bestellung wartete. Margreta sah kurz auf die Uhr. Mit dem Ziel, den Malkurs auf keinen Fall verpassen zu wollen, bestellte sie zwei Kugeln Zitroneneis.

»Haben Sie Ihr Eis schon mal selber gemacht?«, fragte Margreta, als die Bedienung zum nächsten Tisch gezogen war. Sie hatte beschlossen, erst einmal ein wenig Small Talk zu halten.

Karkhoff lachte auf. Ein herrliches Lachen in Margretas Ohren. Er wirkte so unbekümmert.

»Ich probiere ja vieles gern aus. Aber auf die Idee bin ich noch nicht gekommen!«, sagte er schließlich und grinste. »Wenn Sie schon so fragen, dann darf ich davon ausgehen, dass Sie es schon gemacht haben?«

Sie lächelte. »Ja, schon oft.«

»Und? Welches schmeckt besser? Selbst gemacht oder hier beim Italiener?«

Noch bevor Margreta antworten konnte, kam die Bedienung an den Tisch und brachte Margretas Eis. Margreta wollte gleich zahlen. Die Bedienung nörgelte, dass sie dann einen Moment warten müsste. »Ich muss erst die neuen Bestellungen aufnehmen, bevor ich die Rechnung bringen kann.«

Karkhoff winkte ab. »Lassen Sie mal«, sagte er zur Bedienung. »Ich zahle später alles zusammen.«

»Wie Sie meinen«, sagte die Bedienung schulterzuckend und zog zum nächsten Tisch.

»Ich gebe Ihnen das Geld«, sagte Margreta, kramte nach ihrem Portemonnaie und zog einen Fünfer heraus.

Karkhoff weigerte sich, den Schein anzunehmen. »Lassen Sie mir das Vergnügen. Die zwei Kugeln werden mich sicherlich nicht arm machen.« Er lachte und bohrte seinen Löffel ins Eis.

»Trotzdem, Sie sind mir nichts schuldig«, sagte sie und klemmte den Schein unter den Aschenbecher. »Sie könnten Ihre Großzügigkeit noch bereuen!«

»Wieso sollte mir das einfallen bei so einer schönen Frau?« Er legte den Kopf schief und lächelte charmant.

Oh, là, là, dachte Margreta, Karkhoff wusste zumindest, wie er mit der unverhofften Bekanntschaft umgehen wollte. Sie konzentrierte sich für einen Moment auf ihr Eis. Es war lange her, dass sie geflirtet hatte. Vielleicht konnte sie die Stimmung nutzen, dachte sie, und revanchierte sich mit einem nicht minder verführerischen Blick. »Weil ich mich nicht zufällig zu Ihnen gesetzt habe«, gab sie zurück.

Karkhoff legte seinen Eislöffel beiseite, lehnte sich in seinem Stuhl zurück, verschränkte die Arme vor der Brust und grinste. »Sie lieben es also offensiv!«

Margreta lachte. »Das Kompliment kann ich gern zurückgeben.« Sie zwinkerte ihm zu.

»Nun verraten Sie mir endlich, warum Sie sich zu mir gesetzt haben«, bat Karkhoff sie. Während er sich wieder vorbeugte und seinen Löffel aufhob, sah er sie aufmunternd an, und Margreta konnte sich gut vorstellen, welche Antwort er gern gehört hätte.

»Es war Ihr Ruf!«, sagte sie, beugte sich vor und lächelte. »Wenn ich es richtig verstanden habe, dann wurden Sie vorhin mit dem Namen Asmus Karkhoff angesprochen. Als ich das gehört habe, da konnte ich einfach nicht widerstehen.«

»Sie kennen mich?« Karkhoff, der gerade einen Löffel voll Eis in den Mund schieben wollte, hielt inne. Seine Augenbrauen gingen in die Höhe, als er sie ansah.

»Also sind Sie Asmus Karkhoff?«, fragte Margreta nach.

Er nickte und schob sich das Eis in den Mund.

»Ich habe gehört, dass Sie Ihr Bier selbst brauen. Stimmt das?«

Sie bemerkte, dass sie ihn erneut überrascht hatte. Während er seinen Löffel ablutschte, betrachtete er sie eingehend. Als er den Löffel wieder aus dem Mund gezogen hatte, grinste er. »Bevor ich diese Frage beantworte, bin ich aber mal dran. Vielleicht verraten Sie mir zuerst, wer Sie sind?«

»Oh, natürlich. Wie unhöflich«, sagte Margreta. Sie reichte ihm die Hand. »Mai ist mein Name. Margreta Mai.«

Er nahm ihre Hand und hielt sie fest. »Es ist selten, dass man mich überraschen kann. Doch Sie haben offenbar Talent dafür, Frau Mai!« Karkhoff lächelte, während er ihr tief in die Augen sah. Sie spürte, wie er sie zu ergründen versuchte. Margreta gab sich Mühe, seinem Blick nicht auszuweichen.

»Angenommen, ich bin derjenige, den Sie meinen. Wer hat Ihnen erzählt, dass ich mein Bier selbst braue?«

Während er fragte, drückte er ihre Hand noch ein wenig fester, woraufhin Margreta sie ihm entzog. Sie sah ein, dass sie eine gute Erklärung brauchte, wenn sie etwas von ihm erfahren wollte. Misstrauen wäre jetzt in jedem Fall hinderlich. Da fiel ihr Marjolein ein.

»Meine Tochter«, sagte sie, nahm ihren Eislöffel hoch und steckte sich einen Löffel voll Zitroneneis in den Mund. Als das Eis in ihrem Mund geschmolzen war und sie es herunterschlucken konnte, war sie sich sicher, dass sie das Thema Hannelore Dutt-Winter im Eiscafé auf keinen Fall anschneiden wollte. Sie wusste nichts über Karkhoff. Und so angenehm, wie er sich gab, am Ende hatte er etwas mit der Sache zu tun. Sie wollte lieber vorsichtig sein.

»Meine Tochter ist Lehrerin an der Grund- und Gemeinschaftsschule am Vogelsang. Dort sind Sie ganz offensichtlich bekannt dafür, ein ausgezeichneter Bierbrauer zu sein«, sagte sie deshalb und hoffte, ihn mit dieser Erklärung zufriedengestellt zu haben.

»Ach du meine Güte!«, sagte Karkhoff. Das schelmische Grinsen kehrte auf sein Gesicht zurück. Margreta beglückwünschte sich dazu, seine Zweifel offenbar vertrieben zu haben. Er sah sogar ein wenig stolz aus. »Ja, tatsächlich. Das Bierbrauen ist eins meiner Hobbys«, erklärte er und schob sich eine in Schokosoße eingetunkte Nuss in den Mund.

Margreta nickte ihm lächelnd zu, was ihn dazu bewog, weiter über seine Leidenschaft zu berichten.

»Ich habe schon viel für die Lehrerschaft gebraut, das stimmt. Wer ist denn Ihre Tochter, dass sie mein Selbstgebrautes kennt? Sie müssen wissen, ich bin schon lange nicht mehr an der Schule am Vogelsang. Ich unterrichte seit ein paar Jahren in Ratzeburg.«

»Ach so«, sagte Margreta und versuchte, ein wenig Enttäuschung in ihrer Stimme mitklingen zu lassen. »Dann kennen Sie sie vielleicht nicht. Marjolein Knutsen heißt sie seit Kurzem. Davor wie ich Mai.«

Karkhoff zog nachdenklich die Stirn kraus. »Marjolein Mai. Nein. Das sagt mir tatsächlich nichts.« Er bekräftigte seine Aussage mit einem Kopfschütteln.

»Sie schließt gerade ihr Referendariat ab. Vielleicht kennen Sie ihren Mentor? Sigvard Winter«, sagte Margreta und beobachtete, wie er auf den Namen reagierte.

»Sigvard Winter. Natürlich kenne ich ihn!« Sein Blick wirkte nachdenklich, als er noch einmal den Kopf schüttelte. »Es tut mir leid, ich bin schon zu lange fort. Ihre Tochter habe ich nicht mehr kennengelernt. Was erzählt sie Ihnen über meine Brauereikünste?«

»Oh, sie hat mir nicht viel erzählt, nur dass in der Lehrerschaft davon geschwärmt wird.« Dann kam Margreta eine Idee. »Wissen Sie, ich habe ein Gartenlokal. Das ›Radieschenheim‹ in der gleichnamigen Kleingartenanlage. Vielleicht haben Sie schon davon gehört?«

Er überlegte kurz, dann zuckte er mit den Schultern.

»Das ist letztlich auch egal«, fuhr sie fort. »Mir schwebt die Idee eines besonderen Abends vor: eines Salbeiabends, an dem ich meinen Gästen meine neuesten Rezepte mit Salbei präsentieren könnte, mit denen ich gerade herumexperimentiere. Und da wäre selbst gebrautes Bier eine gelungene Ergänzung.«

Er lutschte seinen Löffel ab und lächelte. »Und da soll ich Sie noch ganz schnell in die Kunst des Bierbrauens einführen?«

Margreta lachte. »Nein, ganz und gar nicht. Ich dachte eher daran, dass Sie vielleicht …?«

Er begriff schnell. »Ich?«, stieß er aus und grinste. Dann kratzte er eine Weile in seinem fast leeren Eisbecher die Schokosoße vom Rand.

»Und?«, fragte Margreta, die nun auch den letzten Löffel voll Eis in den Mund schob.

»Warum eigentlich nicht!« Er zwinkerte ihr zu. »Wie es der Zufall will, habe ich mich neulich erst an der Rezeptur für ein Salbeibier ausprobiert.«

»Das klingt doch wunderbar!«, sagte Margreta und streckte ihm die freie Hand hin. »Also ist es abgemacht?«, fragte sie.

»Abgemacht!«, antwortete er und schlug ein. Als er sich wieder zurücklehnte, kehrte jene Unbekümmertheit in sein Gesicht zurück, die Margreta bereits zu Beginn ihrer Begegnung aufgefallen war.

Er legte schließlich den Eislöffel zur Seite, hob seinen rechten Fuß auf das linke Knie und verschränkte die Arme hinter dem Kopf. Sein aufliegendes Bein wippte in der Luft, während er sie mit einem Lächeln betrachtete.

Margreta spürte, dass er etwas sagen wollte. Sie sah ihn mit schräg gelegtem Kopf an. »Was ist?«

»Wissen Sie, warum ich zugesagt habe?«

»Weil Sie nett sind?«, bot Margreta an.

Er wackelte mit dem Kopf hin und her und tat so, als müsste er den Wahrheitsgehalt ihres Vorschlags erst abwägen. »Na gut. Aber es gibt noch einen anderen Grund.«

»Und der wäre?«

Er stellte seinen hochgelegten Fuß wieder auf den Boden und lehnte sich weit zu ihr vor. »Ich freue mich auf ein Wiedersehen mit Ihnen!«

Margreta lächelte. »Ein guter Grund!«

Hinterher hätte sie nicht sagen können, wie lange sie sich daraufhin noch tief in die Augen geschaut hatten, nur dass es ihr nicht eingefallen war, ihn nicht mehr anzusehen. Erst als sie von einem der Nachbartische hörte, wie spät es bereits geworden war, wusste sie, dass sie sich losreißen musste.

Auf dem Weg zur Kunstschule lachte sie über sich selbst. Sie hatte lange nicht mehr geflirtet und hatte es genossen! Und sie fand auch, dass Karkhoff zufrieden gewirkt hatte mit dem, was zwischen ihnen gelaufen war.

KAPITEL 7

»Margreta, hast du einen Verehrer?«

Tante Ria kam aufgeregt in die Küche. Das kanariengelbe Nachthemd mit dem verwaschenen lila Herzen auf der Brust, das Margreta ihr geliehen hatte, hing ihr weit über die Schultern.

Margreta, die am Küchentisch saß, sah von der Zeitung auf. Sie hatte gehofft, darin etwas über den Mordfall lesen zu können, doch sie hatte bislang nichts gefunden.

»Wie kommst du darauf?«

»Ei, wenn ich du wäre, dann würde ich mal vorne aus der Tür gucken!« Tante Rias Mund kräuselte sich zu einem verschmitzten Lächeln, ihre Augen glitzerten spannungsgeladen.

Im Nu war Margreta an der Haustür und hatte sie geöffnet. Ein Stück davor lag ein großer Strauß langstieliger roter Rosen.

Margreta dachte bei seinem Anblick sofort an Ole Knutsen, der ihn für Marjolein dort hingelegt hatte. Und für einen kleinen Moment ging ihr auch der Name Asmus Karkhoff durch den Kopf, was bei ihr ein flaues Gefühl im Magen auslöste. Sie ging die wenigen Schritte vor die Tür, hob den Strauß auf und sog den herrlichen Duft ein.

»Und? Von wem ist er?« Tante Ria war ihr bis in den Haustürrahmen gefolgt.

»Ich habe noch keinen Absender gefunden!«, antwortete Margreta und hielt daraufhin den Rosenstrauß etwas tiefer, um zwischen den Blüten nach einem Hinweis zu suchen.

»Na, von wie vielen Verehrern wirst du schon Blume erwarte, Mädche! Er ist ganz sicher von deinem Kommissar, oder net? Wart, ich helfe dir.«

Margreta hatte gerade den kleinen braunen Umschlag zwischen den in Papier eingewickelten Blumen gefunden und versuchte, ihn herauszufischen, als Tante Ria ihr den Strauß abnehmen wollte.

»Lass!«, sagte Margreta und wehrte sie ab. Sie wollte lieber zuerst allein einen Blick auf den Absender werfen, sollte der Strauß tatsächlich von Karkhoff stammen. »Ich weiß nicht, warum du es immer vom Kommissar hast. Wieso sollte Knutsen mir Blumen schicken?«

Tante Ria zog die Augenbrauen hoch und bedachte Margreta mit einem Blick, der sie wissen ließ, dass sie sie für begriffsstutzig hielt. »Nun gib schon her!«, sagte sie und zerrte an Margretas Arm. »Ich werde es dir zeigen!«

»Aber ich habe den Brief doch schon!«, sagte Margreta, die fest entschlossen war, sich den Strauß nicht abnehmen zu lassen, und hielt dagegen.

Nach einigem Hin und Her zwickte ihr Tante Ria auf einmal in den Unterarm.

»Autsch!«, schrie Margreta auf und riss ihren Arm hoch. Dabei fiel der Strauß zu Boden, und zwar mit den Blüten zuerst.

»Das hast du jetzt davon!«, schimpfte Tante Ria.

»Das hat echt wehgetan«, beschwerte sich Margreta.

Als sie sich im nächsten Moment gleichzeitig zu Boden beugten, stießen sie mit den Köpfen zusammen. »Autsch!«, riefen beide und taumelten ein Stück zurück. Dort rieben sie sich die schmerzenden Stellen.

»Was treibt ihr denn da? Ist das eine neue Art von Morgengymnastik?«, kam es in dem Augenblick von der Haustür. Marjolein war wach geworden und stand dort, die Arme vor der Brust verschränkt.

Während sich Tante Ria zu ihr herumdrehte, sammelte Margreta den Strauß auf. Der kleine braune Papierumschlag, der sich durch den Sturz aus dem Gebinde gelöst hatte, steckte in den taunassen Blättern des Frauenmantels. Als sie ihn herauszog, war er bereits durchnässt. Auf der Außenseite war weder Adressat noch Absender noch sonst irgendwas zu sehen. Margreta riss schnell den Umschlag auf, doch auch der Inhalt brachte sie nicht weiter. Die auf einem einfachen Papier notierte Nachricht war bereits zu einem großen Tintenfleck zusammengelaufen.

Über 20 Rosen zählte Tante Ria, nachdem Margreta den Strauß in einer großen Vase drapiert und ihn in die Mitte des Frühstückstischs gestellt hatte. Marjolein hielt währenddessen den unleserlichen Brief in der Hand und schüttelte dabei ununterbrochen den Kopf. »Hier ist absolut nichts mehr drauf zu erkennen!«, sagte sie.

»Nun werden wir wohl net mehr erfahre, wer die Blumen geschickt hat!«, seufzte Tante Ria und beschmierte sich ein Brot dick mit Butter.

»Er ist sicherlich von Ole, Marjolein. Keine Frage! Er will sich bei dir entschuldigen«, sagte Margreta und füllte sich Kaffee in ihre Tasse.

»Tss«, machte Marjolein abfällig und griff zu einem Toastbrot. »Der hat noch nie Blumen für mich gekauft. Das findet der altmodisch. Man weiß heutzutage nicht mehr, wo die Blumen herkommen. Und welche Umweltsauereien dafür angestellt wurden.« Sie griff zum Butterteller. »Nein, nein! Das passt nicht zu Ole!«, sagte sie und begann, das abgestochene Stück Butter energisch auf ihrem Toastbrot zu verteilen. »Ich denke, der Strauß ist für dich, Tante Ria!«, entschied sich Marjolein, während sie sich Honig auf ihren Buttertoast träufelte. »Dein hessischer Verehrer hat ihn dir geschickt. Justus, oder wie hieß er noch gleich?«

Tante Ria nahm den Vorschlag mit einem schüchternen Lächeln auf. »Meinst du, das könnte sein?«, fragte sie, griff zu ihrem Teelöffel und rührte gedankenversunken in ihrem Kaffee herum.

Margreta besah ihre Tochter mit einem strafenden Blick. Wie konnte sie die Flausen von Tante Ria nur unterstützen? »Das ist mehr als ganz schön weit hergeholt, Marjolein! Woher sollte er überhaupt wissen, dass Tante Ria hier ist?«

»Vielleicht hat meine Trudi es ihm gesagt?«, schlug Tante Ria zaghaft vor und warf einen sehnsüchtigen Blick zum Rosenstrauß.

Margreta rollte mit den Augen. »Und wenn sie es erwähnt haben sollte, was ich nicht glaube, dann hat sie doch nicht noch dazu mit meiner Adresse gewinkt.«

»Vielleicht hat er sie ja allein herausgekriegt!«, sagte Marjolein kampfeslustig. »Immerhin stehst du im Telefonbuch, Mama!«

»So ein Unsinn!« Margreta schüttelte den Kopf. »Ich bleibe dabei, er ist von Ole!«

»Na, wenn du meinst«, sagte Tante Ria, und ihr Tonfall ließ Margreta wissen, dass sie verschnupft darüber war, dass Margreta ihr den Rosenkavalier nicht gönnte.

»Mal angenommen, die Rosen sind wirklich von Ole. Was macht es denn für einen Sinn, dass er den Strauß vor die Tür gelegt und nicht geklingelt hat?«, fragte Marjolein. »Was, wenn ich nicht da gewesen wäre?«

»Wo solltest du denn sonst sein!«, antwortete Margreta.

»Wo sie recht hat, hat sie recht!«, mischte sich Tante Ria ein. »Er sollte sich bei mei Großnichte schon mehr Mühe geben, als nur ein paar Blume vor die Tür zu schmeiße!« Dann biss sie in ihr Brot und kaute schmatzend darauf herum. »Außerdem …«, sagte sie und schluckte es herunter. »Außerdem denk ich, die Rose komme vom Kommissar!« Sie nickte Margreta auffordernd zu. »Er ist noch von der alten Schule. Er wirbt um dich, Kindche! Ganz der Rosenkavalier!«, schwärmte sie.

»Ach!«, machte Margreta. »Und warum sollte er um mich werben?« Sie klang nicht überzeugt.

»Ganz einfach! Weil er dich mag!«, antwortete Tante Ria. »Er ist net so der Draufgänger, dem man das gleich anmerke würd. Er braucht sei Zeit! Aber du kannst mir glaube, dass da was dran ist. Ich hab des im Gespür!«

Marjolein ließ ihren Toast fallen. »Der Strauß ist

nicht für Mama!«, rief sie entsetzt. »Was soll das heißen, Jan wirbt um sie?« Sie wandte sich an Margreta. »Sag bitte, dass das nicht wahr ist, Mama!«

»Also, so schlimm, wie du jetzt tust, ist es auch nicht. Warum sollte der Strauß nicht für mich sein?« Margreta fühlte sich glatt beleidigt, dass ihre Tochter ihr keinen Verehrer zugestehen wollte. Auch wenn sie selbst weniger an Knutsen als an Karkhoff dachte. »Traust du mir etwa kein Liebesleben mehr zu?«

Marjolein rollte mit den Augen. »Bitte, Mama! Verschone mich!«

»Ist ja schon gut«, sagte Margreta beleidigt und stand auf. Mit einem langen Blick auf die Rosen sagte sie: »Wenn sich der Absender nicht noch einmal meldet, werden wir eh nicht erfahren, wer sie uns geschickt hat!«

Eine gute Stunde später beeindruckte der imposante Rosenstrauß auf der Theke vom »Radieschenheim«. Margreta hatte ihn mit dem Einverständnis von Marjolein und Tante Ria mit dorthin genommen, und Valerie war die Erste, die ihn bewunderte.

Valerie war auch die Einzige, die von Margretas Vermutung, er könnte von einem gewissen Asmus Karkhoff sein, erfuhr. »Wenn du irgendjemandem davon erzählst, bringe ich dich um!«, hatte Margreta ihr eingebläut. Der Preis dafür war, dass sie Valerie die ganze Geschichte vom Eiscafé erzählen musste. Und da Tante Ria mit Marjolein in die Schule gefahren war, um dort Marjoleins Grundschülern als hessisches Original präsentiert zu werden, hatte Margreta nichts dagegen.

»Schließlich habe ich ihn eingeladen, mit uns einen Salbeiabend zu veranstalten!«, schloss Margreta ihren Bericht.

»Du hast was?« Valerie hörte auf, mit dem Stift auf ihren Block zu pochen, was sie die ganze Zeit über getan hatte, während Margreta ihr von der Begegnung mit Asmus Karkhoff erzählt hatte.

»Ist ein Wahnsinnszufall, dass er Salbeibier brauen kann, oder nicht? Ich habe sowieso gerade ein paar Rezepte mit Salbei ausprobiert. Und du hast gesagt, du wolltest ein Salbeieis kreieren. Das ist perfekt, oder nicht? So etwas hatten wir hier noch nie!«

»Hmm«, machte Valerie und begann wieder, mit dem Bleistift auf den Block zu pochen. »Warum eigentlich nicht.«

Margreta lächelte ihre Freundin an. »Das wird ein tolles Fest!«

»Und ich bin gespannt, Herrn Karkhoff persönlich kennenzulernen!«

Das durfte Valerie noch am selben Mittag, und zwar zu einem Zeitpunkt, als Margreta nicht im Gartenlokal anzutreffen war. Diese hatte ein paar Besorgungen zu erledigen und dabei noch einen kleinen Abstecher zu ihrem Wiesensalbei unternommen, in der Hoffnung, dass Lisbeth noch in der Schule und Günni damit zu Hause weilte.

Damit lag sie ganz richtig, allerdings wurde ihr Aufenthalt durch einen erneuten Ameisenangriff getrübt. Sie war ganz vertieft in ihre Skizze und konnte das Kribbeln auf ihren nackten Füßen eine Zeit lang ignorieren. Erst als einige wenige an ihren Beinen hochkrabbelten, sprang Margreta auf. Beim Abklopfen der Tiere wurde sie gebissen. Die Stellen juckten fürchterlich, sodass Margreta ihr Stelldichein mit dem Wiesensalbei abbrechen musste. Bevor sie zum Auto ging, riss sie noch ein paar Salbeiblätter ab und linderte die beißenden Stellen mit einem grünen Pflaster, dennoch kehrte sie mit entsprechend angekratzten Nerven ins »Radieschenheim« zurück.

Als sie mit dem Einkauf über die Terrasse zum Nebeneingang ging, sah sie durch die Fenster Karkhoff und Valerie miteinander sprechen. Karkhoff hatte es sich mit dem Rücken gegen die Theke gelehnt gemütlich gemacht. Und Valerie wanderte durch den Gastraum, wo sie offenbar die Blumenvasen und die Speisekartenständer auf den Tischen zurechtrückte.

Als Margreta im Vorratsraum mit dem Einräumen der Einkäufe beschäftigt war, drangen Wortfetzen des Gesprächs zu ihr. Sie bekam mit, dass sie sich über den Themenabend unterhielten, und das versetzte Margreta einen Stich.

Sie wusste, dass das ungerecht war, und fragte sich, warum Valerie nicht mit dem Gespräch auf sie gewartet hatte. Als sie die Gaststube betrat, fand sie sogar, dass Valerie ein Glitzern in den Augen hatte.

»Da ist sie ja!«, sagte Valerie, als sie Margreta im Türrahmen entdeckte.

Karkhoff drehte sich auf seinem Barhocker um. »Na endlich!«, sagte er und grinste. »Ich muss nämlich gleich wieder los!«

»Und? Ich höre, ihr habt bereits mit der Planung unseres Salbeiabends angefangen?« Margreta zog an den Rosenstielen in der Vase, als gäbe es dort etwas zu richten. Dann lächelte sie Karkhoff an.

»Allerdings!«, sagte dieser und interessierte sich kein bisschen dafür, was Margreta mit den Rosen anstellte.

Zumindest tat er so, dachte Margreta und erklärte es sich damit, dass er sich vor Valerie nicht zu erkennen geben wollte. Sie hatte zwar gehofft, dass er ihr ein Zeichen geben würde, dass die Rosen von ihm waren, doch darauf musste sie wohl warten, bis Valerie in die Küche ging.

»Wenn ich gewusst hätte, dass Sie heute kommen, Herr Karkhoff, dann hätte ich Ihnen das eine oder andere Salbeirezept zur Verköstigung zubereiten können«, sagte Margreta und setzte sich neben Karkhoff an die Theke. »Valerie, magst du mir einen Milchkaffee machen? Und vielleicht möchte Herr Karkhoff ja noch einen Espresso!«

Valeries erstaunten Blick darüber, dass Margreta das nicht selbst erledigte, ignorierte Margreta einfach. Und schon bald plauderte sie mit Karkhoff, als würde sie ihn schon eine Ewigkeit kennen. Und es dauerte nicht lange, da hatte Karkhoff Margreta und natürlich auch Valerie das Du angeboten. »Eine wichtige Grundlage für unsere gemeinsame Zusammenarbeit und ein gelungenes Fest!«, lachte er verschmitzt und ließ sich nicht davon abbringen, die neue Vertrautheit, »wie es sich gehört«, mit einem Glas Sekt und einem Küsschen links und rechts auf die Wangen zu besiegeln.

Gerade als Margreta mit Karkhoff das Küsschen austauschte, stand Hauptkommissar Jan Knutsen in der Lokaltür. Margreta sah ihn über die Schulter von Karkhoff hinweg. Wie versteinert blieb Knutsen in der Tür stehen.

Als Karkhoff bemerkte, dass Margretas Interesse für den Moment nicht bei ihm lag, drehte auch er sich um. »Der Kommissar! Welch eine Überraschung, dass wir uns hier treffen!«, sagte er überschwänglich.

»Allerdings!«, knurrte Knutsen und setzte sich wieder in Bewegung. Er sah abgekämpft und verschwitzt aus.

Margreta verließ ihren Platz neben Karkhoff und bezog Stellung hinter der Theke.

Knutsen steuerte wie immer den letzten Barhocker vor dem Stammtisch-Radieschen an. Er fischte sogleich, nachdem er sich gesetzt hatte, nach einem Zuckertütchen. Sie wurden in einem Schälchen davor aufbewahrt.

Margreta wusste, dass er jetzt auf seinen Kaffee wartete, den er inzwischen gern bei ihr trank, wenn er in der Nähe war. Schwarz und ohne jeden Schnickschnack außer einem Tütchen Zucker.

Doch Margreta dachte nach ihrem letzten Telefonat nicht daran, so einfach den Kaffeeknopf am Automaten zu drücken. Bevor er sich nicht bei ihr entschuldigt hatte, sah sie es nicht ein, zum Alltagsgeschäft zurückzukehren. Stattdessen begann sie, mit ihrer Hand am unteren Rand der Rosenvase entlangzustreichen, den Blick auf Valerie und Karkhoff gerichtet, die sich ebenfalls auf einen Hocker an der Theke setzten.

Knutsen bemerkte irgendwann, dass nicht alles so lief wie sonst. Bislang hatte er wie ein einsamer Gast nur auf das weiß lackierte Thekenholz gestarrt. Nun hob er den Kopf. »Ist deine Kaffeemaschine kaputt?«, fragte er Margreta. Dann ließ er seinen Blick einmal an der Blumenvase von unten nach oben und wieder zurück gleiten. Sein Mund verzog sich dabei, als würde ihm der Anblick eines Straußes Rosen großes Unbehagen bereiten.

Margreta ignorierte Knutsen und wandte sich an Karkhoff. »Möchtest du noch einen Kaffee, Asmus? Oder etwas anderes? Ich kann dir auch unsere Karte geben.«

»Gute Idee, mal her damit«, sagte Karkhoff. »Vielleicht kann ich etwas finden, womit der Kommissar und ich uns näherkommen können.«

Dann rückte Karkhoff auf den Stuhl neben dem Kommissar. Die Karte, die Valerie ihm auf die Theke legte, ließ er liegen. »Ich bin verwundert, Sie hier zu treffen, Kommissar Knutsen. Sind Sie mit Frau Mai schon länger bekannt? Oder steht sie im Zusammenhang mit einem Ihrer Mordfälle?«

»Unsere Kinder sind verheiratet«, murmelte Knutsen mit grimmigem Gesichtsausdruck. »Noch, jedenfalls!«, sagte er und bedachte Margreta mit einem finsteren Blick.

»Ach! Was ein Zufall. Das gibt es doch nicht!« Karkhoff rieb sich mit den Handflächen auf den Schenkeln. »Dann sind Sie sozusagen ja verwandt!«

»Und Sie?« Knutsen drehte sich seitwärts zu Karkhoff, sodass dieser ihm Platz machen musste. »Was machen Sie hier, wenn ich fragen darf?«

Karkhoff löste das Problem, indem er seinen Hocker nach hinten schob. »Frau Mai und ich sind uns gestern zufällig begegnet«, sagte er, als er wieder saß und sein Grinsen auf sein Gesicht zurückgekehrt war.

»Zufällig. Soso.« Knutsen bedachte Margreta mit einem kurzen Blick. Sie tat immer noch so, als würde sie gedankenversunken mit der Vase spielen.

»So ist es gewesen! Wir kamen ins Gespräch über meine Bierbrauerei. Sie wissen ja.«

Knutsen nickte.

»Und so ist Frau Mai – Margreta – auf die Idee gekommen, dass wir gemeinsam einen Themenabend mit Salbei ausrichten könnten. Sie kocht und backt, und ich serviere das Bier«

»Im ›Radieschenheim‹?« Knutsen zog seine Augenbrauen zusammen.

»Ja. Hier.«

Knutsen bedachte Margreta erneut mit einem kurzen Blick. Dann wandte er sich wieder an Karkhoff. »Und wann soll das besondere Ereignis stattfinden? Nicht, dass ich es verpasse!«

»Das wäre wirklich schade, nicht wahr?« Karkhoff legte Knutsen die Hand auf die Schulter, als wäre er ein alter Freund. »Dabei würde ich mich wirklich freuen, wenn Sie mein Bier kosten!«

»Eben drum!«, brummte Knutsen.

»Aber so weit waren wir noch nicht, Herr Kommissar! Wir haben gerade erst mit der Planung begonnen. Ich werde dafür sorgen, dass Sie es nicht verpassen.« Karkhoff nickte zufrieden.

Knutsen sah nun auf seine Uhr und anschließend zu Margreta. »Was ist nun? Gibt es hier noch Kaffee?«

In der Stille, die entstand, war nur das Ticken der Uhr über dem Regal zu hören. Und das leise Klingeln, wenn Margretas Fingernägel beim Zurückstreichen die Vase berührten.

Valerie sah zu ihrer Freundin, doch Margreta machte keine Anstalten, sich zu rühren. Schließlich zuckte sie die Schultern und sagte betreten: »Der Kaffee ist, fürchte ich, heute aus.«

»Dann nicht!«, brummte Knutsen, schob seinen Hocker unsanft nach hinten und verließ ohne einen Abschiedsgruß das Lokal.

KAPITEL 8

»Mannomannomann!«, sagte Valerie, als Karkhoff schließlich gegangen war. Sie und Margreta schauten ihm durch die Fensterscheibe hinterher, wie er über den Terrassenplatz das »Radieschenheim« verließ. »Da hast du aber den einen unter Tausenden aufgegabelt!«

Karkhoff war gerade links auf den Zibbelsring gebogen, als Ferman mit Miss Pitty an der Leine von rechts kam. Ferman zögerte einen Moment, den Blick geradeaus gerichtet, bevor er einbog. Er blieb aber gleich wieder stehen, trat noch einmal einen Schritt zurück und sah Karkhoff nach.

»Ist nett, oder?«, antwortete Margreta Valerie, während sie sich über Ferman wunderte.

»Wenn er nicht auf der Liste der Partygäste stände, wäre ich wohl nicht so zuvorkommend zu ihm gewesen.« Valerie kicherte. »Ist ganz schön von sich eingenommen, was seine Wirkung auf Frauen betrifft.«

»Findest du?« Margreta sah nur kurz zu Valerie, dann wieder zu Ferman, der nun schon auf der Terrasse war. An einem der Tische hielt er an und bückte sich, um Miss Pitty dort festzubinden.

»Ich glaube, ich habe noch nie so viel mit meinem Ehering herumgespielt wie heute!«, sagte Valerie und knuffte Margreta in die Seite.

»Wie meinst du das?«, fragte Margreta und sah ihre Freundin forschend an.

»Na ja …« Valerie kicherte. »So habe ich mich irgendwie sicherer gefühlt.«

»Du hast was?«, fragte Margreta.

Valerie blieb ihr die Antwort schuldig, da in dem Moment Ferman im Eingang stand.

»Tach, die Damen!«, rief er in den Gastraum, was von einem lauten Bellen Miss Pittys begleitet wurde.

Margreta kam sofort, um beide zu begrüßen.

Miss Pitty wimmerte, sobald sie Margreta sah, und hörte erst wieder auf, als diese nach draußen trat und sich zu ihr hinabbeugte.

»Sag mal, war das Asmus Karkhoff?«, fragte Ferman Margreta, während Miss Pitty sich unter deren streichelnder Hand drehte und wendete und sich schließlich mit einem Fuß in ihrer Leine verhedderte.

»Na, was machst du denn! Komm mal her, ich helfe dir«, sagte Margreta. »Du kennst den?«, fragte sie Ferman, während sie Miss Pitty befreite.

»Oh ja!«, sagte Ferman mit lang gezogenen Vokalen.

»Was soll das denn bedeuten?« Margreta sah zu ihm auf.

»Ich kenne ihn sogar sehr gut! Mein jüngerer Bruder und er haben gemeinsam ihre Sturm- und Drangzeit verbracht.« Er lachte. »Es war, glaube ich, der schlimmste Tag im Leben meiner Eltern, als sie erfahren haben, dass die beiden sogar ein Auto geknackt hatten. Die Polizei hat sie am Strand gefunden, wo sie in der Sonne dösten und mit Mädchen flirteten. Und jetzt ist mein Bruder Steuerfahnder!« Ferman lachte und schüttelte den Kopf. »Kann ich ein bisschen Wasser für Miss Pitty haben?«

»Ich mache das schnell. Dann muss ich eh zurück in die Küche«, sagte Valerie, die im Eingang stand.

»Danke, Frau Wilken!«, rief Ferman ihr zu und wandte sich wieder an Margreta. »Und was hatte Karkhoff hier zu suchen? Will er etwa Gärtner werden?«

Margreta seufzte. »Nein. Eigentlich sind wir gerade dabei, ein gemeinsames Event für das »Radieschenheim« zu planen. Ist aber noch nicht spruchreif, also bitte noch nichts weitersagen.«

In dem Moment fing Miss Pitty an zu jaulen und aufgeregt hin- und herzuspringen. Margreta und Ferman schauten neugierig zum Zibbelsring. Im nächsten Moment kamen Tante Ria und Marjolein um die Ecke gebogen.

»Na, wenn das nicht meine süße Kleine ist!«

Tante Ria strahlte über das ganze Gesicht. Und während sie sich mit der einen Hand auf ihren Stock stützte und näher kam, kramte sie mit der anderen in ihrer Rocktasche.

»Sitz, mei Klei!«, rief Tante Ria, und Miss Pitty wartete geduldig auf das Leckerli, bis Tante Ria bei ihr war. Dann wurde Miss Pitty ausgiebig im Nacken gekrault.

Ferman stand feixend daneben. Er konnte sich nicht daran sattsehen, wie sein Urlaubsgast die Menschen in der Kleingartensiedlung begeisterte.

Marjolein schob Margreta ins Lokal. »Was ein anstrengender Morgen!«, flüsterte sie ihrer Mutter ins Ohr und nickte den Gästen zu, die für einen kleinen Mittagssnack vorbeigekommen waren. Gemeinsam gingen sie in die Küche zu Valerie.

Marjolein holte zuerst die Gästeliste von Kronecks Party aus ihrer Hosentasche und nahm sich dann einen Stift vom Regal.

»Viele glauben tatsächlich, dass es Sigvard war«, erzählte Marjolein kopfschüttelnd vom Klatsch aus dem Lehrerzimmer. »Plötzlich fällt jedem irgendwas ein, an dem sie meinen festmachen zu können, dass Sigvard so etwas tun könnte.«

»Und was sagen sie?«, fragte Margreta neugierig, während sie sich mit einem Brett und einem Schneidemesser an den Tisch setzte.

»Ach, alles Blödsinn. Das habe ich mir überhaupt nicht gemerkt. Typisches Mitläuferverhalten! Nur ein paar wenige *wagen* es überhaupt, eine andere Meinung zu haben.«

»Und wen verdächtigen die?«, fragte Valerie, die gerade auf mehreren Tellern Salat aufschichtete und mit Karottenstreifen, Gurken und Tomaten garnierte.

»Philipp Berthold. Er ist Sportlehrer an unserer Schule.«

Margreta griff in den Eimer mit den frisch geernteten Buschbohnen, der auf dem Boden stand. Sie legte sie zu mehreren auf das Schneidebrett und begann, die Enden abzuschneiden. »Und was ist mit ihm? Woher kommt der Verdacht?«

Marjolein stibitzte eine Gurkenscheibe aus der Schale mit den vorbereiteten Salatzutaten und steckte sie sich in den Mund.

»Er hat in letzter Zeit extrem viel Stimmung gegen die Dutt-Winter gemacht«, sagte sie kauend.

»Warum? Was hatte er gegen sie?«

»Seit Jahren macht er sich für eine sportliche Ausrichtung unserer Schule stark. Und sie hat ihm immer wieder Steine in den Weg gelegt. Er war wirklich nicht gut auf sie zu sprechen«, sagte Marjolein, griff ein Tomatenviertel und steckte es sich in den Mund.

»Warum hat die das gemacht?«, fragte Valerie, die gerade den Krug mit der Salatsoße aus dem Kühlschrank holte.

Marjolein zuckte die Schultern. »Ich fürchte, ich bin noch nicht lange genug da, um Frau Dutt-Winter verstanden zu haben. Aber dass es zu ihr passt, das kann ich bestätigen. Sie hat gern ihre Meinung geändert und nicht unbedingt darüber informiert. Sie liebte es, einen unerwartet bloßzustellen. Ich selbst habe es schon erleben müssen. Kein Wunder, dass man ihr nachsagt, sie hätte sich lieber Feinde als Freunde gemacht.«

»Wirklich?« Valerie, die gerade Salatsoße über die angerichteten Teller goss, hielt inne und sah zu Marjolein. Dabei fiel ein dicker Tropfen Soße neben einen der Teller. Marjolein wischte ihn schnell mit dem Zeigefinger auf und steckte ihn in den Mund.

»Hmm!«, machte sie. »Mit Honig und Senf?«

Valerie nickte. »Eine neue Rezeptur deiner Mutter.«

Margreta sah von den Bohnen auf. »Du und Tante Ria, ihr könnt gleich einen Salat essen! Lass Valerie diese erst einmal zu den Gästen herausbringen!«

In dem Moment meldete sich Marjoleins Handy aus ihrer Hosentasche. Sie zog es mit einer Sorgenfalte auf der Stirn heraus, sah kurz drauf und wischte den Anruf einfach weg.

»Dein Mann?«, fragte Valerie.

Marjolein nickte und sah mit traurigem Blick aus dem Küchenfenster.

Valerie seufzte und griff die Salatteller. Im nächsten Augenblick war sie aus der Küche gegangen.

»Hat er schon öfter angerufen?«, fragte Margreta leise.

Marjolein nickte.

Im nächsten Moment hörten sie Tante Rias Stimme aus dem Gästeraum. »Wo sind denn alle hin?«

Ein Lächeln zog über Marjoleins trauriges Gesicht. »So ging es den ganzen Morgen! Aber eins muss man ihr lassen. Wenn man mit ihr zusammen ist, dann findet man keine Zeit zum Grübeln!«

Valerie hatte dafür gesorgt, dass Tante Ria an einem der Tische im Lokal Platz genommen hatte. »Ich habe ihr gesagt, dass ihr sowieso gerade aus der Küche kommen wolltet. Und dass es hier drinnen sonst zu eng wird zum Arbeiten. Also los jetzt!« Valeries Ton ließ keinerlei Widerspruch zu.

Und so kam Margreta Minuten später in den Genuss von Tante Rias ausführlichem Bericht über ihren Besuch an Marjoleins Schule.

»Ach, die süße Kinner. Die habbe mich den ganze Morgen bewundert. Ich bin mir vorkomme wie e Prominende«, sagte Tante Ria mit vor Aufregung ganz rot gefleckten Wangen, als sie in den Salat stach, den Valerie inzwischen vor sie hingestellt hatte. »Wie de Kai Zwetschge im Fernsehe, wenn die Kinner ihn mit ihre Fragen löchern.«

»Was hast du ihnen denn erzählt?«, fragte Margreta.

»Na, vom Vogelsbersch. Und wie mer da so lebe tue und so. Ich habe ihnen auch e bisschen Hessisch beigebracht. Nun wisse sie, dass e Kolter e Decke ist. Und e Kneipsche nur e Messer und kei kleine Kneip.«

»Das fanden die Kinder sicherlich interessant«, lachte Valerie, die noch drei Gläser und eine Flasche Mineralwasser auf den Tisch stellte.

»Aber natürlich! Ich hab allen gesagt, sie sollen ihre Eltern sagen, dass sie den nächste Urlaub im Vogelsbersch verbringe müsse!«

»Dann sollten wir überlegen, ob wir dort eine Zweigstelle vom ›Radieschenheim‹ aufmachen. Oder was meinst du, Margreta?«, scherzte Valerie.

Das brachte sogar Marjolein wieder zum Lachen.

Der Nachmittag im »Radieschenheim« verging wie im Flug. Margreta hatte Slavek beim Vereinzeln der Möhren und der Rettichaussaat geholfen, während Tante Ria mit Ferman und Miss Pitty zu einem kleinen Rundgang durch die Kleingartensiedlung aufgebrochen war. Theo Himmel, der Kleingartenälteste und Vater des Vorsitzenden Klaus Himmel, hatte sie zu einem Stück Himbeerkuchen in seine Parzelle eingeladen.

Dort würde Tante Ria sicherlich auch noch den Rest des selbst ernannten Ältestenrats der Kleingartensiedlung kennenlernen, dachte Margreta amüsiert.

Schließlich nahm sich der aller wichtigen Ereignisse im »Radieschenheim« an. Und dass Tante Ria zu so einem zählte, dessen war sie sich sicher.

Ferman hatte Margreta versprochen, Tante Ria später nach Wulfsdorf zu bringen, wo Marjolein bereits nach dem Mittagessen hingefahren war.

Valerie hatte sich währenddessen mit der Herstellung ihres ersten Salbeieises beschäftigt, das sie Margreta stolz präsentierte, als diese aus dem Garten wieder ins Lokal zurückkehrte.

»Ich dachte, du bringst Slavek mit. Der hätte auch mal kosten können«, begrüßte Valerie sie.

»Er ist noch nie mit reingekommen. Das weißt du doch«, entgegnete Margreta, während sie ihre mit Rosen bedruckten Gartenschuhe abstreifte. »Und, wie schmeckt deine Eiskreation?«

»Interessant!«, grinste Valerie und ging voraus in die Küche.

»Na ja, ich sehe, du atmest noch, kannst einen Fuß vor den anderen setzen und grün bist du auch noch nicht im Gesicht. Vielleicht kann ich es wagen!«

»He he«, rief Valerie. »Wer bist du und hast dich in den Körper von Margreta Mai geschlichen? Etwa der ehrenwerte Hauptkommissar Jan Knutsen?«

Margreta lachte. »Was für eine Vorstellung!«

Valerie hielt Margreta einen Löffel mit Eis hin. »Was macht er überhaupt, dein Kommissar?«, fragte sie.

»Hmm«, machte Margreta und lutschte das Eis schneller, dann schluckte sie es herunter. »Keine Ahnung. Was mich betrifft, ich habe nicht vor, mein

Kriegsbeil wieder einzugraben, solange er sich nicht entschuldigt. Ist da Joghurt drin?«

»Ja, Joghurt als Basis. Und ein bisschen Orangensaft. Wie findest du es?«

»Gut!«, sagte Margreta. »Sehr gut! Hätte ich nicht gedacht. Hast du Ananassalbei genommen?«

»Nein, schlichten Gartensalbei. Mit der Ananassorte probiere ich es das nächste Mal. Soll ich es auf die Tageskarte setzen?«

Margreta nickte und nahm noch einen Löffel voll.

»Bin gespannt, wie es ankommt!«

»Sehr gut!« Hans Junker trat von seinem linken auf das rechte Bein und wechselte auch die Hand, mit der er seine Hose auf der Hüfte hielt. Dabei schaute er mit vorgerecktem Kinn auf den Keilrahmen, auf dem bislang nicht mehr als ein Strich zu sehen war.

Margreta rieb sich die Nase. »Sind Sie sicher? Ich habe noch ni…«

»Doch, doch, das wird gut!« Junker ging vor Margretas Staffelei einmal auf und ab, den Blick weiterhin auf die noch fast weiße Leinwand gerichtet. »Ich habe das im Gefühl. Weiter so!«

Er nickte Margreta einmal zu, dann ging er zur nächsten Staffelei, an der sich Gunnar probierte. Er arbeitete an einem Abbild der Schönmalve und war mit seinem Werk schon ziemlich weit fortgeschritten. Margreta gefiel der kräftige Orangeton, den Gunnar gewählt hatte. Sie zog ihren Pinsel durch das dunkle Lila, das sie für ihre Wildsalbeiblüte gemischt hatte.

»Da kannst du dir was drauf einbilden!«, raunte ihr plötzlich jemand ins Ohr, als Margreta gerade den Pinsel zum nächsten Strich ansetzen wollte. Nun drückte sie fester zu als beabsichtigt.

Margreta fuhr herum. »Filibert! Mensch, erschreck mich nicht so!«, schimpfte sie.

Als sie sich wieder zur Leinwand drehte, sah sie die Bescherung. Ein kurzer Farbstrich prangte in der Mitte des Bildes. »Oh nein. Jetzt guck dir an, was passiert ist!«

Filibert besah sich das lila Unglück. »Das ist jetzt aber ein doofes Missgeschick!«

»Wenn du dich nicht angeschlichen hättest, wäre mir das nicht passiert«, zischte Margreta. »Was soll ich jetzt tun?«

Hans Junker kam zurück. »Was ist los? Gibt es ein Problem?«

Filibert zeigte auf die Leinwand.

Junker trat breitbeinig davor. Dann legte er einen Arm vor die Brust und stützte den anderen darauf. Er bettete sein Kinn auf seine Faust und spitzte und entspannte seine Lippen im stetigen Rhythmus.

»Hmm«, sagte er nach einer geraumen Weile, wechselte die Arme und ruhte erneut in der Pose. »Gewagt!«, sagte er schließlich. »Aber durchaus möglich!«

»Das heißt, es gefällt Ihnen?«, fragte Filibert erstaunt.

»Natürlich!«, sagte Junker und wandte sich mit einem Lächeln an Margreta. »Nur weiter so, Frau Mai. Sie haben heute, so scheint es mir, einen Lauf!«

»Ich bin so was von verunsichert! Ich glaube, dieser Kurs ist eine Nummer zu groß für mich!« Bevor Levke das Alster, das ihr gerade serviert worden war, zum Trinken ansetzte, schaute sie missmutig in den Schaum.

Sie war nicht die Einzige, die die letzte Kursstunde ratlos verlassen hatte.

»Mit Margreta war er wenigstens zufrieden«, seufzte Thorsten und spielte gelangweilt mit dem Werbeaufsteller für Biermixsorten, der auf dem Tisch stand.

»Aber warum?«, schimpfte Filibert. Seine Hand, die neben seinem Bierglas auf dem Holztisch lag, ballte sich zu einer Faust. Als er die Faust wieder löste, sah er Margreta an. »Entschuldige, wenn ich das so direkt anspreche, ich konnte nicht sehen, was bei dir so besonders sein sollte.« Filiberts buschige Augenbrauen zogen sich zu einer rotblonden Linie zusammen.

»Ich weiß ja auch nicht«, sagte Margreta unglücklich, während sie ihr Wasserglas in den Händen drehte.

»Nun lass mal unsere Margreta in Ruhe«, rügte Björn Filibert. »Sie kann da nichts für.«

Filibert zog ein beleidigtes Gesicht. »Margreta weiß, dass das keine Kunst, sondern ein Farbklecks auf ihrer Leinwand war!« Dann grinste er spöttisch. »An dem ich streng genommen auch noch beteiligt war!«

»Ich kann dir das Blatt schenken«, sagte Margreta und stellte das Glas hin.

»Warum streitet ihr denn? Es ist so ein schöner Abend!« Levke richtete sich auf. »Überlegt mal. Wenn wir nicht in dem Kurs wären, hätten wir uns nicht kennengelernt. Das finde ich schön!«

Alle nickten zustimmend und auch Margreta lächelte Levke an. Nur Filibert schien noch nicht ganz zufrieden.

»Aber Gunnar«, setzte er an, während er sich durch sein Haar strich. »Du bist doch in so einem Kunstkreis.«

Gunnar wischte sich den Bierschaum vom Mund und nickte.

»Was sagst du denn? Du verstehst mehr von Malerei als wir.«

Gunnar stieß die Luft aus. »Ach herrje. Ich denke, dass wir schon bei ihm lernen können. Selbst wenn wir ihn nicht ganz verstehen. Vergesst nicht, er ist ein genialer Kopf. Vielleicht ist ihm nur das Lehren nicht gegeben.«

Alle nickten. Sogar Filibert.

»Na ja, ich bin jedenfalls gespannt auf den Vortrag, den er in der Vogelsangschule halten wird«, sagte Filibert.

Margreta, die gerade zum Trinken angesetzt hatte, verschluckte sich.

Levke, die neben ihr saß, klopfte ihr auf den Rücken. »Was für ein Vortrag denn? Davon habe ich nichts mitbekommen. Kann ich da auch hin?«, fragte sie. Sie sah besorgt zu Margreta, die immer noch hustete.

»Nein, leider nicht«, sagte Filibert und sah auf sein Handy. »Das Angebot richtet sich ausschließlich an Lübecker Lehrkräfte.«

»Du bist Lehrer?«, fragte Margreta mit krächzender Stimme.

»Ja!« Filibert lehnte sich in seinem Stuhl zurück. »Sport und Erdkunde. Wusstest du das nicht?«

Margreta schüttelte den Kopf, während sie sich den

Hals rieb. Sport passte gut zu ihm. Er würde sicherlich einen hervorragenden Holzstammweitwerfer abgeben. Oder Footballspieler.

»Ein sehr interessanter Vortrag. Es wird um das Thema Kunst gehen. Und wie es interdisziplinär im schulischen Alltag positiv eingesetzt werden kann«, führte Filibert weiter aus.

»Wow!«, sagte Thorsten. Es war nicht klar, ob er damit den Vortrag oder die Speisekarte meinte, in der er gerade ganz versunken blätterte.

»Die Vogelsang … Die Vogelsang …«, überlegte Gunnar und strich sich über seinen Bauch. »Ist die Schule nicht gerade in den Nachrichten? Wurde die Rektorin nicht ermordet?«

»Stimmt, davon habe ich auch gehört«, sagte Björn und wackelte mit seinem Bein auf und ab. Er erinnerte Margreta immer an einen Flummi, der jederzeit wegspringen könnte.

Thorsten schaute aus der Speisekarte hoch. »Hat noch jemand Hunger? Ich würde jetzt was bestellen!«

»Also echt jetzt!« Levke boxte Thorsten, der neben ihr saß, in die Seite. »Gunnar redet von Mord, und du denkst an Essen!« Sie schüttelte entrüstet den Kopf.

»'tschuldigung!«, sagte Thorsten. »Ich habe heute noch nicht richtig was gekriegt. Bin direkt von Hamburg in den Stau gefahren und hab's vor dem Kurs nicht mehr nach Hause geschafft. Mein Magen steht hundert Prozent auf Hunger!«

»Trotzdem ist das geschmacklos!«, setzte Levke noch einmal nach.

»Darüber steht bestimmt was im Internet. Björn, du hast sicher dein Ding dabei, auf dem wir nachgucken können?«, fragte Gunnar.

Björn nickte, zog sein Tablet aus der Tasche und spannte Daumen und Zeigefinger auf dem Display auseinander. Offenbar vergrößerte er etwas. Dann reichte er es Gunnar.

»Ne, lass mal. Ich habe meine Lesebrille nicht dabei.«

Levke langte nach dem Tablet. »Och! Wusstet ihr, dass sie überfahren und dann erst zum Beidendorfer See gebracht wurde? Schräg. Und das ist deine Rektorin gewesen, Filibert?«

Filibert nickte.

»Oh mein Gott!« Levke, die jetzt erst begriff, schlug sich die Hand vor den Mund. »Dann kennst du ja vielleicht den Mörder!«

Margreta sah gebannt auf Filibert, der ein betretenes Gesicht machte.

»Die Polizei hat ihren Mann verhaftet! Wenn er es war, kenne ich ihn tatsächlich.« Er hob sein Bierglas an den Mund.

»Oha! Der eigene Ehemann«, sagte Gunnar und sah nachdenklich aus. »Die Liebe. Die Liebe. Es gibt nichts Schöneres, aber auch nichts Schrecklicheres auf dieser Welt!«

KAPITEL 9

Margreta fasste die Salbeiblätter am Stiel, tunkte sie in den vorbereiteten Teig aus Mehl, Milch, Sirup und Ei und legte sie in die Pfanne, in der bereits die Butter brutzelte. Sofort breitete sich ein herrlicher Duft nach süßem Eiergebäck aus.

»Ei, was machst du denn Schönes, Kind?«, fragte Tante Ria und schnüffelte, während sie auf ihren Stock gestützt in die Küche des »Radieschenheims« wackelte. Als sie sah, was Margreta trieb, wurde ihr Blick kritischer. »Das riecht besser, als es aussieht! Was soll 'n das sein?«

»Das sind *Müse*!«, sagte Margreta.

»Und was ist da drin? Ein Blatt?«

»Ein Salbeiblatt, ja.«

»Ach, Kind. Du denkst dir in letzter Zeit aber auch e komisches Zeug aus!«

»Das habe ich mir nicht ausgedacht. Das ist ein Rezept aus einem uralten Kochbuch, das ich auf dem Flohmarkt erstanden habe.«

»Was soll das überhaupt heißen, Müse?«

»Mäuse! Sieh, wie sie aussehen. Wie Mäuse mit Schwänzchen.«

Tante Ria runzelte die Stirn. »Und das soll schmecken?«

»Wir können sie gleich probieren. Mit pürierten Himbeeren. Ich kann mir vorstellen, dass das gut zusammenpasst.«

»Ich weiß net!«, sagte Tante Ria. »Mei Ferdinand hat nie mit Salbei gebacke!« Sie beugte sich ein Stück über die Pfanne, als könnten ihr die Müse von dort aus besser gefallen. »Ich wollte dir ja auch bloß sagen, dass da e Frau gekomme ist. Die hat gesagt, die will dich sprechen!«

Margreta stöhnte. Ausgerechnet jetzt, wo die Pfanne heiß war. »Wer ist es denn?«

»Ach, das weiß ich doch net!«, sagte Tante Ria entrüstet. »Ich hab sie zwar net gefragt, aber sie hat's mir auch net verrate! Sie erinnert mich auch an e Mäusche.«

Margreta hob die Salbeimäuse in der Pfanne ein Stückchen an. Da der Teig goldbraun war, drehte sie alle Blätter um. »Ich mach diese schnell fertig. Dauert nicht mehr lange.«

»Gut, ich sage es ihr«, sagte Tante Ria und machte sich wieder auf den Weg in den Gästeraum.

Margreta drehte den Herd aus, sammelte die auf einem Küchenkrepp abgetropften Müse in eine kleine Schale und holte die pürierten Himbeeren aus dem Kühlschrank. Alles zusammen richtete sie auf einem Teller an. Sie wollte die Müse unbedingt kosten, bevor sie kalt waren. Also durften Tante Ria und die unbekannte Frau gleich mitprobieren.

Als Margreta den Gastraum betrat, merkte sie sofort, dass etwas nicht stimmte. Bislang hatte Tante Ria keine Gelegenheit verstreichen lassen, wartende Gäste mit einer Plauderei zu unterhalten. Sie sprach mal dieses und mal jenes Thema an und endete immer mit der Geschichte über die Ungerechtigkeit, die ihr im Vogelsberg widerfahren war. Je nach Gast konnte die Unterhaltung kürzer oder länger ausfallen, darauf verzichten tat sie jedoch nie.

Umso mehr wunderte es Margreta, ihre Großtante nun am anderen Ende des Gastraumes und damit an dem von der Dame am weitesten entfernten Tisch zu sehen. Mit versteinerter Miene sah sie auf die Terrasse hinaus.

Die Frau, die Margreta sprechen wollte, lehnte gleich vor ihr seitlich an der Theke. Sie hatte ihr den Rücken zugekehrt, ihr Arm lag neben der Vase mit dem Rosenstrauß, ihre lackierten Fingernägel tippten im schnellen Rhythmus auf das weiße Holz.

Margreta erkannte, dass sie ungeduldig erwartet wurde, und sie sah auch sofort, von wem.

»Simone!«, rief Margreta aus. »Welch seltener Besuch!«

Simone drehte sich um. Ihre Lippen waren zusammengepresst, ihr Blick ärgerlich. »Na endlich!«

Margreta blinzelte ein-, zweimal. Sie konnte auch nicht behaupten, dass sie sich freute, Simone zu sehen. Das hatte sie noch nie getan, außer vielleicht zu Beginn von Marjoleins und Oles Beziehung. Als sie noch gedacht hatte, Marjolein könnte eine nette Schwiegermutter bekommen. Das war spätestens vorbei, als Simone begann zu behaupten, sie könne einen besseren Apfelkuchen backen als Margreta. Doch war dies je ein Grund für sie gewesen, Simone gegenüber unhöflich zu sein?

Nein! Margreta fand, wenn schon Antipathie, dann bitteschön auf subtile Art und Weise. Sie selbst beschwerte sich höchstens Marjolein oder Valerie gegenüber über Simone. Niemals in ihrer Gegenwart.

Und deshalb zog sie auch jetzt, stolz auf ihre feinere Art, die Mundwinkel zu einem freundlichen Lächeln hoch.

»Was führt dich zu mir? Setzen wir uns. Ich habe Müse gebacken. Die können wir gemeinsam probieren.«

»Margreta. Du weißt, ich komme nicht, um deine Müse zu probieren, oder was das da sein soll.«

»Sicherlich nicht. Wie hättest du auch wissen sollen, dass ich sie backe?« Margreta zog die Mundwinkel noch höher. Sie wusste nicht, dass man Lachmuskeln spüren konnte. Hoffentlich bekam sie keinen Muskelkater.

Simone tippte mit ihrem Fingernagel gegen die Vase. »Was hat das hier zu bedeuten?«

»Was meinst du? Die Rosen?« Margretas Mundwinkel zuckten. Lange konnte sie sie nicht mehr halten.

Simone nickte. »Wieso stehen sie hier? Sie gehören Marjolein.«

Margretas Mundwinkel fielen herab. Die winzige Möglichkeit, Karkhoff könnte den Strauß geschickt haben, schwand endgültig dahin.

Im dem Moment kehrte Leben in Tante Ria zurück. Sie erhob sich. Ihr Stuhl scharrte dabei laut über den Boden. Mit fuchtelndem Stock und für ihre Verhältnisse schnellem Schritt kam sie den Frauen entgegen.

»Woher wollen Sie denn wissen, wem der Strauß gehört?«

»Ganz einfach. Weil ich ihn gekauft habe! Und ich bin mehr als entsetzt darüber, dass er hier steht.«

»Sie lasse schön die Finger von meiner Marjolein!«, zeterte Tante Ria. »Die ist verheiratet. Und nicht vom annern Ufer! Die will nichts von Ihne! Und denken Sie mal dran, wie alt Sie sind!«

Simone wich pikiert zurück. »Natürlich will ich nichts von Marjolein! Wo denken Sie hin?« Dann sah sie Margreta an. »Du weißt, für wen sie sind. Und von wem! Warum meldet sich Marjolein nicht?«

»Ei, natürlich weiß sie des!« Tante Ria hob ihren Stock dicht vor Simones Gesicht. »Sie sind für mich. Von meinem Justus. Das ist mein Liebhaber!«

»Sie sind von Ole und für Marjolein!«, keifte Simone zurück. »Das stand auf der Karte.«

»Was erzählen Sie denn da? Eben habe Sie noch gesagt, der Strauß sei von Ihne! Wer sind Sie überhaupt? Und auf der Karte, da war nur Geschmiere drauf.«

Simone sah irritiert zu Margreta.

»Der Morgentau hat die Karte unleserlich gemacht«, erklärte die.

»Hmm!«, machte Simone. Dann wandte sie sich warnend an Tante Ria. »Ich bin Oles Mutter! Und jetzt lassen Sie mich in Ruhe, bevor ich mich vergesse!«

Tante Ria starrte Simone böse an, blieb aber still. Schließlich ging sie mit grimmiger Miene zu ihrem Tisch zurück.

Simone sah ihr kopfschüttelnd hinterher. Dann wandte sie sich an Margreta. »Und wir beide reden jetzt mal über den Streit unserer Kinder!«

Sobald Simone gegangen war, sorgte Tante Ria dafür, dass die Rosen von der Theke verschwanden. »Ich kann die Dinger nicht mehr sehen!«, rief sie ungehalten und wollte sie sogar in den Müll schmeißen.

Doch Margreta wusste das zu verhindern, indem sie sich ihr in den Weg stellte. »Das sind Marjoleins Rosen! Sie soll entscheiden, was damit passiert.«

»Dieses garstige Weib hat es nicht verdient, dass ihre Blumen auch nur einen Daach lang überleben!«, schimpfte Tante Ria und ärgerte sich zu Recht über Simone.

Die hatte Margreta vorgeworfen, dass sie Marjoleins und Oles Versöhnung im Weg stünde, wenn sie Marjolein in ihrer Haltung weiter unterstützte. Sie hatte fast geweint, als sie erzählt hatte, wie verzweifelt Ole inzwischen sei. Dass Marjolein auf keine seiner Nachrichten reagiere. Und dass sie seine Telefonanrufe wegdrücke.

»Ich wollte mit dem Rosenstrauß eine Brücke der Versöhnung schlagen. Und was machst du? Du stellst ihn hier in das miefige Gartenlokal!«

Sie hatte zugegeben, dass sie den Rosenstrauß ohne Oles Einverständnis gekauft hatte. Sie hatte ihm zwar vorgeschlagen, es zu tun, doch er hatte es strikt abgelehnt. »Wenn Marjolein mich liebt, kommt sie auch ohne Rosen zur Einsicht!«

Als Simone sämtliche Vorwürfe an Margreta losgeworden war, beruhigte sie sich wieder. Dann wollte sie

Margretas Seite der Geschichte hören. Welche sie aufs Neue empörte. »Dass der Strauß hier landen könnte. Und sogar einem ganz anderen Empfänger zugeordnet wird! Das hatte ich nicht erwartet«, regte sie sich auf. »Wer in deinem Haus sollte denn Blumen erwarten außer Marjolein?« Sie hatte verständnislos den Kopf geschüttelt. »Und ich habe mich gewundert, warum Marjolein sich nicht bei Ole gemeldet hat!«

Simone hatte Margreta schließlich aufgetragen, Marjolein die Rosen noch einmal in Oles Namen zu übergeben. »Verrate aber nicht, dass ich dahinterstecke! Die zwei sind so stolz! Wir müssen ihnen helfen, wenn wir nicht wollen, dass sie endgültig auseinandergehen.«

Margreta hatte schließlich zugestimmt, auch wenn sie nicht das Gefühl hatte, dass es eine gute Idee war.

Als Marjolein aus der Schule heimkehrte, tat sie, was sie versprochen hatte.

»Marjolein. Ich weiß, von wem die Rosen kommen. Sie sind von Ole!«

Marjolein hatte sie entgeistert angesehen. »Woher willst du das wissen?«

»Er hat mich angerufen. Weil er bei dir ja nicht durchkommt.«

»Wie kommt er dazu, dich einzuspannen! Das macht mich so wütend!«, schimpfte sie und sah zur Theke.

»Wo ist er?«

»Wer? Ole?«

»Der Strauß!«

Margreta zeigte auf die Küche.

Margreta konnte nicht so schnell hinterherkommen, wie Marjolein den Strauß aus der Vase riss und in den Mülleimer warf.

»Wenn er mich wirklich sprechen wollte, warum hat er es nicht auf anderem Wege versucht? Wir leben in der gleichen Stadt! Er weiß, wo ich wohne, und er weiß, wo ich arbeite. Er ist ein Idiot!«, zeterte sie. »Wie kann er denken, dass mich ein paar Rosen von meinem Standpunkt abbringen könnten!«

Margreta hielt sich entsetzt die Hand vor den Mund, als Marjolein den Blumen noch einmal nachtrat. Allerdings allein der armen Rosen wegen.

Dass Simones Idee eine schlechte gewesen war, das hatte sie von Anfang an gewusst! Wie war sie nur auf die Idee gekommen, Marjolein könnte sich von einem Strauß Blumen um den Finger wickeln lassen? Marjolein war nicht erpressbar! Simone bildete sich so viel auf das Verhältnis zu Marjolein ein. Aber eine Schwiegermutter war einfach keine Mutter!

Margreta hatte dann versucht zu retten, was zu retten war. Nämlich die Blumen.

Mit mehr Fingerspitzengefühl als Simone erreichte sie, dass Marjolein den Strauß als das sehen konnte, was er überall in der Welt bedeutete: ein Zeichen der Liebe. »Er schickt ihn, weil er dir sagen möchte, dass ihr zwar streitet, er deswegen aber nicht an eurer Liebe zweifelt!«

»Hmm!«, machte Marjolein und sah immer noch äußerst grimmig aus, als ihre Mutter daraufhin eine Rose nach der anderen aus dem Abfalleimer fischte.

»Die armen Rosen können nun wirklich nichts dafür, dass ihr beiden im Streit liegt!«, hatte Margreta sie beruhigt, während sie die Teile von den Blumen entfernte, die die grobe Behandlung nicht überstanden hatten.

Marjolein beäugte kritisch, was ihre Mutter mit den Rosen anstellte. Als sie jedoch sicher war, dass sie keinen Strauß mehr bilden konnten, verlor sie das Interesse und verließ die Küche.

Margreta arrangierte für jeden ihrer Tische einen hübschen Tischschmuck, bei dem jeweils eine einzelne Rose und viel Salbei eine Rolle spielten. Schließlich betrachtete sie zufrieden ihr Werk.

»Simone wäre sicherlich nicht begeistert gewesen, hätte ich ihr erzählen müssen, dass der Strauß einfach im Müll gelandet ist«, lobte sie sich selbst.

Den Blick auf eine dieser Rosen gerichtet saß Marjolein da, als Margreta sich später mit einem Pausenkaffee zu ihr an einen der Tische setzte.

»Na? Bist du doch traurig, dass du den Strauß nicht behalten hast?«, fragte Margreta.

Marjolein schüttelte den Kopf. »Schon gut, Mama. So sehen sie sehr hübsch aus.«

Margreta hörte auf, weiter nachzubohren.

»Hast du etwas Neues über Winter gehört?«, fragte sie stattdessen.

Marjolein seufzte. »Nein. Leider nicht. Aber ich habe mich heute mit Stefan Lustig und Karl-Heinz Luntebuhr unterhalten. Ich konnte bislang nicht einschätzen, ob sie Sigvard für unschuldig halten oder nicht. Heute weiß ich, sie gehören zu seinen Freunden.«

Marjolein zog die Liste mit den Partygästen aus ihrer Hosentasche und faltete sie auseinander. Die sah bereits sehr mitgenommen aus.

Margreta las, dass Marjolein bei den beiden Namen jeweils »Vogelsängler – war bis zum Schluss auf der Party – unverdächtig« vermerkt hatte. Jetzt notierte Marjolein ein »verdächtigt Berthold« dazu.

»Es ist eindeutig, dass sie Philipp Berthold auf dem Kieker haben! Sie haben mir erzählt, dass sie es komisch fanden, dass er nichts getrunken hat. Karkhoff hatte ihm wohl mehrfach ein Selbstgebrautes hingestellt, doch er hat es jedes Mal stehen gelassen. Als Karkhoff Bertholds Frau eines vor die Nase gestellt hat, hat Berthold sogar einen Streit mit ihm angefangen.«

»Trinkt er vielleicht nichts?«, fragte Margreta.

Marjolein zuckte die Schultern. »Weiß nicht. Ich kenne ihn ja nicht privat. In der Schule tut er schon immer sehr diszipliniert. Seine Frau tut mir leid. Sie hat wohl, wie ich es gehört habe, sowieso nichts zu melden. Lustig und Luntebuhr hielten ihn an dem Abend für ungewöhnlich angespannt. Dann wiederum hatte Berthold Sigvard und der Dutt-Winter angeboten, sie nach Hause zu bringen. Was sie allerdings ablehnten, weil sie schon ein Taxi bestellt hatten. Berthold und seine Frau sind kurz nach ihnen aufgebrochen.«

»So wie du ihn beschreibst, passt der Berthold für mich nicht in diese Doppelkopfrunde«, meinte Margreta nachdenklich und rieb eine Stelle an ihrem Daumen, an der sie sich beim Herrichten der Rosen mit einem Dorn gepikst hatte.

»Ich finde, das passt. So ehrgeizig, wie er immer ist. Er hat sicherlich viel Spaß am Gewinnen!«

»Aber die anderen scheinen so gemütlich.« Dabei dachte Margreta an Kroneck und Karkhoff.

»Weißt du, was ich viel spannender finde?«, riss Marjolein ihre Mutter aus den Gedanken. »In einem Nebensatz hat Lustig erwähnt, dass Beate Kummerschuh behauptet hat, die Uhlig könnte es auch gewesen sein.«

»Beate Kummerschuh?« Margreta sah auf der Liste, dass sie und ihr Mann Norbert ebenfalls zu den Geburtstagsgästen gehörten. Bei ihrem Namen stand »ehemalige Vogelsänglerin«.

»Sie ist schon vor Jahren aus dem Schuldienst ausgeschieden. War wohl ausgebrannt.«

»Und wie kommt sie auf diese … Wie heißt sie?« Margreta sah auf die Liste. »Auf diese Uhlig?«

Zum Namen hatte Marjolein bislang lediglich ein »war mit ihrem Mann da« und ein »als Letzte gegangen – unverdächtig« notiert.

»Darüber denke ich die ganze Zeit schon nach. Die Uhlig ist nicht an unserer Schule.«

Marjolein zog die Liste zu sich und notierte »Verbindung zur Doppelkopfrunde unklar« dazu.

»Vielleicht sollten wir Frau Kummerschuh einen Besuch abstatten. Weißt du, wo sie wohnt?«

Es war verflixt! Wie viele Waggons konnten von einem einzigen Güterzug gezogen werden? 30? 50? Margreta meinte, es müssten Hunderte sein! Die ersten Waggons konnte sie noch ausblenden, während sie den Wiesensalbei skizzierte. Bei den nächsten wurde sie schon unkonzentriert, bis sie entnervt den Block ins Gras schmiss. Jetzt saß sie schon eine gefühlte Ewigkeit da und sah einen Container nach dem anderen vorbeiziehen, während sie auf den allerletzten wartete.

Als er endlich vorbeidonnerte, wurde es schlagartig leiser. Margreta sah dem letzten Waggon hinterher.

Dann hörte sie Günni.

Sie brauchte nur eine Millisekunde, um aufzuspringen. Und viel länger sah sie auch nicht zu Günni, der sich wie immer wütend in seine Leine warf und knurrend und kläffend auf sie zustrebte.

Margreta floh sofort auf den Trampelpfad Richtung Schuppen.

Sie hatte ihn fast erreicht, als sie ein schrilles »Günni! Bleib stehen! Nein!« von Lisbeth vernahm. Margreta ging vom Schlimmsten aus und blickte zurück. Sie sah Lisbeths vor Schreck geweitetes Gesicht. Registrierte, dass Günni sich losgerissen hatte. Dann fiel sie der Länge nach hin.

Es dauerte einen Moment, bis Margreta begriff, was passiert war. »Scheiße!«, fluchte sie und stemmte ihre Arme in den Boden. Noch während sie versuchte, sich hochzurappeln, hatte Günni sie erreicht.

Er setzte zu einem Sprung an, kollidierte mit ihrem sich in die Luft erhebenden Hintern und wurde zu Boden gerissen. Er trudelte einige Male über die Wiese, bis er wieder stand.

Günni schüttelte irritiert seinen Kopf, dann schauten er und Margreta sich einen Moment lang tief in die Augen.

Im nächsten drehte Günni sich um und rannte weiter auf den Schuppen zu. Als er ihn erreicht hatte, sprang er mehrmals an den Holzbrettern hoch, bis er es schließlich aufgab und davor stehen blieb. Mit in den Boden gestemmten Pfoten knurrte er die Holzwand an, als sei sie sein ärgster Feind.

Lisbeth war inzwischen bei Margreta angekommen. Sie sah total verheult aus. »Ich dachte, er greift Sie an!«

Margreta, deren Herz wild pochte, stieß die Luft aus. »Das dachte ich auch!«

»Ich habe es nicht gewusst. Dass er da hinwill.«

»Ich ebenfalls nicht!«, sagte Margreta. »Beileibe nicht!«

»Was will er da?« Lisbeth wischte sich die Tränen von den Wangen.

»Das fragst du mich?« Margreta sah Lisbeth an.

»Ich habe immer gedacht, er ist an dieser Stelle so wütend, weil er denkt, dass Sie da sind.« Lisbeth zog die Nase hoch.

»Er hat auch gebellt, wenn ich nicht da war?«

»Nicht immer. Aber schon. Ja.«

Margreta überlegte. »Geh mal zu deinem Hund. Was ist überhaupt mit der Leine passiert?«

Lisbeth hob die Hand, an der die Leine baumelte.

»Er hat den Kopf herausgezogen«, sagte sie zerknirscht.

»Mach ihn wieder fest. Hast du Leckerlis oder etwas anderes, womit wir ihn vom Schuppen weglocken können?«

Lisbeth nickte.

Margreta sah Lisbeth und Günni hinterher, wie sie hinter dem Andreaskreuz über die Bahngleise gingen. Sie hatte Lisbeth das kurze Stück begleitet, damit Günni nicht auf die Idee kam umzukehren. Lisbeth war Margretas Rat gefolgt, die Leine kürzer zu halten. Günni drehte sich immer mal wieder um und kläffte. Lisbeth schien ihn besser im Griff zu haben.

Als die beiden aus ihrem Blickfeld verschwunden waren, kehrte Margreta zum Trampelpfad und zum Schuppen zurück. »Ich bin gespannt, wer sich hier versteckt hält«, sagte sie und umrundete das Gebäude, bis sie vor der Tür stand.

Sie drückte die Klinke, doch die war wieder verschlossen. Sie klopfte, doch niemand antwortete ihr. Sie rüttelte noch einmal an der Tür, gab es dann auf und sagte laut: »Da habe ich wohl Pech gehabt.«

Schließlich setzte sie sich etwas abseits ins hohe Gras und wartete.

Es dauerte nicht lange, da hörte sie, dass innen ein Riegel zurückgeschoben wurde.

Margreta stand auf, blieb aber in Deckung.

Die Tür knarrte. Ein Junge, er war sicherlich noch keine 15, trat heraus. Er sah sich um. Offenbar fühlte er sich sicher, denn er zog die Tür hinter sich zu und verriegelte sie von außen.

Nachdem er sich noch einmal umgesehen hatte, tippelte er den Trampelpfad entlang an ihr vorbei zum Fußweg.

Margreta heftete sich in sicherem Abstand an seine Fersen, als er links Richtung Wohnsiedlung abbog.

Sie folgte ihm durch die Rosa-Luxemburg-Straße und verlor ihn für einen Moment aus den Augen, als er in den Clara-Zetkin-Weg einbog. Sie beeilte sich. Als sie die Straßenecke erreichte, war er verschwunden.

KAPITEL 10

»Denkst du, dass dieser Günni wegen des Schuppens oder wegen des Jungen gebellt hat?« Valerie öffnete den Aktenordner, in dem die Monatsrechnungen alphabetisch sortiert eingeheftet wurden.

Margreta zuckte die Schultern, während sie die Blätter für die Abteilung »A« zusammenlegte, lochte und Valerie hinüberreichte. »Macht keinen Sinn, dass er einen Schuppen anbellt nur des Schuppens wegen, oder?«

Valerie kniff die Lippen zusammen und nickte. »Da hast du auch wieder recht«, sagte sie und schob die gelochten Blätter über die Ordnerbügel. »Wahrscheinlich hätte er eher den Schwanz eingekniffen, wenn ihn der Ort an etwas Schlechtes erinnert hätte.«

»Du könntest mal mit dem Mädchen und ihrem Hund hingehen, wenn der Junge nicht da ist«, schlug Tante Ria vor, die den beiden Frauen bei der Sortierung der Ablage auf ihren Stock gestützt zusah.

Margreta nickte und griff zum Stapel »K«.

»Der arme Junge. Der muss ja schlaflose Nächte haben wegen dieses Köters!«, meinte Valerie, die die Ordnerseiten umschlug.

»Kein Hund ist von Natur aus böse!«, beschwerte sich Tante Ria über Valeries Ignoranz dem von Natur aus guten Hund gegenüber.

»Frag das Mädchen, was es über ihren Hund weiß«,

schlug Valerie vor und nahm einen Schluck Wasser aus ihrem Glas. »Oder frag im Tierheim nach.«

»Gute Idee«, meinte Margreta und drückte den Locher zusammen.

Das Telefon klingelte.

»›Radieschenheim‹, Valerie Wilken am Apparat. Was kann ich Leckeres für Sie tun?«

Valerie reichte Margreta den Hörer. »Ist für dich, Schatz.« Sie zwinkerte.

Als Margreta die Stimme von Asmus Karkhoff hörte, stieg ihr augenblicklich die Röte ins Gesicht, was Valerie natürlich nicht entging. Sie formte Herzchen mit den Händen und machte einen Kussmund, sodass Margreta zum Telefonieren in die Küche flüchtete.

Asmus machte es kurz. Er wollte sie ins Kino einladen. Eine Komödie aus Deutschland. Ob sie Lust und Zeit hätte. Hinterher wollte er sie noch auf einen Wein in der Innenstadt einladen.

Margreta sagte ihm erst zu und geriet dann in Panik. Sie hatte nichts zum Anziehen. Und roch sie nicht nach Essen? Sie musste dringend nach Hause und unter die Dusche! Sie rief besser gleich an und sagte wieder ab!

Valerie behielt für sie den Kopf. Sie schickte sie sofort nach Hause. Versprach, Tante Ria später nach Wulfsdorf zu bringen. Und sie riet ihr, etwas anzuziehen, worin sie sich sonst auch wohlfühlte. »Und davon hast du ganz sicher was im Schrank!«

Margreta drückte ihrer Freundin einen dicken Kuss auf die Wange und verschwand.

Pünktlich um halb acht klingelte es an ihrer Haustür. Sie begrüßte Asmus Karkhoff mit einer verlegenen Umarmung. Er führte sie zu seinem schnittigen Wagen mit offenem Verdeck, und schon bald sausten sie Seite an Seite in Richtung Lübecker Innenstadt. Margreta flogen ständig die Haare ins Gesicht, was sie zum Lachen brachte. Sie fühlte sich wie Mitte 20.

Der Film war herrlich! Es war lange her, dass Margreta im Kino so sehr gelacht hatte. Die Verwicklungen in der leichten Komödie waren wunderbar aus dem Leben gegriffen. Margreta fühlte sich Minute um Minute wohler an Karkhoffs Seite.

Und so hatte sie nichts dagegen, dass er schon bald seinen Arm über ihre Stuhllehne legte. Und später auf ihre Schulter rutschen ließ.

Nach dem Film schlenderten sie Arm in Arm durch die Innenstadt und landeten schließlich in einem hübschen Weinlokal an der Obertrave.

Karkhoff bestellte eine Flasche Wein, den der Besitzer des Lokals persönlich kredenzte.

»Asmus Karkhoff! Welch Ehre in meinem Hause!«, begrüßte ihn der Mann mit dem schwarzen Vollbart und dem Bäuchlein, das die Knopfleiste seines weißen Hemdes spannen ließ.

»Darf ich dir vorstellen, Margreta? Nino Uhlig!«, stellte Karkhoff den Mann vor. »Ein alter Bekannter von mir! Und Nino, das ist Margreta!«

Nino Uhlig nahm die Hand, die Margreta ihm reichte, und führte sie zu seinem Mund, um einen Kuss darauf anzudeuten. »Genießt den schönen Abend in meinem Hause, ihr zwei Turteltäubchen!«, verabschiedete er sich sogleich.

Karkhoff lächelte ihm hinterher. »Er ist schon eine Seele von Mensch, unser Nino!«, sagte er. »Doch wieder zu uns!«

Margreta genoss die Zeit, die sie mit Karkhoff verbrachte. Er war sowohl ein aufmerksamer Zuhörer als auch ein unterhaltsamer Erzähler. Am meisten musste sie über seine amüsanten Geschichten aus dem Schulalltag lachen, die zumeist von den Streichen der Schüler handelten.

»Manchmal möchte ich ihnen zurufen: Gut gemacht!«, erzählte er lachend. »Doch als Rektor muss ich mir das Lachen verkneifen und sie für etwas abmahnen, was ich als Schüler sicherlich selbst getan hätte.«

Doch bei all den Geschichten vergaß er nicht, ihr immer wieder tief in die Augen zu sehen. Und dann kribbelte es in Margretas Bauch wie zu Teenagerzeiten.

Zumindest, bis sie meinte, im Augenwinkel hinter Karkhoff Hauptkommissar Jan Knutsen zu sehen. Sie hätte schwören können, dass er vor dem Lokal stand und durch eines der weit geöffneten Lokalfenster stierte. Als sie aufsah, war er nirgends zu sehen.

Karkhoff war daraufhin sehr geduldig mit ihr. Er übersah ganz gentlemanlike, dass sie immer unkonzentrierter wurde. Er blieb charmant, als sie einmal statt Asmus Jan zu ihm sagte. Und er drängte sie auch zu nichts, als er sie eine knappe Stunde später in Wulfsdorf vor ihrem Haus absetzte.

Einzig um einen kleinen Kuss auf die Wange bat er zum Abschied. Und so beugten sie ihre Köpfe zueinander und verharrten für einen Moment Stirn an Stirn.

Gefühle überwältigten Margreta. So lange schon träumte sie von einem solchen Moment. Sie hätte sich gern fallen lassen und konnte dennoch nicht. Weil sie sich so unbeholfen fühlte. So gar nicht Frau. Wie sie sich verhalten hatte. So albern. Was wäre schon dabei gewesen, wenn Knutsen sie gesehen hätte?

Margreta drückte Asmus schnell einen Kuss auf die Wange. Sie hörte noch, wie er sagte: »Danke für den schönen Abend«, als die Tür schon ins Schloss flog. Nicht mal darauf war sie gekommen.

Sie drehte sich um, ging eilig durch ihre Gartenpforte. Als sie hörte, wie der Wagen anfuhr, kehrte sie um, luscherte an der Weigelie vorbei die Straße entlang und sah, wie er den Blinker an der Hauptstraße Richtung Lübeck setzte. Da fuhr er hin, ihr erstes Date seit undenklichen Zeiten.

Und sie hatte es verpatzt!

Margreta stand noch da, als ein Wagen von der anderen Seite der Straße nahezu lautlos angerollt kam. Ohne Licht. Ein Shanty war durch die halb geöffneten Scheiben zu hören.

… whiskey is the life of man,
Whiskey, Johnny!

I drink whiskey when I can
Whiskey for my Johnny!

Der Wagen blieb vor ihr stehen. Niemand stieg aus.

Knutsen stierte stur zur Windschutzscheibe hinaus, als sie die Wagentür öffnete. Sie ließ sich auf dem Beifahrersitz nieder.

»Was gibt's?«, fragte sie.

Eine Antwort bekam sie von den singenden Männern aus den Lautsprechern: … *Whiskey for my Johnny!*

Knutsen indes ließ den Motor an und fuhr los.

Margreta wollte protestieren, doch da er rasant an Fahrt aufnahm, machte sie lieber schnell die Tür zu und schnallte sich an.

… *Whiskey for my Johnny.*

Sie drehte die Musik leiser.

Er ließ sie gewähren.

… *Whiskey for my Johnny.*

Knutsen bog Richtung Flughafen ab.

Als sie über die B 207 fuhren, fragte sie: »Willst du mich entführen?«

Als sie an Strecknitz vorbeifuhren, drückte sie den Ausschalter des Radios.

Erst als er Richtung Grönau abbog, gab er sein Schweigen auf. »Wieso machst du das?«, fragte er.

»Was?«

»Tu nicht so scheinheilig!«

Margreta sah rechts aus dem Fenster und verdrehte die Augen.

»Wieso ausgerechnet Karkhoff?«

Margreta zog die Lippen spitz. »Nun ja. Du hast mitbekommen, dass wir im ›Radieschenh…‹«

»Margreta, hör auf, mir ein X für ein U vorzumachen.«

»Mache ich nicht. Du warst selbst im ›Radieschenheim‹, als Karkhoff und …«

»Es ist doch kein Zufall, dass du dich ausgerechnet mit Asmus Karkhoff triffst!«, schimpfte er laut. »Wo hast du ihn kennengelernt? Erzähl mir nicht, dass das nichts mit deiner Schnüffelei zu tun hat.«

Schnüffelei! Da war es wieder, dieses Wort, das sie so verletzt hatte. Wer schnüffelte denn? Jemand, der aus purer Neugier in anderer Leute Leben herumwühlt. Das tat sie doch nicht! Margreta sah eine Weile aus dem Fenster die Häuser Grönaus vorbeiziehen. »Dich scheint es ja nicht zu stören, dass Marjolein und Ole streiten.«

»Erzähl nicht so einen Quatsch! Natürlich interessiert mich das.«

»Ach! Und was tust du dagegen?«

Knutsen schüttelte den Kopf. »Margreta. Es ist ein Mord passiert! Ein Mord, verstehst du? Wie stellst du dir vor, dass ich da vorgehen soll? Erst dich und Marjolein fragen? Ob es euch passt, wenn ich jemanden verdächtige?«

Margreta sog die Luft ein. »Natürlich nicht!«, rief sie. »Aber du kannst sie zumindest ernst nehmen. Hast du dir ihre Version überhaupt angehört?«

Knutsen bog in Grönau nach Blankensee ab. Er schüttelte den Kopf. »Das brauche ich nicht!«

Margreta überkreuzte die Arme vor der Brust. »Siehst du? Und da wunderst du dich?«

Knutsen blinkte und hielt auf offener Straße rechts an. Er drehte sich zu ihr. »Sag mal, wie stellst du dir das eigentlich vor? Ich möchte mal wissen, was du dazu gesagt hättest, wenn ich Marjolein ins Präsidium gebeten hätte!«

»Du willst sie verhören? Aber wieso das denn? Sie hat damit nichts zu tun.«

»Ja, was nun? Weiß sie was oder weiß sie nichts? Wenn sie etwas weiß, wird sie angehört, wenn nicht, ist es Zeitverschwendung.«

»Marjolein Zeitverschwendung? Also ehrlich!«

»Ich weiß schon, was ich von Marjolein hören werde. Dass Winter unschuldig ist. Sie war aber weder vor Ort, noch hat sie überhaupt etwas mit der Sache zu tun. So arbeiten wir nicht. Hörst du?«

Margreta sah zerknirscht aus dem Fenster. »Was spricht dagegen, wenn du dir ihre Geschichte anhörst, ohne dass es offiziell ist? Sie würde sich ernst genommen fühlen. Und Ole und sie könnten wieder …«

»Margreta, was soll das werden? Ich finde, ich nehme Marjolein sehr ernst. Von euren Detektivspielen mal abgesehen.« Er schlug mit der flachen Hand auf das Lenkrad. »Gerade weil ich ihre Emotionen in dieser Sache ausblende, nehme ich sie ernst.«

Er sah Margreta einen Moment an. »Oles Verdacht dürfte ich dann auch nicht außer Acht lassen!«, grummelte er.

»Was willst du damit sagen?« Sie drehte sich wütend zu ihm. »Dass du die Unterstellung von ihm, Marjolein hätte ein Techtelmechtel mit Winter, für glaubwürdiger hältst, als dass sie ihm einfach nur Beistand leistet?«

Er schüttelte den Kopf. »Darum geht es nicht!«

»Worum dann?«, fragte Margreta aufgeregt. »Erklär mir das mal!«

Er seufzte. »Ehrlich, Margreta. Wie kann Marjolein felsenfest behaupten, dass Winter unschuldig ist, ohne zur Tatzeit bei ihm gewesen zu sein?«

Margreta sah ihn schockiert an. »Das glaube ich jetzt nicht, dass du das gesagt hast!«

»Ich habe es gesagt! Aber sei beruhigt, ich habe es noch keinen Moment in Erwägung gezogen!« Er sah Margreta an. »Glaub mir. Für mich gehören Ole und Marjolein zusammen. Allein deshalb ist da für mich kein Platz für Oles Verdacht!«

Margreta seufzte. »Wenigstens hier sind wir mal einer Meinung!«

»Ich denke, wir können den beiden in dieser Sache nicht mehr helfen, als dass jeder von uns Beistand leistet. Die beiden müssen lernen, einander zu vertrauen, wenn ihre Ehe halten soll.«

Sie nickte.

»Aber verlangt nicht von mir, dass ich meine Arbeit nicht vernünftig mache, nur weil meine Schwiegertochter zufällig mit dem Hauptverdächtigen bekannt ist und seine Verhaftung nicht erträgt!«

Margreta überlegte einen Moment. »Ich hatte dich bei unserem Telefonat ja auch nur darum gebeten, mir die Gründe für seine Verhaftung zu nennen. Dann hätte ich sicherlich nicht …«

»Margreta, Margreta. Fängst du schon wieder an. Warum vertraut ihr mir und meinem Team nicht? Wir werden den richtigen Täter ermitteln. Wenn Winter unschuldig ist, wird es herauskommen. Im Moment ist er der Haupttatverdächtige. Es ist sein Auto. Er war zuletzt mit ihr zusammen. Ich kann ihn nicht von der Liste streichen. Das wäre unprofessionell!«

Er blinkte links und fuhr wieder an.

Bis sie nach Blankensee kamen, blieben beide still.

Margreta dachte über das nach, was Knutsen gesagt hatte. Und sie musste zugeben, dass er recht hatte.

Als sie um die Kurve ins Dorf fuhren, lachte Knutsen. »Ich finde es ja wirklich interessant, wie ihr vorgeht. Kämpft an allen Fronten gleichzeitig. Dass du sogar deine Großtante einspannst!«

»Ich tue was?«, rief Margreta empört.

»Ach, komm schon. Ich dachte, wir sind jetzt ehrlich zueinander! Erst treffe ich Marjolein bei Frau Kummerschuh, und dann sehe ich Tante Ria und so einen Herrn mit Hund ganz in der Nähe von Winters Haus spazieren gehen. Was ihr euch allerdings davon erhofft …« Statt weiterzusprechen, lachte er nur kurz auf.

Margreta ignorierte seine Anspielung. Sie musste die Neuigkeiten erst einmal verstehen. Dass Marjolein zur Kummerschuh gefahren war, das machte Sinn. Was es mit Tante Ria auf sich hatte, das konnte sie sich selbst nicht erklären.

»Was denn?«, fragte er, als sie wieder aus Blankensee herausfuhren. »Warum auf einmal so schweigsam? Bist du überrascht, dass das nicht unentdeckt geblieben ist?«

Margreta ließ sich nicht von Knutsen aus der Reserve locken. »Glaube es oder nicht. Ich weiß davon nichts. Wo wohnt Winter überhaupt?«

Margreta sah von der Seite, wie Knutsen lautlos lachte und dabei den Kopf schüttelte. »Komm schon, Mädchen. Du willst mir jetzt ernsthaft erzählen, dass du das nicht weißt?«

»Tja, so ist es aber. Ich gebe zu, es kam mir noch nicht in den Sinn, danach zu fragen!«, sagte Margreta.

»Frag Marjolein. Oder Tante Ria. Kann es sein, dass sie dir in diesem Punkt ein Stück voraus sind?« Knutsen drosselte das Tempo, als sie nach Beidendorf hineinfuhren.

So muss es sein, dachte Margreta. Doch sie hütete sich, das laut auszusprechen.

Bis zur Kreuzung schwiegen beide.

»Wo wurde sie gefunden?«, fragte Margreta mit Blick nach links, als Knutsen rechts abbog. Der Beidendorfer See lag in die Richtung, in die Margreta guckte. Direkt am Ortsausgang.

»Bei den Anglern«, sagte er.

Sie war froh, dass sie dort nicht vorbeifuhren.

»Und wo wurde sie überfahren?«

Knutsen lachte auf, dann konzentrierte er sich wieder auf die kurvige Straße nach Wulfsdorf. Als sie erneut vor Margretas Haus standen, stellte Knutsen den Motor ab. Er machte allerdings keine Anstalten auszusteigen.

»Vielen Dank für die Rundfahrt!«, sagte Margreta und öffnete die Tür.

»Keine Ursache.« Er grinste. »Ja, tut mir leid wegen des Überfalls.«

»Schon gut«, sagte Margreta. »War mal gut zu reden.«

»Ich wollte ja eigentlich …« Er räusperte sich. »Also, was machen wir jetzt mit Marjolein und Ole?«

Margreta seufzte. »Ich denke, sie wird sich weiter für ihren Mentor ins Zeug legen.«

Knutsen nickte. »Und so lange wird Ole den betrogenen Ehemann spielen.«

Margreta sah ihn an. »Wenn du ihm das ausreden könntest, wäre den beiden bereits geholfen. Marjolein glaubt einfach an Winters Unschuld. Das ist alles. Dass Ole ihr ein Verhältnis zu Winter unterstellt hat, hat sie tief getroffen.«

Knutsen nickte, während er mit betrübter Miene aus der Windschutzscheibe stierte.

Als Margreta sich anschickte auszusteigen, hielt er sie auf. »Was ich noch sagen wollte.«

»Ja?« Sie hielt inne.

Knutsen rieb sich über das Kinn. Sein Bartansatz knisterte. »Was Karkhoff angeht. Bitte, pass auf dich auf!«

Margreta stieß erst entrüstet die Luft aus, dann beeilte sie sich auszusteigen. Als sie vor dem Wagen stand, beugte sie sich noch einmal hinein. »Entschuldige, Jan, aber das geht dich nichts an!«

»Ja, schon«, meinte Knutsen. »Aber weißt du überhaupt, was das für ein Typ ist?«

Margreta kochte. »Er ist ein erfahrener Mann, der weiß, wie man mit Frauen umgeht, das ist er!«

Knutsen schnaubte. »Wie man mit Frauen umgeht!«, wiederholte er abfällig. »Natürlich weiß er das! Wenn ich du wäre, würde ich die Finger von ihm lassen.«

Margreta flogen tausend Sätze durch den Kopf, die sie hätte erwidern können. Letztlich behielt sie alle für sich und schmiss einfach die Autotür zu.

Sobald Knutsen davonfuhr, dröhnte sein Autoradio wieder aus den offenen Fenstern.

Oh whiskey here and whiskey there
Whiskey, Johnny!

Dann setzte Knutsens tiefer Bass ein. Lautstark übertönte er alles.

Oh I'd have whiskey everywhere
Whiskey for my Johnny!

Margreta rauschte Sekunden später ins Wohnzimmer, wo Marjolein auf dem Sofa lag und Fernsehen schaute. Sie schmiss ihre Tasche auf den Tisch und sich selbst in den Sessel. Mit grimmigem Blick sah sie auf den Bildschirm, auf dem irgendein Film lief.

»Mama! Was ist denn mit dir passiert? Hattest du keinen schönen Abend?« Marjolein setzte sich auf.

»Hmm!«, grollte Margreta.

»Was hat Karkhoff gemacht? Hat er dich etwa beleidigt?« Marjolein sah sie ernst an.

Margreta schüttelte den Kopf. »Nicht Karkhoff, nein! Dein Schwiegervater!«

»Was? Wieso denn der? Er war doch nicht etwa mit euch aus?«

Margreta erzählte ihr, dass er sie vor der Haustür abgefangen und zu einer kleinen Rundfahrt mitgenommen hatte. »Er hat mir tatsächlich geraten, mich von Karkhoff fernzuhalten! Kannst du dir das vorstellen?«

Marjolein hatte vollstes Mitgefühl mit ihrer Mutter. »Und deshalb hat er dich abgepasst? Um dir das zu sagen?«

»Nee, das nicht.« Margreta streifte ihre Sandalen von den Füßen. »Er wollte mir unbedingt erzählen, dass er euch gesehen hat. Dich und Tante Ria. Stimmt das?« Margreta griff zu Marjoleins Glas und roch daran. Da es Wasser war, nahm sie einen Schluck.

Marjolein lachte auf. »Ja, das stimmt!« Sie langte zur Fernbedienung und machte den Film leiser. »Im Endeffekt war es Tante Rias Idee! Sie fand es unglaublich aufregend, dass du dich mit Karkhoff getroffen hast, sodass sie euch am liebsten hinterhergefahren wäre. Sie wollte gleich dabei sein, wenn du etwas herausfindest.«

Margreta zog verwundert die Augenbrauen hoch, als sie das hörte. »Hat sie gedacht, dass ich mich deshalb mit ihm treffe?«

Marjolein nickte und lachte in sich hinein.

Sie erzählte, wie sie mit Valerie zusammengesessen und über das gesprochen hatte, was sie bereits wussten und was noch herauszufinden war. Letztlich sei Tante Ria nicht mehr zu stoppen gewesen.

»Sie sagte, wenn du deinen freien Abend für die Sache opferst, dann sollten wir nicht tatenlos herumsitzen. Sie beschloss, dass ich zur Kummerschuh fahren sollte. Und sie wollte mit Valerie die Siedlung beschatten, wo der Junge wohnt und wo wahrscheinlich auch Lisbeth und Günni wohnen. Na ja, Valerie hatte keine Zeit, deshalb wollten wir es erst bleiben lassen. Dann fiel ihr Ferman ein. Sie war nicht davon abzubringen, ihn anzurufen.«

»Wie konnte sie ihn erreichen? Ich habe seine Nummer nicht.«

»Sie hatte sie!« Marjolein gluckste. »Er hat sie ihr die Tage gegeben. Falls sie mal Lust hätte, eine Runde mit Miss Pitty zu drehen.«

»Nein!«, stieß Margreta aus, die nicht erwartet hatte, dass Tante Ria sich einen Verehrer angeln würde.

Marjolein nickte. »Also haben wir uns mit Ferman in der Vorrader Straße getroffen. Die beiden sind dann mit Miss Pitty durch die Straßen geschlendert, und ich bin zur Kummerschuh.«

»Warte«, sagte Margreta und setzte sich auf. »Knutsen hat gesagt, dass er sie in der Nähe von Winters Haus gesehen hat. Wohnt Winter etwa auch dort?«

Marjolein sah sie einen Moment lang irritiert an, dann schlug sie sich gegen die Stirn. »Natürlich. Du hast recht!«, sagte sie, sprang auf und verschwand aus dem Wohnzimmer. Sie kehrte schnell zurück. »Clara-Zetkin-Weg 22«, sagte sie.

»Das muss beim Wendehammer sein«, mutmaßte Margreta.

Marjolein hatte bereits ihr Handy genommen und suchte die Adresse. Sie nickte.

»Was für ein Zufall!«, sagte Margreta und starrte mit nachdenklichem Gesichtsausdruck auf den Fernseher.

Marjolein nickte. Dann sah sie ihre Mutter an. »Der Besuch bei Beate Kummerschuh war übrigens sehr aufschlussreich, was die Uhligs angeht.« Sie berichtete, dass Melanie Uhlig Lehrerin an der Berufsschule in St. Lorenz sei und ihr Mann Nino ein italienisches Weinlokal an der Obertrave betreibe.

»Das kenne ich«, sagte Margreta. »Na klar. ›Da Nino‹. Nino Uhlig. Genau da bin ich mit Asmus gewesen. Asmus hat mir Herrn Uhlig sogar als guten Bekannten vorgestellt.« Sie dachte nach. »In dem Moment konnte ich aber nichts mit dem Namen anfangen.«

»Du hattest andere Dinge im Kopf. Schon klar!« Marjolein grinste.

Margreta ließ den Spott mit einem Lächeln über sich ergehen. »Und wie sind sie zur Runde gestoßen? Wenn sie Berufsschullehrerin ist?«

»Nino ist der Doppelkopfspieler!«, erklärte Marjolein. Dann erzählte sie, dass Kronecks Frau Lisa eine Musikschule in Groß Grönau betreibe und Uhligs Tochter Saxofonunterricht gebe. »Kroneck und Nino Uhlig haben sich dort eines Tages zufällig getroffen und über Doppelkopf unterhalten. Kroneck hatte ihn spontan eingeladen, mal bei der Spielrunde vorbeizuschauen. Seitdem gehören die Uhligs dazu.«

Marjolein berichtete weiter, dass es laut der Kummerschuh oft Spannungen zwischen Frau Uhlig und der Dutt-Winter gegeben hätte. »Die Uhlig lässt sich wohl nichts gern gefallen. Und wenn die Dutt-Winter mal wieder ihre miese Laune ausgepackt hat, hat sie wohl oft von der Uhlig Kontra bekommen.«

»Du meinst, sie hätte ein Motiv?«

Marjolein schüttelte den Kopf. »Meiner Meinung nach ist das keins. Für die Kummerschuh allerdings schon. Aber lass mich weitererzählen.«

Sie berichtete, dass die Uhligs den ganzen Geburtstag nicht weit von Karkhoff und seinem Selbstgebrauten verbracht hätten. Karkhoff hätte mit Nino Uhlig fortwährend seinen Spaß getrieben, dass er wegen seines Weingaumens kein gutes Bier erkennen könnte. Und Nino Uhlig hätte die Herausforderung mit entsprechender Bierlaune angenommen und immer mehr von dem Selbstgebrauten probiert.

»Allerdings hatte die Kummerschuh das Gefühl gehabt, dass es Karkhoff und die Uhlig darauf angelegt hätten, Nino Uhlig abzufüllen«, erklärte Marjolein. »Irgendwann sei er nämlich so blau gewesen, dass er sich einfach auf eine der Bierbänke gelegt und den Rest des Abends nur geschnarcht hätte.«

»Warum sollten sie ihn abfüllen?«, fragte Margreta. Ihr gefiel Karkhoff in dieser Rolle nicht. Die Geschichte bereitete ihr ein flaues Gefühl im Magen, das sie zu ignorieren versuchte.

»Na ja«, setzte Marjolein an.

Margreta bemerkte, dass Marjolein zögerte. »Was na ja?«

Marjolein seufzte. »Ist jetzt blöd für dich. Aber die Kummerschuh hat auch gesagt, dass Karkhoff und die Uhlig, nachdem sich Nino Uhlig schlafen gelegt hatte, einige Zeit verschwunden waren. Und das sei auf alle Fälle nach Winters Abfahrt mit dem Taxi gewesen, da

Nino, so betrunken wie er war, der Dutt-Winter zum Abschied noch um den Hals gefallen war. Was alle ziemlich lustig fanden.«

»Und was war mit der Uhlig und Asmus?« Margreta interessierte sich jetzt nicht für Nino Uhlig.

»Erst hätte sie keiner vermisst, hatte die Kummerschuh gemeint. Karkhoffs Verschwinden sei sowieso erst aufgefallen, als der Wunsch nach Nachschub vom Selbstgebrauten aufkam. Alle hatten vorerst angenommen, dass Karkhoff aufs Klo gegangen war. Als der Durst auf das Selbstgebraute jedoch groß genug wurde, fingen sie an, ihn ernsthaft zu suchen. Und erst dann fiel ihnen auf, dass die Uhlig ebenfalls verschwunden war.«

»Und dann?«, fragte Margreta, die den Zusammenhang nicht begreifen wollte.

Marjolein wand sich. »Irgendwann tauchten Uhlig und Karkhoff wieder auf. Zwar nacheinander. Aber die Kummerschuh meinte, der zeitliche Abstand wäre nicht so groß gewesen, als dass nicht jeder gleich gewusst hätte, dass sie zusammen weg waren.«

Margreta zog ihren Mund zusammen und dachte nach. Was sie gehört hatte, musste sie erst einmal verdauen. »Du meinst, die beiden könnten den Winters nachgefahren sein …«

Marjolein sah ihre Mutter an, als hätte sie es mit einem Kind zu tun, das nichts begreifen wollte. »Nein, das meine ich nicht. Auch wenn wir diese Möglichkeit nicht übersehen sollten.«

»Aber was meinst du dann?«

Als Marjolein daraufhin schwieg und nur ein betretenes Gesicht machte, verstand Margreta endlich. »Oh!«, sagte sie.

Und Marjolein nickte.

KAPITEL 11

Tante Ria musste der Ausflug am Abend sehr erschöpft haben, denn sie wachte und wachte am anderen Morgen nicht auf. Margreta, die wegen ihres Kinobesuchs am Vorabend früh ins »Radieschenheim« wollte, schaute schon um sieben ständig auf die Uhr. »Ich muss noch das ganze Gemüse gießen, bevor es heiß wird. Um halb neun kommt schon Slavek. Wir wollen Rettich aussäen und Mangold setzen. Und ein paar Schokoladenkekse wollte ich auch noch backen. Die sind nämlich so gut wie leer!«

Schließlich erlöste Marjolein ihre Mutter. »Ich wollte zwar in der Schule noch etwas vorbereiten, aber ich muss erst um halb neun an der Vogelsangschule sein und kann es genauso gut auch von hier aus erledigen. Ich bringe dir Tante Ria nachher vorbei.«

Und so war Margreta bereits mit ihrem ersten Gang durch den Garten und der ersten Ladung Kekse fertig, als Tante Ria mit ihrem Gehstock an die Lokaltür klopfte.

»Ist doch offen!«, rief ihr Margreta zu. Trotzdem drehte sie den Backofen aus, streifte die Backhandschuhe ab und ließ ihre Großtante rein.

»So gut hab ich ja lang net mehr geschlafen!«, sagte Tante Ria. »Die Luft hier oben tut mir richtig gut!« Sie strahlte über das ganze Gesicht. Ihre Wangen waren gut durchblutet, ihre Haut von der Sonne gebräunt.

»Ich glaube, die Gesellschaft von Ferman ist dir alles andere als unangenehm, wie mir scheint?«, fragte Margreta. Sie sah ihn zusammen mit Miss Pitty auf die Terrasse des »Radieschenheims« einbiegen.

»Jaaa.« Tante Ria zog das kurze Wort ganz lang. »Ich habe ihn angerufen, dass ich jetzt da bin. Wir wollen dir zusammen Bericht erstatten. Und später zu einem Freund von ihm. Hier im Kleingartenverein. Im ›Attentat‹. Oder so ähnlich.«

»Arfenpadd?«

»Ja, möglich. Was die hier oben für Name habe, das kann ich eh net behalde.«

Margreta lachte.

»Der Mann kennt sich gut mit Hunden aus«, erklärte Tante Ria weiter. »Wir wollen ihn fragen. Wegen Günni. Und dem Gekläffe.«

»Mohoin!«, erscholl es in dem Moment von der Tür her. Ferman zog sie weit auf. Gleichzeitig fing Miss Pitty an zu jaulen.

»Ach, mei Klei! Guten Morsche, du Hübsche!«, sagte Tante Ria und bückte sich auf ihren Stock gestützt zu Miss Pitty herunter.

»Nein, nicht ins Lokal!«, schimpfte Ferman mit Miss Pitty und zog sie aus dem Eingang zurück.

»Ach, lass sie. Sie will mich bloß begrüße!«

Miss Pitty jaulte, und es klang, als wolle sie zustimmen.

»Nein, wir bleiben draußen«, sagte Ferman bestimmt und hob Miss Pitty auf den Arm.

»Ei, dann komm ich halt zu dir, mei Hübsche!«, sagte Tante Ria und streckte die Hand, um den Kopf der Hündin zu kraulen. Dann folgte sie Ferman auf die Terrasse, wo er Miss Pitty an der Bank festband und Tante Ria sie mit ein paar Leckerlis fütterte.

»Was habt ihr rausgekriegt?«, fragte Margreta später, nachdem sie drei Kaffee gekocht und auf die Terrasse gebracht hatte. Einen Teller mit einem frisch gebackenen Keks für jeden stellte sie auch auf den Tisch.

»Allerhand, das kann ich dir sagen«, brüstete sich Ferman und nickte.

»Unser Plan war ja, die Siedlung auszuspähe«, berichtete Tante Ria. »Und ich würd sagen: Unser Ausflug war net umsonst!« Tante Rias Wangen glühten vor Aufregung.

»Spannt mich nicht so auf die Folter«, beschwerte sich Margreta und biss in einen Keks.

Miss Pitty saß neben ihr und wartete darauf, dass ein paar Krümel zu Boden fielen.

»Wir haben rausgekriegt, wo das Mädchen wohnt.« Ferman nahm sich auch einen Keks vom Teller.

»Lisbeth?«, fragte Margreta.

Tante Ria nickte. »Wir haben jemanden aus der Siedlung gefragt. Der da spazieren gegangen ist. Ein hilfsbereiter Kerl.«

»Der kannte Lisbeth und Günni sehr gut, da brauchten wir nicht lange zu fragen«, sagte Ferman und biss in den Keks, was Miss Pitty dazu veranlasste, sich zu seinen Füßen hinzusetzen.

»Ist nämlich ihr Nachbar in der Egon-Nickel-Straße!«, sagte Tante Ria und stampfte zur Bekräftigung mit ihrem Gehstock auf den Boden.

»Sehr gut!«, freute sich Margreta. »Dann brauche ich sie nicht abzupassen, wie ich gedacht habe, sondern kann gleich bei ihr klingeln.«

Tante Ria lächelte zufrieden.

»Wir haben noch etwas für dich«, sagte Ferman geheimnisvoll.

»Na?«, fragte Margreta und hob ihre Kaffeetasse hoch.

»Der Mann hat uns erzählt, dass der Clara-Zetkin-Weg abgesperrt war.«

»Wann denn?«

»Schon am Montag«, sagte Tante Ria.

Ferman sah sich auf der leeren Terrasse um, dann beugte er sich zu Margreta. »Die Nachbarn sagen, dass die Rektorin dort überfahren wurde. Da, wo der Weg zum anderen Kleingartenverein führt«, flüsterte er.

Margreta schluckte.

»Und dann kam dein Kommissar!«, sagte Tante Ria vorwurfsvoll und laut und ohne Rücksicht auf die geheimnisvolle Spannung. »Er hat mit seinem Wagen direkt neben mir gehalte. Und das Fenster runnergefahre. Der hat dann gefracht, ob ich net dei Dante wär!«

Ferman nickte zu dem, was Tante Ria sagte.

»Des wär e gut Gelegenheit gewese, von meim Justus zu erzähle, aber bevor ich ihm was sage konnt, war der schon wieder weg!« Tante Ria stand ihre ganze Enttäuschung darüber ins Gesicht geschrieben. »Ich sag ganz ehrlich, Kind, ich weiß ja net, was ich davon halte soll. Ich glaub ja sowieso, dass du dei Kommissar vor mir verstecke tust!«

»Was?« Margreta sah sie empört an. »Wie kommst du denn darauf? Du weißt, dass unser Verhältnis seit dem Streit zwischen den Kindern schwierig geworden ist.«

»Ach was!«, sagte Tante Ria. »War er nicht gestern Abend erst da? Und als ich mit Marjolein in ihrer Schule gewesen bin? Glaub net, dass ich davon nichts mitgekriegt hab!«

»Für mich waren das keine passenden Gelegenheiten für deine Geschichte«, meinte Margreta. Sie sah auf ihre Uhr. Es war an der Zeit, in den Garten zu gehen. Slavek kam gleich. Sie räumte das leere Geschirr auf das Tablett und stand auf.

Tante Ria sah Ferman an. »Also, wenn du mich fragst, dann will sie gar net, dass ich ihn sehe!«

Ferman zuckte mit den Schultern.

Margreta reckte sich, als sie das Ende ihrer Beetreihe erreicht hatte. Die Hacke würde wohl nie ihr Freund werden, doch nur so konnte sie dem Unkraut Einhalt gebieten und dem Gemüse uneingeschränktes Wachstum ermöglichen. Slavek, der seine Reihe, in der Kohlrabi im Wechsel mit Tagetes wuchsen, schon fertig hatte, grinste. »Ist schwer für Rücken?«, fragte er.

»Für meinen geplagten Rücken, ja!«, sagte Margreta. Nachdem sie sich gestern Abend wie Mitte 20 gefühlt hatte, kam sie sich jetzt vor wie mindestens 65!

»Sie nehmen Kohlrabi mit«, sagte Slavek. »Jetzt schön schmecken.«

Margreta hörte schon vom Nebeneingang her, dass Valerie in der Küche herumwerkelte. Das Aneinanderschlagen von Töpfen und Pfannen klang laut durch den Flur. Dazwischen mischte sich ihr ärgerliches Gemurmel.

Margreta stellte die Schale mit dem frisch geernteten Gemüse auf die Arbeitsfläche. »Was suchst du denn, meine Liebe?«

»Den Wasserbadeinsatz«, murmelte Valerie und zog ihren Kopf aus dem Küchenschrank heraus, in dem sie fast ganz verschwunden war. »Ich hatte ihn zuletzt zum Eismachen benutzt. Und jetzt ist er weg!«

Margreta öffnete die Spülmaschine und zog die noch heiße Metallschale aus dem Spülkorb. »Hier ist er. Tut mir leid. Ich hatte ihn heute Morgen schon zum Backen benutzt.«

Valerie klappte den Schrank zu und stand auf. »Na, wenigstens ist er da. Ich habe mich ja schon für verrückt erklärt.«

Margreta lächelte. »Und was ist, wenn ich die gefundene Schale nicht als Beweis dafür anerkenne, dass du es nicht bist?«

Valerie blinzelte ein paar Mal. Dann schnappte sie das Küchenhandtuch, knüllte es zusammen und warf es Margreta entgegen. »Dann werde ich dich eigenhändig in eins der Buddelschiffe meines Mannes stecken und aufs Meer hinauswerfen!«

»Danke schön!«, sagte Margreta und warf das Handtuch zurück. »Das reicht mir als Beweis dafür, dass du bei bester Gesundheit und klarem Verstand bist!«

Die beiden lachten.

Wenig später hatte Margreta ihre Freundin in Bezug auf den vergangenen Abend auf den neuesten Stand gebracht und dabei einen Salat vorbereitet und eine Frischkäsecreme mit Frühlingszwiebeln und Paprika hergestellt.

»Mein Gott. Dass der wütende Günni in der gleichen Ecke wie der Winter wohnt. Ich hoffe, dass das für Marjolein und die Rehabilitation ihres Mentors keine schlechten Nachrichten sind«, meinte sie.

»Wie soll das zusammenhängen? Das wäre ja ein großer Zufall. Trotzdem will ich wissen, warum Günni so ausrastet, wenn er in die Nähe des Schuppens kommt.«

In dem Moment hörten sie Stimmengewirr aus dem Lokal. Margreta schaute zur Uhr. Der mittägliche Betrieb im »Radieschenheim« hatte begonnen.

Tante Ria kehrte ebenfalls um die Mittagszeit zurück. Sie brachte nicht nur Ferman und Miss Pitty mit, sondern gleich auch noch den Hundekenner Bert Rogge. Außerdem hatte sie Grete Siebenhus und Theo Himmel im Schlepptau. Als Vertreter des Ältestenrats ließen sie es sich nicht nehmen, die Hundeangelegenheit ebenfalls mit Interesse zu verfolgen. Die Gruppe besetzte einen kompletten Tisch auf der Terrasse.

»Tag, alle zusammen!«, begrüßte Margreta die Runde. »Und? Wie geht es Ihrem Sohn auf Teneriffa?«, richtete sie sich speziell an Himmel senior. Sein Sohn Klaus war der Kleingartenvereinsvorsitzende und erstmals in seinem Urlaub in Spanien unterwegs.

»Och, der!«, antwortete Himmel senior mit seinem dünnen Stimmchen. »Der stöhnt über die viele Sonne.

Die is da unten ja man doch immer noch 'n Stückchen heißer als hier!«

Ferman nickte und Grete Siebenhus, heute in neonorange-schwarzen Streifen auf weißen Leggins, fächelte sich mit einem schwarzen Plastikfächer mit chinesischer Blumenmalerei Luft zu.

Als Margreta jedem das Tagesgericht serviert hatte – gebratene Hühnerbrust an Schmortomaten mit Frischkäsedip und dazu einen kleinen Salat der Saison –, setzte sie sich auf Bitte der Runde für einen Moment dazu.

Ewald Ferman stieß seinem Parzellennachbarn, der neben ihm saß, in die Seite. »Erzähl schon, Rogge, was es mit dem Bellen von Günni auf sich hat.«

Bert Rogge räusperte sich. »Wenn es sich so verhält, wie mein Freund Ferman das beschrieben hat, dann hat der Hund wegen des Jungen angeschlagen. Auf keinen Fall wegen des Schuppens.«

»Ja, weiter, Rogge. Weiter!«, drängelte Ferman.

»Du meinst, ich soll …« Bert Rogge wandte sich unsicher an seinen Nachbarn.

»Ja, na los, los. Darauf wartet Frau Mai!«, forderte der ihn auf.

»Na gut. Ich bin ja kein ausgebildeter Hundeexperte. Aber ich denke, der Junge muss dem Hund mal etwas angetan haben. Anders kann ich mir diese heftige Reaktion nicht vorstellen.«

Margreta schüttelte den Kopf. »Das kann ich mir einfach nicht vorstellen!«

»Hier wohnt Familie Selbermann« stand auf dem ovalen, weißen Tonschild an der Gartenpforte. Die Auffahrt war leer, das Garagentor dahinter zugesperrt. Ob wohl jemand zu Hause war?

Margreta stieg die eine Stufe zur Haustür hoch und klingelte. Sie wartete eine Weile. Als ihr niemand öffnete und auch kein Hund anschlug, gab sie es auf. Sie würde es ein andermal versuchen müssen.

Als sie auf den Bürgersteig zurückkehrte, wo sie ihr Fahrrad gegen den Zaun gelehnt hatte, sah sie Lisbeth. Und Günni. Margreta konnte es nicht ändern, beim Anblick des Hundes wurde ihr trotz des Erlebnisses beim Schuppen immer noch flau im Magen. Sie unterdrückte ihr Bedürfnis, sich auf das Fahrrad zu schwingen und schnell wegzufahren. Stattdessen blieb sie tapfer neben dem Gartentor stehen und wartete, bis Lisbeth und Günni näher kamen.

Sie konnte nicht behaupten, dass sie überrascht war, dass Günni sie wiedererkannte. Auch nicht, dass er sich verhielt, wie sie es schon so oft gesehen hatte: Er kläffte aufgeregt, legte sich mit aller Kraft in sein Halsband und zog Lisbeth erbarmungslos hinter sich her.

Sein Jaulen zwischendurch war neu. Wenn sie es wohlwollend interpretierte, dann konnte es sogar ein Winseln sein.

»Günni! Nicht so schnell!«, schimpfte Lisbeth mit ihm und versuchte, ihn zurückzuziehen. »Was hast du denn schon wieder!«

»Du solltest ihn kürzer nehmen!«, rief Margreta über den Zaun.

Lisbeth bekam sofort einen erschrockenen Gesichtsausdruck, als sie Margreta erkannte. »Sie sind es! Oh, Sie müssen da weg. Ich wohne da.«

In dem Moment passierte etwas, womit beide nicht rechneten: Günni begann, mit dem Schwanz zu wedeln.

Margreta fasste Mut. »Ich glaube, wir probieren es mal.«

Sie suchte in ihrer Tasche nach den Leckerlis, die Tante Ria ihr wohlweislich in die Hand gedrückt hatte. Mit einem bewaffnet öffnete sie die Gartentür.

»Na, komm mal her, mein Lieber!«, sagte Margreta und hielt Günni das Leckerli hin.

Und dann überraschte Günni sie ein weiteres Mal. Er setzte sich hin. Jaulte nur ein kleines bisschen.

Wartete ansonsten geduldig ab, dass Margreta ihm das Leckerli gab.

»Braver Günni!«, lobte Margreta ihn und streichelte ihm über den Kopf.

»Das habe ich ihm beigebracht«, sagte Lisbeth voller Stolz.

»Na, ich wusste, dass aus euch zweien noch was wird!«, sagte Margreta zufrieden und streichelte Günni gleich noch einmal.

Lisbeth konnte Margreta nichts über Günnis Vorbesitzer sagen. Dass er ganz brav war, als sie den altbekannten Fußweg zur B 207 gelaufen waren, interessierte Margreta allerdings genauso sehr.

»Hast du etwas dagegen, wenn wir zusammen zum

Schuppen laufen?«, fragte Margreta das Mädchen. »Oder wirst du erwartet?«

»Nein. Kein Problem. Meine Eltern sind noch nicht da.«

Der Spaziergang zum Schuppen erwies sich als sehr entspannt für alle Beteiligten. Günni freute sich sogar, als sie in den Trampelpfad einbogen.

Margreta überprüfte die Tür. Sie war, wie sie vermutet hatte, unverschlossen.

Auf dem Rückweg fragte Margreta, ob dies eigentlich der einzige Ort sei, an dem Günni so ungehalten wurde.

»Wir haben ihn ja noch nicht so lange«, entschuldigte sich Lisbeth. »Nur am ersten Tag, als ich Günni bekommen hatte, wollte ich mal in die andere Richtung gehen. Durch den Clara-Zetkin-Weg. Ich glaube, da hat er sich genauso verhalten.«

KAPITEL 12

»War heute wohl nicht dein Tag?« Filibert legte den Arm um Margretas Schulter, als sie die Treppen der Kunstschule hinabgingen.

Margreta seufzte. »Ist im Moment etwas unruhig bei mir!«

»Also, wer geht noch mit auf ein Bier?«, fragte Björn, als sie auf der Straße standen.

»Ich heute nicht!«, sagte Margreta und unterdrückte ein Gähnen.

»Hej, ist unser vorletzter Abend!«, versuchte Björn, sie zu überreden.

»Keine Chance. Ich falle sofort todmüde ins Bett, wenn ich nach Hause komme. Morgen bestimmt!«

Björn lachte. »Margreta, du bist ja wirklich total verpennt! Morgen ist kein Kurs, erst übermorgen.«

»Morgen hält Junker den Vortrag an der Vogelsang!«, erinnerte sie Filibert.

»Guten Morgen! Gut geschlafen?« Margreta sah von der Zeitung auf. Sie war am Abend tatsächlich sofort ins Bett gegangen und hatte so tief geschlafen, dass sie erst heute Morgen mitbekommen hatte, dass Marjolein sich das Bettzeug aus dem Schlafzimmer geholt hatte. Sie war für die Nacht ins Wohnzimmer umgezogen.

»Hmm«, antwortete die und kramte im Geschirrschrank herum. Wahrscheinlich nach ihrer Lieblingstasse, vermutete Margreta.

»Die ist noch in der Spülmaschine«, half sie ihr.

»Hmm«, bedankte sich Marjolein und nahm eine andere. Sie füllte sich Kaffee ein und ging ohne ein weiteres Wort wieder aus der Küche.

»Oh, oh!«, murmelte Margreta und blätterte die Zeitung um. »Liebeskummer!«

Mit wesentlich besserer Laune und viel früher als am Tag zuvor stieg Tante Ria aus dem Bett. Sie hatte sich schon wieder mit dem Ältestenrat verabredet und wollte ihre Verabredung um keinen Preis verschlafen.

»Seit der Ewald und ich uns auf die Lauer gelegt haben, sind wir ganz schön anerkannt!«, rühmte sie ihr neues Ansehen unter den Wichtigsten der Kleingartensiedlung.

Margreta sagte nur »Hmm!« und blätterte weiter durch die Zeitung.

»Es ist unser Spürnas, die sie so beeindruckt.« Dann biss sie in ihr Marmeladenbrot. Sie hatte es noch nicht ganz heruntergeschluckt, da fuhr sie schon fort. »Sie sind schon ganz gespannt, wie es weitergeht!« Dann schickte sie dem letzten Bissen einen Schluck Kaffee hinterher.

»Es steht aber auch nichts mehr über den Mordfall in der Zeitung!«, wunderte sich Margreta.

»Hast du mir überhaupt zugehört?«, schimpfte Tante Ria.

»Doch. Sicher«, sagte Margreta und faltete die Zeitung zusammen. »Warum?«

Tante Ria schüttelte mit eingeschnappter Miene nur den Kopf.

Marjolein ließ sich nicht blicken, bis Margreta und Tante Ria aufbrechen wollten.

»Was ist denn los mit dem Kind?«, fragte Tante Ria, woraufhin Margreta beschloss, wenigstens einmal bei ihr reinzuschauen.

Doch als sie einen Schluchzer durch die Tür hörte, als sie gerade klopfen wollte, ließ sie die Faust wieder sinken. »Wir fahren jetzt!«, rief sie stattdessen, wartete noch einen Augenblick vergeblich auf eine Reaktion und drängte dann Tante Ria Richtung Haustür.

Im »Radieschenheim« wurde Tante Ria bereits von Ferman und Miss Pitty erwartet.

»Bin ich zu spät?«, fragte sie mit hektischen Flecken auf dem Gesicht.

»Na, was habt ihr denn schon so früh vor?«

»Das bleibt vorerst ein Geheimnis!«, sagte Tante Ria. Und auch Ferman lächelte verschwörerisch.

Nur Augenblicke später zogen die beiden mit der aufgeregt um sie herumspringenden Miss Pitty von dannen.

Margreta konnte sich dank Valerie selbst am frühen Nachmittag aus dem »Radieschenheim« freimachen. Sie hatte sich vorgenommen, dem Tierheim einen Besuch abzustatten.

In der Einrichtung wurde sie von einer freundlichen Dame empfangen. »Was kann ich für Sie tun?«

»Es geht um einen Hund, der bis vor Kurzem hier gewesen ist. Günni.«

»Ja? Was ist mit ihm?«, fragte die Frau.

»Er ist inzwischen bei Familie Selbermann, richtig?«

»Sind Sie Frau Selbermann?«

»Äh. Nein. Mai heiße ich. Margreta Mai.«

»Sie wohnen bei Familie Selbermann?«

»Nein.« Margreta war irritiert. »Auch nicht.«

Die Frau lächelte freundlich. »Dann darf ich Ihnen darüber keine Auskunft geben.«

»Oh!«, sagte Margreta. »Natürlich nicht. Das ist auch eigentlich nicht von Belang. Ich weiß ja, dass Günni dort ist.«

»Wie kann ich Ihnen sonst weiterhelfen?«, fragte die Frau geduldig.

»Es geht darum, dass Günni in besonderen Momenten … oder eigentlich ist es eine bestimmte Situation … sehr aggressiv wird.«

»Wird er Ihnen gegenüber aggressiv?«

»Ja … Äh, nein. Ich dachte. Aber es hatte einen anderen Grund.«

»Hunde reagieren meist aggressiv, wenn sie Angst haben. Und keine Möglichkeit finden, dem Problem auszuweichen.«

Margreta nickte. »Ja. Ich weiß. Das ist aber eigentlich auch nicht, was ich wissen will.«

»Dann sagen Sie mir einfach, was Sie zu mir führt?« Sie sah Margreta erwartungsvoll an.

»Ich würde gern mehr über Günni erfahren.«

»Ich kann Ihnen gern sagen, dass er sich hier absolut unauffällig verhalten hat. Bei aggressivem Verhalten hätte ihn die Familie Selbermann sicherlich auch nicht ausgewählt.«

»Vielleicht können Sie mir sagen, wer sein Vorbesitzer war?«

Das Lächeln der Frau wurde noch breiter. »Nein. Leider nicht. Darüber dürfte ich nicht einmal Familie Selbermann Auskunft geben.«

Fünf Minuten später fuhr Margreta wieder Richtung »Radieschenheim«. Als sie die Bahngleise in Vorrade passiert hatte, fuhr sie jedoch nicht geradeaus, sondern bog links in die erste Straße ein.

Als sie wenige Minuten später die Klinke der Schuppentür herunterdrückte, schwang die Tür auf. Der Schuppen war leer. Vom Jungen keine Spur.

»Verdammt! Wie kriege ich dich nur«, fluchte Margreta leise.

Bevor sie endgültig nach Hause fuhr, machte sie noch einen Abstecher in den Clara-Zetkin-Weg, hielt kurz vor dem Haus der Familie Lund und überlegte, ob sie klingeln sollte. Sie entschied dann aber, dass sie den Jungen lieber im Freien abpassen wollte. Wie hätte sie die Angelegenheit, die sie selbst noch nicht einmal überblicken konnte, seinen Eltern erklären sollen?

Als sie zum Wendehammer einbog, sah sie ein Polizeiauto in der Straße stehen. Sicherlich ist das Winters Haus, dachte sie, als sie einen Polizisten aus dem Vorgarten eines der Häuser kommen sah. Margreta wendete und stellte ihr Auto in der Nähe des Streifenwagens ab.

Der Polizist war noch recht jung und sah Margreta freundlich an.

»Hallo!«, rief Margreta ihm zu. »Ich hoffe, es gibt keinen ernsten Grund für den Besuch in unserer Siedlung?«

»Nein, nein. Wir schauen uns hier nur einmal um.«

»Sie sind bestimmt wegen der Rektorin da. Oder?«

»Wenn Sie hier wohnen, wissen Sie ja eh Bescheid«, sagte der Polizist und lüftete mit einem Finger seine Mütze. Seine Haare darunter waren schweißverklebt.

»Ich dachte, hier wurde neulich schon abgesperrt?«, fragte Margreta.

»Richtig. Aber manchmal kann auch etwas übersehen werden.« Der Polizist grinste unsicher. Margreta merkte, dass ihm ihre Fragerei unangenehm war.

In dem Moment tauchte ein anderer Polizist hinter einem Strauch auf. »Helge, hol mal deine Kamera raus!«

Als Margreta unter der angehobenen Polizeimütze einen peinlichst genau gezogenen Mittelscheitel entdeckte, wollte sie sofort Reißaus nehmen.

Doch es war zu spät. Der Polizist hatte sie erkannt. »Sie kenne ich doch! Mit Ihnen hatte ich im ›Radieschenheim‹ schon so einen Ärger!«

Seine Erinnerung bezog sich auf das Frühjahr, als der zweite Vorsitzende des Kleingartenvereins tot in Margretas Garten gefunden wurde. Margreta hatte den Polizisten damals an der Nase herumgeführt, als sie selbst in der Sache ermittelt hatte.

»Das tut mir leid. Da müssen Sie mich mit jemandem verwechseln!«, rief Margreta, während sie sich schon umdrehte und zu ihrem Auto eilte. Sie wollte auf keinen Fall, dass Knutsen durch diesen aufmerksamen Kollegen über ihren Ausflug informiert wurde.

Leider hatte sich der Beamte wie schon damals nicht an der Nase herumführen lassen, und so dauerte es auch nicht lange, bis Knutsen im »Radieschenheim« erschien.

»Hast du heute einen Kaffee für mich?«, fragte er sie, als er sich auf den Barhocker setzte. Er klang dabei halb verlegen und halb entschlossen, sich noch im Nachhinein über das letzte Mal zu beschweren.

Margreta, sprachlos darüber, dass er sich überhaupt noch traute aufzutauchen, drückte den Knopf für seinen geliebten Schwarzen. Und während sie darauf wartete, dass der Kaffee durchlief, überlegte sie, ob es eine Ausrede geben könnte, die erklärte, warum sie sich im Clara-Zetkin-Weg aufgehalten hatte. Dann entschied sie, bei der Wahrheit zu bleiben.

»Ich war heute übrigens bei meinem Wilden Salbei«, ging sie die Sache deshalb offensiv an.

»*Wilder* Salbei?«, fragte er mit zweifelndem Blick nach. »Gibt es denn auch zahmen?«

»Ignorant!«, sagte Margreta und stellte ihm seine Kaffeetasse auf die Theke.

»Was denn? Wieso heißt Salbei nicht einfach Salbei? Warum muss der wild sein?«

Margreta rollte mit den Augen. »Es gibt Hunderte von Sorten. Natürlich müssen alle einen eigenen Namen haben. Wie sonst soll man sie unterscheiden?«

Für Knutsen war die Sache hingegen einfach. »Unkraut ist nur Unkraut. Wer muss mehr darüber wissen?«

In dem Moment klingelte das Telefon. »Gartenlokal ›Radieschenheim‹. Margreta Mai am Apparat. Was kann ich Leckeres für Sie tun?«

»Oh. Asmus!«, antwortete sie dann in den Hörer.

Knutsen, der sich gerade Zucker in den Kaffee schütten wollte, schüttete den Inhalt des Tütchens vor Schreck daneben.

»Doch, ich denke auch an dich. Es war ein sehr schöner Abend!«

Knutsen zog ein finsteres Gesicht.

»Das habe ich gesagt? Asmus, bitte verzeih. Hier ist derzeit so viel los, ich weiß nicht, wo mir der Kopf steht!«

Knutsen schaute bei der Antwort überrascht auf. Er griff zu seinem Teelöffel und rührte ganz leise seinen Kaffee um.

»Das wird heute nicht klappen. Ich habe mich mit meiner Tochter verabredet. Und morgen ist mein letzter Malkursabend. … Ja, ich spreche mit Valerie. Vielleicht kann es übermorgen klappen. Ich rufe dich an.«

Knutsen wirkte verhältnismäßig gut gelaunt, als Margreta auflegte. Er hatte inzwischen sein Handy herausgezogen und seine Lesebrille aufgesetzt. Nun tippte und wischte er auf dem Display geschäftig herum.

»Das war Karkhoff«, sagte Margreta verlegen.

»Hab ich mitbekommen!«, grummelte er.

»Wegen unseres Salbeiabends hier im ›Radieschenheim‹.«

»Aha!«

Obwohl Margreta sich wegen der Gerüchte um Melanie Uhlig vorgenommen hatte, bei Karkhoff vorsichtiger zu sein, konnte sie Knutsens Grinsen dennoch nicht gut vertragen.

»Wo du gerade Asmus Karkhoff erwähnst«, erwiderte Knutsen und schaute sie über den Rand der Lesebrille hinweg an. »Mir ist gerade eingefallen, dass ich auch eine Salbeisorte kenne!« Er zog zwei Finger auf dem Display auseinander. »Den Azteken-Salbei, *salvia divinorum*«, las er vor. »Wirkt psychoaktiv. Zählt also zu den Rauschmitteln. Wird in der Szene Sally-D genannt. Ähm ja, und der Besitz und Verkauf ist in Deutschland verboten.« Knutsen schob seine Lesebrille vorn auf die Nase.

Margreta ließ sich sein Handy geben, um selbst einen Blick auf die ihr unbekannte Sorte zu werfen.

»Wieso kommst du ausgerechnet jetzt darauf? Was hat das mit Karkhoff zu tun?«, fragte Margreta misstrauisch.

»Och«, sagte Knutsen und hob seine Tasse. »Er hatte da mal ein bisschen Ärger mit. Ist allerdings schon ein paar Jahre her.«

»Karkhoff ist doch kein Krimineller!«

»Ja, das hatte ich auch gehofft«, sagte Knutsen und trank.

»Jan! Jetzt sag endlich, was Sache ist.«

»Also gut. Das Verbot war gerade wenige Tage in

Kraft getreten, als man ihn beim Konsum erwischt hatte. Deshalb ist er auch mit einer Verwarnung davongekommen.«

»Und das hast du so rein zufällig im Kopf?«

»Na ja, er gehört zum Kreis derer, die im Zusammenhang mit dem Mordfall stehen. Solche Informationen fliegen mir sozusagen wie von selbst auf den Schreibtisch.« Er wirkte zufrieden.

Margreta sah ihn misstrauisch an. »Dass du dir das so gut gemerkt hast, hat also nichts damit zu tun, dass ich mit ihm ausgegangen bin?«

»Na, na!«, entgegnete Knutsen. »Du unterstellst mir nicht, dass ich deine Bekanntschaften ausspioniere!« Er tat entrüstet, hütete sich aber davor, ihr in die Augen zu sehen. »Und ach, apropos spionieren!«, setzte er zum Gegenschlag an. »Mein Kollege Fred Wurzhaupt hat mich angerufen.«

»Fred wer? Kenne ich nicht!«, entgegnete Margreta.

»Kennst du doch! Ihr habt einst ein paar schöne Stunden gemeinsam in Kunkelbeins Garten verbracht. Sag nicht, dass du es vergessen hast?«

»Ach der! Wie geht es ihm?«

Knutsen lächelte breit. »Zuletzt habe ich ihn sehr unausgeglichen erlebt.«

»Ach, der gute Mann! Ihm macht sicherlich die Hitze zu schaffen. Er war ja etwas kräftiger gebaut, wie ich mich erinnere.«

»Margreta, stell dir vor. Er hat mich angerufen und mich gefragt, warum ich dich schon wieder herumschnüffeln lasse!«

»Ach was! So lässt du mit dir reden?« Margreta tat entsetzt.

»Natürlich nicht! Es war etwas in der Art, was er gesagt hat. Lenk nicht ab!«

Margreta sammelte die leere Zuckertüte von Knutsens Untertasse. »Na schön. Was willst du wissen?«

»Was wolltest du vor dem Haus?«

»Ich war rein zufällig da«, antwortete Margreta wahrheitsgemäß.

Knutsen seufzte. »Margreta, komm. Langweile mich nicht.«

»War aber so. Ganz in der Nähe wächst mein Wilder Salbei. Ich kann ihn dir zeigen, wenn du willst. Ich gebe allerdings zu, dass ich neugierig geworden bin, als ich den Streifenwagen gesehen habe.«

Knutsen knurrte. »Na gut. Ich weiß ja sowieso, dass ihr herumschnüffelt.« Er setzte seine Tasse an, um den letzten Schluck zu trinken. »Ich hoffe nur, dass ihr mir nicht verschweigt, wenn ihr etwas Wichtiges herausfindet!«, sagte er mit warnendem Ton und sah Margreta ernst an.

Margreta wich diesem Blick lieber aus, indem sie Knutsens Tasse abräumte. Dann nahm sie einen Wischlappen und wischte über seinen Platz. »Der gute Zucker!«, tadelte sie ihn. Und sagte gleich darauf zuckersüß: »Noch einen Kaffee?«

Er nickte.

Margreta drückte den Knopf. Die Kaffeebohnen durchliefen geräuschvoll das Mahlwerk.

»Wieso war die Streife noch einmal am Haus? Fred

Wurzhaupts Kollege Helge sagte, dass vielleicht etwas übersehen wurde. Ich dachte, die Sache sei klar? Oder ist Winter nicht der Täter?«

»Nichts ist klar!«, grummelte Knutsen. »Leider!«

Margreta stieß aus Versehen gegen die Kaffeetasse, die sie gerade auf die Untertasse gesetzt hatte. Etwas Kaffee schwappte über. »Mist!«, ärgerte sie sich über ihr Missgeschick. Sie kippte den übergelaufenen Kaffee ins Spülbecken und griff eine neue Untertasse.

»Dann ist es Winter nicht gewesen?«, fragte sie, als sie sich mit dem Kaffee zu ihm umdrehte.

Knutsen sah zu, wie Margreta den Kaffee vor ihm abstellte und eine Serviette zwischen Kaffeetasse und Unterteller schob.

»Es sind Spuren im Wagen gefunden worden. Spuren, die allem Anschein nach nichts mit Winter zu tun haben. Und die er auch nicht erklären kann.« Er zog den Kaffee zu sich heran. »Wir haben alle überprüft, die seiner Meinung nach seinen Wagen gefahren haben könnten. Das hat zu nichts geführt.«

»Also gibt es einen Unbekannten, der die Dutt-Winter umgebracht haben könnte?«

Knutsen zuckte mit den Schultern. »Zumindest gibt es einen Unbekannten, der Spuren im Wagen hinterlassen hat.«

»Heißt das, dass Winter unschuldig ist?«

Knutsen schüttelte den Kopf. »Nein. Das heißt es leider nicht. Er ist nach wie vor der Haupttatverdächtige. Nichtsdestotrotz könnte die neue Spur ihn entlasten.«

Er rührte sich Zucker in den Kaffee. Und ganz beiläufig fragte er: »Ihr habt nicht zufällig etwas herausgefunden? Was in dieser Sache weiterhelfen könnte?«

Margreta schnappte sich das Wischtuch und wischte über die Theke. Dabei dachte sie an den Jungen. Sollte sie von ihm erzählen? Sie verwarf den Gedanken wieder. Sein Problem war der Hund und nicht der Mord. Auch wenn er in unmittelbarer Nachbarschaft wohnte. »Nein. Tut mir leid. Keine Idee«, sagte sie und warf den Wischlappen ins Spülbecken.

»Es wäre sehr wichtig!«, betonte Knutsen. »Vielleicht erzählst du mir, was ihr herausgefunden habt. Möglicherweise gibt mir das einen Hinweis.«

Margreta lehnte sich gegen das Spülbecken. »Ich denke, du weißt selbst alles. Ihr werdet auch mit allen Leuten gesprochen haben, die auf der Party waren.«

»Sicher«, sagte Knutsen. »Erzähl trotzdem mal.«

»Im Moment weiß ich nur, dass einige Lehrer Philipp Berthold für verdächtig halten. Weil er in letzter Zeit viel Stimmung gegen die Dutt-Winter gemacht haben soll.«

Knutsen nickte. Dies schien ihm nicht neu zu sein. »Sonst noch was?«

»Der Name Melanie Uhlig fiel«, sagte Margreta.

»Warum?«, fragte Knutsen nach.

»Sie soll wohl erst ihren Mann abgefüllt haben und anschließend eine Weile von der Party verschwunden sein. Und zwar nachdem die Winters gegangen waren.« Margreta besah sich ihre Fingernägel.

»Dann weißt du es ja.« Knutsen nickte.

»Was meinst du?«, fragte Margreta.

»Na, dass sie nicht allein verschwunden ist. Sondern zusammen mit deinem Bierbrauer.«

Margreta machte ein genervtes Gesicht. Sie hatte nicht die geringste Lust, diesen Sachverhalt mit Knutsen zu diskutieren.

Knutsen schien indes zufrieden mit ihrer Reaktion. Er legte seine Lesebrille auf die Theke, griff zu einem Zuckertütchen aus der Schale und fing an, damit herumzuspielen.

»Marjolein hat noch vor, mit einer pensionierten Kollegin zu sprechen, die auch auf der Party war, eine Henrike Soll-Hatte«, sagte Margreta. Sie umrundete die Theke und setzte sich neben Knutsen.

»Soll-Hatte?« Knutsen legte das Tütchen hin, setzte seine Brille auf und schaltete noch einmal sein Handy ein. »Ah, die Soll-Hatte. Meiner Meinung nach verletzte Eitelkeit, sonst nichts.«

»Wieso?«, fragte Margreta und beugte sich hinüber, um einen Blick auf Knutsens Display zu werfen.

Doch er hatte es schon wieder ausgeschaltet und mit der Brille auf die Theke gelegt.

»Bevor ihr euch unnötig den Kopf zerbrecht. Sie wird Karkhoff verdächtigen«, sagte er und nahm wieder das Zuckertütchen in die Hand.

»Ja? Und warum ausgerechnet ihn?« Der Name Karkhoff wurde ihr heute Nachmittag eindeutig zu oft erwähnt.

»Er wollte vor ein paar Jahren Rektor an der Vogelsangschule werden, hat die Bewerbung allerdings im letzten Moment zurückgezogen.«

»Warum?«, fragte Margreta.

Knutsen zuckte mit den Schultern. »Das konnte Frau Soll-Hatte nicht genau sagen. Sie glaubt, dass Frau Dutt-Winter ihn damals wegen der Bewerbung unter Druck gesetzt haben könnte. Und er hätte sich jetzt gerächt.«

»Unter Druck gesetzt womit? Und warum nach all den Jahren? Und wegen eines Direktorpostens, den er jetzt woanders innehat, begeht man keinen Mord!« Margreta sah ihn zweifelnd an. »Das glaubst du selbst nicht, oder?«

Knutsen nahm Brille und Handy und ließ beides in seine Hemdtasche rutschen. »Nein. Allerdings nicht. Ich habe da eine ganz andere Vermutung.«

Margreta sah ihn neugierig an. »Und welche?«

Knutsen kniff die Lippen zusammen, während er kurz überlegte. »Ne, Margreta, lass mal. Ich glaube, dass du das nicht wissen willst!«

»Ach, komm schon!«, drängelte Margreta.

»Na gut!« Knutsen räusperte sich. »So wie sie sich verhalten hat, könnte ich mir vorstellen, dass die beiden eine Affäre hatten! Vielleicht hat er sie sitzen lassen. Und sie ist es, die mit dieser Anschuldigung auf späte Rache sinnt.«

»Die Soll-Hatte und Karkhoff auch noch ein Liebespaar?« Margreta reichte es. »Sag mal, wie viele Affären willst du ihm eigentlich noch anhängen? Wenn es nach dir geht, hat er mindestens mit dem halben weiblichen Kollegium angebandelt!«

Knutsen hob bedauernd die Schultern. »Du wolltest wissen, was ich denke!«

»Und jetzt ist der Zeitpunkt gekommen, an dem es mir reicht!«, sagte sie und riss Knutsen wütend das Zuckertütchen aus der Hand.

Eine Weile saßen sie still nebeneinander, jeder in seinen Gedanken versunken. Bis Margreta seufzte. »Ich hoffe, deine neue Spur führt zu etwas. Ich weiß nicht, wie lange Marjolein das noch aushält.«

»Hmm!«, sagte Knutsen. »Sieht bei Ole genauso aus!«

Margreta fuhr mit dem Finger über das lackierte Holz. »Denkst du, wir können sie dazu bringen, dass sie wieder miteinander reden?«

Knutsen zog einen Mundwinkel nach oben, den anderen nach unten. »Oh, das versucht meine Ex schon ausgiebig. Redet tagein, tagaus mit Engelszungen auf ihn ein. Ich kann nicht sehen, dass das was bringt.« Er überkreuzte die Unterarme auf der Theke und stützte sich drauf.

»Simone sollte sich nicht einmischen!«, erwiderte Margreta. »Du weißt von dem Rosenstrauß, den sie vor meine Tür gelegt hat?«

Knutsen nickte, während Margreta noch im Nachhinein den Kopf darüber schüttelte.

»Ole hat ihr bereits gedroht, das Telefon auszustöpseln. Und sich eine neue Handynummer zuzulegen«, berichtete Knutsen amüsiert.

»Aber dann könnte Marjolein ihn auch nicht mehr erreichen!«, erinnerte Margreta. »Vorausgesetzt, sie wollte.«

»Ja, das habe ich ihm auch gesagt.«

»Wir könnten stattdessen lieber etwas mit Simones Handy anstellen. Die SIM-Karte austauschen, oder so. Sie hat ihre Handynummern bestimmt nicht woanders notiert!«

Knutsen bewegte den Mund, als müsste er die Idee erst genießen, bevor er sie schlucken wollte. »Darüber könnte ich ernsthaft nachdenken. Wenn man überlegt, dass sie dadurch nicht nur Oles Kontakt verliert.« Er grinste vor sich hin.

»Also, was machen wir mit Marjolein und Ole?«, fragte Margreta. »Sollen wir ein Treffen arrangieren?«

»Ich denke, es ist Zeit dafür!«, befand Knutsen und sah Margreta zufrieden an.

In dem Moment wurde die Lokaltür aufgerissen, und Grete Siebenhus stürmte als getigerte Pastellwolke herein. »Herr Kommissar! Gut, dass Sie da sind! Etwas ganz Schreckliches ist passiert!«

KAPITEL 13

»Sie sind weg! Weg! Einfach weg!« Grete Siebenhus' metallene Armreife klapperten ihre Handgelenke rauf und runter, während sie heftig gestikulierte. Das Wildkatzengesicht auf ihrem Flattershirt wurde dabei immer wieder in die Breite gezogen.

»Um Gottes willen! Was ist denn passiert?« Margreta riss fast den Barhocker mit sich, als sie hastig aufsprang.

»Sie sind weg!«, rief sie noch einmal, drängte Margreta zur Seite und steuerte direkt auf Knutsen zu, die Arme vorgestreckt wie eine schlafwandelnde Gestalt. »Herr Kommissar! Sie müssen sofort kommen. Wir müssen sie auf der Stelle suchen gehen!«

»Halt!«, rief Knutsen streng und wehrte die nach ihm greifenden Hände ab. »Immer schön der Reihe nach! Jetzt erzählen Sie erst einmal, was passiert ist. Wer ist verschwunden?«

»Na, Ewald und Frau Mais Tante!«

Margreta konnte an Knutsens Gesicht ablesen, dass ihm Grete Siebenhus entschieden zu nah gekommen war. Sie hatte Mitleid mit ihm. »Jetzt setzen Sie sich erst einmal«, beruhigte sie die aufgeregte Schrebergärtnerin und zog sie zu einem Hocker, der in sicherer Entfernung zu Knutsen stand.

»Ich habe sie heute Mittag zuletzt gesehen. Seitdem sind sie weg!«, jammerte sie, als sie endlich saß.

»Wo haben Sie sie zuletzt gesehen? Und was ist dann passiert?«, fragte Knutsen, der wieder entspannter aussah.

»Sie waren bei Ewald. Auf der Terrasse. Unter dem Sonnenschirm. Das weiß ich genau, da Ewald den neu hat. Und das kräftige Gelb gefällt mir so gut. Da muss ich immer hingucken. Ich kann da nicht anders. Ich wusste nämlich nicht, dass Ewald Geschmack hat. Das ist nämlich was ganz schön Besonderes bei einem Mann!«

»Sie haben sie unter dem Schirm gesehen. Was war dann, Frau Siebenhus? Kommen Sie zur Sache!« Knutsen sah sie ernst an.

»Ja, natürlich, Herr Kommissar. Entschuldigen Sie. Ich bin so durcheinander.«

Margreta streichelte Grete Siebenhus' Arm. Sie hatte sie noch nie so aufgelöst erlebt.

»Nachdem ich sie gesehen habe … Was habe ich da gemacht?« Grete Siebenhus zog die Stirn kraus. »Ach ja, da habe ich erst einmal meine Sonnenbrille aus meinem Gartenhäuschen geholt. Die mit dem rosa-weiß gestreiften Bügel. Frau Mai, die kennst du, ne? Ich bin fast verrückt geworden, weil ich sie zu Hause nicht finden konnte. Zum Glück ist mir aber eingef…«

»Frau Siebenhus!«, mahnte Knutsen. »Was ist mit Frau Lewelt und Herrn Ferman. Zur Sache, bitte!«

»Das wollte ich gerade erzählen! Unterbrechen Sie mich nicht andauernd«, sagte sie und zog ein beleidigtes Gesicht.

»Dann bitte!« Knutsen blickte genervt auf seine Uhr.

»Ich bin also, nachdem ich meine Sonnenbrille gefunden hatte, zu Ewald in den Garten gegangen. Es gab Kaffee. Und Kekse. Und Spritzgebäck vom Al…«

»Frau Siebenhus! Mir reicht es gleich!« Knutsen schlug mit der flachen Hand auf die Theke.

Grete Siebenhus sah zornig zu Knutsen. »Was sind Sie so ungeduldig, Herr Kommissar!«, beschwerte sie sich.

»Ist doch wahr!«, sagte er entnervt. »Sie wollen das Verschwinden zweier Menschen anzeigen und erzählen nur von Sonnenbrillen und Spritzgebäck!«

»Aber wenn es dazugehört?«

Knutsen schüttelte verständnislos den Kopf. »Für so was habe ich keine Zeit!«, sagte er, zog sein Handy aus der Hemdtasche und drückte eine Nummer. »Magnus, bist du das? Sag, was hat Detlevsen herausgefunden?«

Und während er Kommissar Finks Antwort abwartete, stand er auf und ging im Lokal hin und her.

Margreta nahm derweil die Hände von Grete Siebenhus in ihre. »Frau Siebenhus, bitte sagen Sie mir, was mit meiner Tante passiert ist. Was ist im Garten von Ewald Ferman geschehen? Als sie zusammensaßen und Spritzgebäck aßen. Hat meine Großtante den Garten verlassen?«

»Nein. Hat sie nicht!« Grete Siebenhus war immer noch beleidigt.

»Was ist dann passiert? Bitte sagen Sie es mir.«

»Wir haben uns über den Hund unterhalten. Den anderen Hund. Nicht die kleine Miss Pitty.«

»Günni?«, fragte Margreta.

»Ja. Wir haben uns über das Tierheim unterhalten, wo Günni herkommt. Und dass wir dort hinfahren sollten. Ich habe ihnen gesagt, dass ich auf alle Fälle dabei sein wollte. Ich finde Hunde auch so süß.«

»Und dann?«

»Dann bin ich nur ganz kurz weg!«, sagte sie, und ihre Stimme klang, als wäre sie den Tränen nahe. »Ich habe allerdings meine Fußpflegerin erwartet. Deshalb musste ich ihr einen Zettel schreiben. Sonst hätte sie nicht gewusst, wo sie mich finden kann.«

»Und dann?«

»Als ich wieder zu Ewald zurückkam, waren sie weg. Ich habe eine Stunde in Ewalds Garten gewartet. Meine Fußpflegerin hat währenddessen meine ganzen Fußnägel neu lackiert. Und ich habe alles Spritzgebäck aufgegessen. Dabei gehen Kekse bei mir sofort auf die Hüften! Das werde ich Ewald auch sagen, wenn der Kommissar ihn wiedergefunden hat!«

»Hmm«, machte Margreta, während sie ihr nicht mehr richtig zuhörte. Sie ging inzwischen davon aus, dass nichts Schlimmes im Garten von Ewald Ferman passiert war. Tante Ria und Ferman würden sicherlich bald wieder gesund und munter auftauchen.

Als Knutsen, der sein Telefonat auf der Terrasse weitergeführt hatte, seinen Kopf kurz durch die Tür steckte, um Margreta zum Abschied zuzuwinken, redete Grete Siebenhus immer noch. Und das tat sie auch noch, als Margreta bereits ein paar Gästen Kaffee gekocht und ein paar Kindern Eis verkauft hatte. Irgendwann wusste auch Grete Siebenhus nicht mehr, wie sie ihre Geschichte weiter ausschmücken konnte. Und erst da fiel ihr auf, dass sie nicht mehr im Mittelpunkt des Interesses stand.

»Ja, wo ist er denn hin?«, fragte sie ganz entsetzt.

»Wer?«, entgegnete Margreta neugierig, die mit ihren Gedanken schon lange nicht mehr bei Knutsen war.

»Na, dein Kommissar, Frau Mai!«

»Kommissar Knutsen? Oh, der ist schon mal los, meine Tante und Ewald Ferman suchen.«

»Aber da wollte ich mit!«, beschwerte sich Grete Siebenhus.

Margreta zuckte freundlich lächelnd mit den Schultern.

Grete Siebenhus war gerade ein paar Minuten von dannen gezogen, als Margreta einen Hund kläffen hörte. Als sie die aufgeregte Hundedame sah, musste sie lachen. Miss Pitty beschwerte sich ein weiteres Mal darüber, dass Ferman sie nicht mit ins Lokal nehmen wollte. Der ließ auch dieses Mal nicht mit sich reden. Während er sich mit ihr draußen an einen der Tische setzte, kam Tante Ria auf ihren Gehstock gestützt allein ins Haus herein.

Das Lächeln im Gesicht ihrer Großtante räumte auch den letzten Zweifel darüber aus, dass es ihr nicht gut gehen, geschweige denn ein Verbrechen passiert sein könnte.

»Ihr wurdet vermisst!«, informierte Margreta sie.

»Ei, von wem denn?«, fragte Tante Ria und ließ sich auf einen Stuhl in der Nähe der Tür plumpsen.

»Grete Siebenhus.«

Tante Ria machte eine wegwischende Handbewegung. »Ach die!«

Margreta musste lachen. »Was soll das denn heißen?«

»Also, wie du deren Gebabbel den ganzen Daach ertragen kannst? Ich kann das net!«

Margreta lachte. »Sie hat von eurem Verschwinden ganz schön viel Aufheben gemacht«, erklärte sie dann. »Sie wollte euch sogar bei Kommissar Knutsen als vermisst melden.«

»Das hätte sie getan?«, fragte Tante Ria und nickte zufrieden.

Margreta füllte ein Glas Wasser für ihre Großtante und brachte es ihr an den Tisch. »Ihr seid aber nicht absichtlich abgehauen, oder?«

Tante Rias Lächeln wurde breiter. »Doch!«, sagte sie. Dann sah sie hinaus zu Ferman, der ihr durch das Fenster zuwinkte. »Wenn du Ewald und Miss Pitty auch e bisschen Wasser bringe tust, erzählen wir es dir.«

Margreta erfuhr, dass Tante Ria und Ferman Grete Siebenhus absichtlich in der Kleingartensiedlung zurückgelassen hatten.

»Die wollte zwar mit, aber mit deren Gebabbel kann man kei kriminalistische Nachforschungen betreibe!« Tante Ria schien keinerlei schlechtes Gewissen zu haben.

»Wo seid ihr überhaupt gewesen?«, fragte Margreta.

»Im Tierheim!«

»Da war ich schon«, sagte Margreta.

»Und?«, fragte Tante Ria. »Was hast du herausgefunden?«

»Leider nichts. Die Dame durfte keine Auskünfte geben.«

Tante Ria nickte zufrieden. »Dann ist ja gut, dass wir auch noch da gewesen sind!«

Margreta erfuhr, dass Tante Ria und Ferman zwar ebenfalls im Tierheim, aber nicht im Büro gewesen waren.

»Wenn du bei solche Leut was rauskriege willst, Kind, musst du schon schlauer sein«, meinte Tante Ria und berichtete, wie sie und Ferman vorgegangen waren.

»Wir sind mit Miss Pitty in der Nähe des Tierheims herumgelaufen«, begann Tante Ria.

»Bis wir fanden, was wir brauchten«, ergänzte Ferman. »Und zwar ein Mädchen!«

»So ein schüchternes Ding«, erklärte Tante Ria genauer.

»Sie hatte gleich zu Beginn Probleme mit einem der Hunde aus dem Tierheim«, meinte Ferman.

»So ein störrisch Viech! Wer ihr den nur ausgesucht hatte?«, wunderte sich Tante Ria.

»Dauernd setzte er sich«, beschrieb Ferman.

»Und das junge Ding zog und zog an ihm, doch das Viech wollt' sich kei Stück bewegen!«, ergänzte Tante Ria.

Bis sich der Hund plötzlich in Bewegung setzte, was das Mädchen so sehr überraschte, dass es erst mitgezogen wurde und schließlich die Leine verlor.

»Was ein Schreck für sie«, meinte Ferman. »Auf einmal war ihr Hund auf und davon.«

»Und wie schnell der plötzlich renne konnt!«, rief Tante Ria aufgeregt.

»Wie der Deibel!«, bestätigte Ferman.

»Aber wie konnte das geschehen?«, fragte Margreta.

Tante Ria und Ferman sahen erst sich und dann gemeinsam Margreta schuldbewusst an.

»Unsere Miss Pitty hat da sicherlich eine entscheidende Rolle gespielt«, gab Ferman zu.

»Wir hatten gehofft, dass unsere Kleine das störrische Viech aus der Reserve locken könnte.«

»Und wie sie das konnte!«, sagte Tante Ria lachend.

»Und was ist dann passiert?«

»Na ja, es war nicht so schwer, die Leine des Hundes zu packen, als er um Miss Pitty kreiste«, erklärte Ferman.

»Und so konnten wir dem Mädchen helfen!«, ergänzte Tante Ria stolz.

»Doch was hat das alles mit Günni zu tun?«, fragte Margreta.

Da strahlten Tante Ria und Ferman.

»Ei, Kind, das liegt auf der Hand!«, rief ihre Großtante.

Margreta erfuhr, dass das Mädchen so unglücklich über den Vorfall war, dass sie fast geweint hatte. »Sie werden mir keinen Hund mehr geben«, hätte sie gejammert.

»Natürlich haben wir ihr versprochen, nix zu erzähle!«, erklärte Tante Ria. »Wenn sie uns einen kleinen Gefallen tut.«

»Ihr habt ein junges Mädchen bestochen?«, rief Margreta entsetzt.

»Streng genommen kann man das so sehen.« Ferman schien sich auf einmal zu schämen.

Tante Ria hingegen sah nicht ein, sich in irgendeiner Weise schuldig zu fühlen. »Wie sonst hätten wir einen Blick in Günnis Akte werfen sollen? Du selbst hast erzählt, dass du offiziell nichts erreichen konntest.«

»Das Mädchen hat euch die Unterlagen besorgt?«

»Das war auch für sie nicht einfach«, betonte Tante Ria. »Aber sie hat es tatsächlich geschafft!«

Margreta war einerseits schockiert über das kriminelle Vorgehen der beiden, andererseits war sie froh über die Neuigkeiten. Ohne Tante Ria und Ferman hätte sie tatsächlich nicht gewusst, wie sie Namen und Adresse des Vorbesitzers hätte herausfinden sollen.

»Und wie heißt er?«

»Tom Kremer«, sagte Ferman.

»Und jetzt halt dich fest, Margreta, wo der wohnt!«, sagte Tante Ria.

»Ebenfalls in der Siedlung, und zwar im Erich-Mühsam-Weg!«, verkündete Ferman und war sichtlich stolz.

»Wo ist eigentlich Marjolein?«, fragte Valerie, als Margreta mit einem Schwung dreckigen Geschirrs in die Küche kam, in der Valerie gerade eine ausgerollte Mürbeteigplatte über eine Kuchenform balancierte. »Ich habe sie heute den ganzen Tag noch nicht gesehen.«

»Sie rief mich vorhin kurz an, dass sie heute in der Stadt bleiben würde bis zu dem Vortrag in ihrer Schule. Mehr hat sie nicht gesagt.«

»Denkst du, sie trifft Ole?«

Margreta seufzte und dachte an den Morgen, als sie Marjolein aus dem Wohnzimmer schluchzen gehört hatte. »Das kann sein. Und ehrlich gesagt wünsche ich es mir. Sie ist so traurig wegen des Streits.«

Margreta stellte das Geschirr in die Spüle. »Sie wollte allerdings auch noch eine pensionierte Kollegin besuchen.«

»Na ja, sie wird sich melden!«, meinte Valerie und lächelte Margreta aufmunternd zu.

»Schläfst du eigentlich auch bei Ferman im Wagen ein?«, fragte Margreta Tante Ria ärgerlich, als sie wieder einmal eine Weile gebraucht hatte, ihre Großtante nach der kurzen Autofahrt nach Wulfsdorf zu wecken und zum Aussteigen zu bewegen.

»Ei, Kind, wo denkst du denn hin? Natürlich net! Was der mit mir alles machen könnte!«

Margreta musste sich ein Lachen verkneifen. »Du denkst nicht ernsthaft, dass Ferman über dich herfallen könnte.«

»Ei, Kind, sei net so naiv! Warum denn nicht? Er ist a Mann. Und ich a Frau!«

»Na, er ist zum Beispiel bedeutend jünger als du!«, führte Margreta einen Grund an. Sie wusste nicht, wie alt Ferman war. Sie schätzte ihn auf Anfang bis Mitte 70. Im Vergleich zu Tante Rias 85 Jahren kam ihr das ausgesprochen jung vor.

»Mei Sohn könnt er aber net sein!«, sagte Tante Ria beleidigt und stolzierte an ihrem Krückstock zur Haustür. »Außerdem«, führte sie fort, als Margreta die Tür aufschloss, »... was bist du so schrecklich altmodisch. Frauen könne heutzudaach auch einen jüngeren Mann haben!«

Margreta kniff den Mund zusammen, statt eine Antwort zu geben. Und da das Telefon in dem Moment klingelte, erwartete Tante Ria auch keine mehr.

Als Margreta wenig später in die Küche kam, hatte Tante Ria sich bereits hingesetzt und ihre Hände wie gewohnt auf dem Knauf ihres Gehstocks übereinandergelegt.

»Was ist eigentlich aus deinem Justus geworden?«, fragte Margreta, als sie sich an den Tisch ihr gegenübersetzte.

Tante Ria seufzte. »Er hat sich nicht einmal gemeldet. Und das, sag ich dir, hätt ich net von ihm gedacht!«, sagte sie traurig.

»Vielleicht war er nicht der, für den er sich ausgegeben hat?«, fragte Margreta vorsichtig.

Tante Ria kniff für einen Moment die Lippen fest aufeinander. »Dabei dachte ich wirklich, die Rosen seien von ihm.«

»Ich finde, du kannst froh sein, dass er weg ist.«

»Meinst du?«, fragte sie und sah sie unsicher an.

Margreta nickte. »Und dass sich Tante Trudi darum gekümmert hat, dass du dein Geld wiederbekommst.«

»Ach die!«, sagte Tante Ria wenig begeistert.

»Sie war übrigens gerade am Telefon«, verkündete Margreta.

»Wer? Mei Trudi?« Tante Ria hob zwar immer noch nicht den Blick, aber immerhin bereits ihre Augenbrauen.

Margreta nickte. »Sie fragt, wie es dir geht. Und sagt, dass sie dich vermisst.«

»Ach die!«, sagte Tante Ria noch einmal. Diesmal klang es eine Spur zärtlicher.

»Sie lässt dir einen Gruß vom Dorfpolizisten ausrichten.«

»Vom Hannes?« Tante Ria hob nun doch den Blick.

Margreta nickte.

»Wie kommt er darauf? Der vermisst mich nicht auch noch, oder?«

Margreta lachte. »Wer weiß. Vielleicht. Tante Trudi hat davon nichts gesagt. Aber dass sie deinen Justus gefunden haben.«

Tante Ria sah augenblicklich zerknirscht aus. »Und? Was sagt er?«

»Er heißt in Wirklichkeit Karl Sensheimer.«

»Der heißt gar net Justus?«

Margreta schüttelte den Kopf. »Nein. Den Namen hat er sich ausgedacht. Er ist ein Trickbetrüger. Du bist nicht die Einzige, der er das Blaue vom Himmel versprochen hat.«

Wie ein Häufchen Elend saß Tante Ria da, während sie die Neuigkeiten aus ihrem Dorf am Rande des Vogelsbergs erst einmal verdauen musste. »Ach Gottche, was mei Ferdinand nur dazu gesagt hätt!« Sie schüttelte immer wieder den Kopf über sich selbst.

»Es ist ja noch mal alles gut gegangen«, beruhigte Margreta sie. »Ohne diesen Justus wärst du nie in den Zug gestiegen. Und dann säßen wir jetzt nicht zusammen.«

Tante Ria sah augenblicklich nicht mehr ganz so betrübt aus. »Da hast du auch wieder recht!«

Und als würde sie sie jetzt erst vermissen, sah sich Tante Ria in der ganzen Küche um. »Wo ist eigentlich Marjolein?«

Die rief Margreta später am Abend an. »Mama, mein Wagen ruckelt so komisch. Ich würde ihn lieber nicht mehr fahren. Kannst du mich später an der Vogelsang abholen?«, fragte sie. »Der Vortrag dürfte etwa in einer Stunde fertig sein.«

Eine Dreiviertelstunde später stand Margreta vor dem Eingang zur Schule und wartete auf ihre Tochter. Ein paar Minuten vergingen, bis die ersten Lehrer aus dem Haupteingang herausströmten. Marjolein war nicht unter ihnen.

Mit der Zeit versammelten sich immer mehr Grüppchen vor der Schule, Zigaretten wurden angezündet, es wurde geredet und gelacht.

Margreta bekam mit, dass der Vortrag ihres Mallehrers Hans Junker bei der Lehrerschaft auf geteilte Meinungen stieß.

»Damit kann ich nichts anfangen«, meinte ein junger Lehrer in der Nähe, der den Rauch der Zigarette eines neben ihm stehenden Kollegen wegfächelte. »Meine Schüler lachen mich ja aus, wenn ich denen mit so etwas komme!«

»Also, ich fand den Ansatz gut. Und als mehr sollte man es nicht betrachten. Ein Denkanstoß.«

»Das kann auch nur unser Möchtegern-Philosoph

sagen!«, kommentierte eine Kollegin in der Runde das Gesagte und erntete dafür großes Gelächter.

Margreta sah sich unter den immer mehr werdenden Lehrergrüppchen nach Marjolein um. Das geteilte Meinungsbild schien überall zu herrschen.

Margreta musste darüber lächeln. Hans Junker hatte es ganz offensichtlich nicht nur im Malkurs geschafft zu polarisieren.

Auf einmal sah sie einen altbekannten Rotschopf in einer Gruppe Lehrer stehen.

»Filibert!«, rief sie erfreut und ging auf ihn zu. Als sie ihn erreichte, tippte sie ihm auf den Arm.

Er drehte sich um. »Margreta! Wow! Hast du mich erschreckt!«

»Na, wieso das denn?« Margreta lächelte verschmitzt. »Sehe ich heute aus wie ein Ungeheuer?«

»Ach Quatsch. Natürlich nicht. So habe ich das nicht gemeint.« Er bemühte sich, seinen Fehler wiedergutzumachen. »Ich habe einfach nicht mit dir gerechnet.«

»Schon gut. Du hast sicherlich vergessen, dass meine Tochter hier unterrichtet«, sagte Margreta und lächelte. »Erzähl. Wie war der Vortrag von Junker? War er gut?«

»Suuuper!«, sagte Filibert und wiegte dabei genießerisch den Kopf hin und her.

»Ich bin so gespannt. Ich gehe davon aus, dass du uns darüber berichten wirst! Die anderen sind sicherlich genauso neugierig wie ich.«

»Worauf du dich verlassen kannst, Margreta! Er

ist so genial, dieser Typ. Ich denke, ich habe ihn jetzt besser verstanden. Schade, dass unser Kurs morgen vorbei ist. Ich denke, ich könnte jetzt erst richtig einsteigen!«

Im Malkurs wirkte Filibert nach Margretas Geschmack oftmals zu verkniffen, was sicherlich daran lag, dass Junker häufig seine Arbeit kritisierte. Deshalb freute es sie, dass er jetzt so glücklich wirkte.

»Vielleicht kehrt er ja noch mal für einen Malkurs nach Lübeck zurück«, ermunterte Margreta ihn.

»Ja, das wäre klasse!«, erwiderte Filibert und lächelte.

In dem Moment hörte sie Marjoleins Stimme. »Margreta. Hier bin ich!«, rief sie ihren Namen statt des üblichen »Mama« über die Köpfe der Lehrer hinweg. Als Margreta sich umschaute, sah sie sie vom Eingang her winken.

»Entschuldige, ich muss leider los. Aber ich freue mich für dich, dass du so einen schönen Abend hattest. Wir sehen uns morgen. Bis dann, Filibert!«, verabschiedete sich Margreta.

Als sie zum Eingang kam, sah sie, warum sie ihre Tochter über die Köpfe der anderen hinweg hatte sehen können. Sie war auf die Betonmauer neben dem Eingangsportal geklettert. Jetzt sprang sie herunter.

»Hallo, Mama! Danke, dass du mich abholst«, sagte Marjolein und fiel Margreta um den Hals. Als sie sich wieder von ihr löste, grinste sie. »Darf ich dir meine Kolleginnen Inka und Marie vorstellen?«, sagte sie und zeigte mit einer ausholenden Geste auf die beiden jungen Lehrerinnen, die neben ihr standen.

»Sie haben mich heute Nachmittag begleitet!«, lachte sie albern, und ihre beiden Kolleginnen stimmten kichernd mit ein.

Margreta war sich inzwischen sicher, dass nicht der Wagen allein der Grund dafür war, dass sie Marjolein abholen sollte. Ihre Tochter hatte ganz offensichtlich einen Schwips!

»Geht es dir gut, Marjolein?«, fragte Margreta besorgt.

»Na klar. Super, Mama!«, sagte sie und legte ihren Arm um Margretas Schulter. »Und dein Mallehrer, das ist ja ein lustiger Vogel. Ich hoffe, ihr habt bei eurem Malkurs genauso viel Spaß, wie wir ihn heute Abend hatten! Nicht wahr, Mädels?«

Alle drei prusteten los.

Es dauerte noch einen Moment, bis Marjolein sich von ihren beiden Kolleginnen trennen konnte. Schließlich saß sie angeschnallt im Wagen.

Als Margreta den Motor startete, dachte sie, ihre Tochter würde sofort einschlafen. Doch die dachte nicht daran. Sie legte ihr stattdessen den Arm um die Schulter. »Sag mal, Mama. Woher kennst du eigentlich den Berthold? Das wusste ich nicht!«

KAPITEL 14

Die Tür knarrte, als Margreta sie langsam aufzog. Ein staubiger Geruch schlug ihr entgegen. Sie machte einen Schritt in den Schuppen hinein und sah sich um.

Tageslicht fiel durch ein kleines, dreckiges Fenster, das von Spinnweben überzogen war. Daneben hing eine alte verrostete Lampe, auf der sich eine dicke graue Staubschicht gesammelt hatte. An einem Haken hing ein alter Holzrechen, dem mehrere Zinken fehlten, der Stiel einer Axt lehnte gegen einen von Spinnweben und Dreck dick überzogenen Metallkanister. In einem offenen Holzfach, das auf Kopfhöhe eine kleine Lagerfläche von vielleicht zwei Quadratmetern bot, lagen in mehreren Reihen Hölzer in unterschiedlichen Größen gestapelt. Darunter lag ein alter Strohballen, der nur noch an einer Seite gepresst gebunden und an der anderen auseinandergerissen war. In einer Ecke stand ein alter Metalleimer mit verrostetem Griff.

Margretas Blick fiel auf einen Campingklappstuhl. Er stand auseinandergeklappt in der Nähe des Fensters. Das rot-blau-weiße Nylongewebe sah alt und durchgescheuert aus. An der einen Seite war die Naht, die das über den Metallrahmen gespannte Gewebe zusammenhielt, ein paar Zentimeter aufgegangen. Der Stuhl könnte sicherlich keinen Erwachsenen mehr tragen, dachte Margreta. Einen Jungen von vielleicht 13 oder 14 Jahren aber schon.

Margreta trat neugierig näher. Der Stuhl sah nicht im Geringsten so verdreckt aus wie das restliche Schuppeninventar. Sie fuhr mit einer Hand über die Stuhllehne und den Sitz. Ihre Finger blieben wie erwartet frei von Staub und Dreck. Allerdings erwischte sie ein paar Krümel auf der Sitzfläche, die nun vor dem Stuhl auf dem Boden lagen. Margreta bückte sich. Brötchenkrümel.

Als sie sich erneut umsah, entdeckte sie im alten Metalleimer gleich mehrere zusammengeknüllte Papierbälle. Margreta fischte einen davon heraus und zog das Papier auseinander. Die braune Tüte, die sich entfaltete, trug das Logo einer stadtbekannten Bäckereikette. Im Eimer entdeckte sie außerdem einige zusammengerollte Trinktüten.

Der Junge scheint hier recht viel Zeit zu verbringen, dachte Margreta und fragte sich, warum.

Sie sah auf die Uhr. Um diese Tageszeit hatte sie Günnis Bekanntschaft gemacht. Wenn der Junge tatsächlich regelmäßig seine Zeit hier verbrachte, dann könnte er demnächst kommen. Und als sie gerade überlegte, ob sie hier im Schuppen oder lieber in der Nähe warten wollte, knarrte hinter ihr die Tür.

Margreta hatte nicht einen Blick auf den Ankömmling werfen können, als er auch schon wieder aus der Tür war und diese sich schloss. Und noch ehe Margreta beim Griff war und ihn herunterdrücken konnte, hörte sie, wie von außen schon der Riegel zugeschoben wurde.

Margreta war gefangen.

Im »Radieschenheim« sprang selbst beim dritten Anruf nur der Anrufbeantworter an, und auch Marjoleins und Valeries Handys antworteten nur mit der Mailbox. Margreta haute wütend gegen die immer noch verschlossene Schuppentür. Es blieb ihr nichts anderes übrig, als Knutsen anzurufen.

»Ja, was?«, meldete er sich.

»Ich bin's!«, sagte Margreta.

»Ich weiß! Ich kann ja lesen.«

»Ich bräuchte mal deine Hilfe!«

»Ich arbeite gerade!«

»Weiß ich doch.«

»Was fragst du dann?«

»Ich wurde eingesperrt!«

»Was?«

Margreta hatte Glück, dass Knutsen und Fink gerade im Clara-Zetkin-Weg zu tun hatten, sodass Knutsen Margreta persönlich befreite.

»Was in aller Welt tust du hier? Und warum wurdest du eingesperrt?«, fragte er sie, als sie aus der Schuppentür trat.

Margreta sah ihn schuldbewusst an. »Mein Wilder Salbei wächst hier. Gleich da vorne. An der Ecke.« Margreta zeigte auf das Ende des Trampelpfads.

»Oh, nicht schon wieder dieser unglückselige Salbei! Du wirst ihm wohl kaum die Schuld daran geben, dass du im Schuppen eingesperrt wurdest!«

»Im Prinzip schon!«, verteidigte sich Margreta.

Sie winkte Knutsen mit sich auf den Weg, um ihm ihren Salbei und den Platz, an dem sie malte, zu zeigen. Und dort erklärte sie ihm auch die Geschichte von Günni und dem Jungen.

Als Margreta fertig war, fing Knutsen schallend an zu lachen.

»Was ist denn daran witzig, bitteschön?«, fragte Margreta beleidigt.

»Du … ein Kinderschreck!« Knutsen konnte sich nicht wieder beruhigen.

»Das ist nicht wahr! Hör auf damit!«

»Natürlich!«, sagte Knutsen und lachte weiter.

Margreta schubste ihn. »Beruhige dich wieder. Ich finde das nicht witzig!«

»Doch. Ist es!«, Knutsen bekam kaum genug Luft, um die Worte auszusprechen.

Margreta verschränkte die Arme vor der Brust. »Du bist echt das Letzte!«, schimpfte sie, drehte sich um und marschierte beleidigt Richtung Andreaskreuz.

Hinter den Bahnschienen holte Knutsen sie wieder ein. »Entschuldige!«

»Ach, lass mich! Ich habe genug von dir!«

»Mal ehrlich. Der Junge ist sauer auf dich. Du hast sein Geheimversteck aufgespürt. Und ihm auch noch da aufgelauert. Er wird sich dort ewig nicht mehr hinwagen.«

»Hmm!«, machte Margreta und zeigte sich kein bisschen versöhnt.

»Ach, Margreta, komm schon! Du verstehst das doch.«

»Ich verstehe kein bisschen, warum er mich eingesperrt hat. Nur weil ich sein Versteck betreten habe. Was wäre denn, wenn ich kein Handy dabeigehabt hätte?

Wenn ich dort noch säße und keiner wüsste, wo ich bin. Ich finde das überhaupt nicht witzig!« Margreta war inzwischen bei ihrem Auto angekommen und öffnete die Tür.

»Wir hätten dich schon gefunden. Du hast ja oft genug von deinem Salbei erzählt. Und dein Auto hier, das wäre auch nicht unentdeckt geblieben.«

Margreta setzte sich hinter das Steuer. »Na gut. Schwamm drüber. Danke, dass du gekommen bist. Soll ich dich zu Fink fahren?«

»Nee, lass mal. Ich laufe dahin. Ist ja gleich um die Ecke.«

Margreta ahnte, dass Knutsen recht haben würde. Der Junge würde sich nicht mehr so schnell beim Schuppen sehen lassen. Sie seufzte, als sie ihren Wagen auf dem Parkplatz der Kleingartensiedlung »Radieschenheim« einparkte.

»Ihr seid ja auf einmal alle da!«, begrüßte sie Valerie, Tante Ria und Marjolein, die einträchtig an einem der Tische im Lokal saßen und Servietten falteten.

»Wo sollen wir denn sonst sein?«, fragte Valerie ganz erstaunt.

»Ich habe versucht, euch telefonisch zu erreichen«, beschwerte sich Margreta weiter.

»Ach, wirklich?«, fragten Valerie und Marjolein und schauten auf ihre Handys. »Stimmt!«, riefen dann beide und sahen sie schuldbewusst an.

»Ich habe einmal das Klingeln im Lokal gehört, als ihr zwei am Auto wart«, sagte Tante Ria zu Marjolein und Valerie und strich mit Zeige- und Mittelfinger über die frisch gelegte Serviettenfalte. »Aber da ich mei Füß grad hochgelegt hatte, hatte ich gedacht, ich schaff's eh net mehr!«

»Och Mensch, Mama«, reagierte darauf Marjolein. »Ich hoffe, es war nichts Wichtiges!«

»Och nö. Ist schon alles wieder vorbei. Ich war nur für eine kleine Weile in einem Schuppen eingesperrt!«

Alle sahen erschrocken von ihren Servietten auf. »Knutsen konnte ich zum Glück erreichen. Er hat mich befreit!«

Margreta übertrieb bei der Beschreibung ihres Aufenthalts im Schuppen natürlich ein wenig, sodass sie förmlich sehen konnte, wie es zumindest Valerie und Marjolein schauderte. Tante Ria hingegen faltete ihren Stapel Servietten in aller Seelenruhe weiter.

»Bist du eigentlich sicher, dass es der Bub war, der dich eingesperrt hat?«, fragte sie, als sie zufrieden auf ihre erledigte Arbeit sah.

»Ja, schon. Ich habe ihn zwar nicht wirklich gesehen. Aber wer sollte es sonst gewesen sein?«, fragte Margreta erstaunt.

Margretas unfreiwilliger Aufenthalt im Schuppen hatte mehr von ihrer sowieso schon knappen Zeit geraubt, als ihr lieb war. Marjolein bot an, beim Pflücken der Johannisbeeren zu helfen. Die Zeit raste trotzdem dahin, und sie musste sich beeilen, um es noch rechtzeitig zum Kunstkurs zu schaffen.

»Ich will unbedingt mit dem Fahrrad fahren. Wir

werden hinterher noch zusammen weggehen, dann kann ich mir zurück ein Taxi nehmen.«

»Mama, entspann dich. Ich fahre mit und bringe anschließend dein Auto nach Hause. Ich wollte sowieso fragen, ob wir kurz zusammen in die Dankwartsgrube fahren könnten. Dauert nur fünf Minuten. Ich brauche ein paar Dinge aus der Wohnung. Und Ole müsste an der Lohmühle sein, weil heute das letzte Spiel vom VfB ist. Sollte er es nicht sein …«

»… bin ich dein Beistand. Schon verstanden«, vollendete Margreta den Satz.

Nur wenig später saßen sie schon im Auto. Auf dem Weg in die Stadt berichtete Marjolein über ihren Besuch bei der Frühpensionärin Henrike Soll-Hatte.

»Das ist vielleicht eine merkwürdige Person!«, beschrieb Marjolein die ehemalige Biologielehrerin der Vogelsangschule.

»Wieso?«, fragte Margreta, nachdem sie den Mühlentorteller umrundet hatte und in die Wallstraße eingebogen war.

»Zuerst konnte sie nicht oft genug betonen, was für eine tolle Doppelkopfrunde diese Lehrergruppe wäre. Und dass sie niemanden verdächtigen könnte, so etwas Schlimmes wie einen Mord zu begehen.« Marjolein rollte die Augen. »Doch als ihr Mann den Raum verließ …«

»Ach ja, sie ist ja verheiratet!«, fiel ihr Margreta ins Wort.

»Sie heißt Soll-Hatte, Mama. Natürlich ist sie das!«

»Sie hätte ja geschieden sein können!«, verteidigte

sich Margreta. Dass sie in Erinnerung an Knutsens Vermutung, die Soll-Hatte und Asmus Karkhoff könnten was zusammen gehabt haben, gar keinen Ehemann mehr vor Augen hatte, erzählte sie nicht.

»Bei dem Namen? Doch, doch, sie hat einen Mann. Hilmar Hatte. So steht es übrigens auch auf unserer Liste.«

»Den Namen habe ich dann wohl vergessen!«

Marjolein zuckte desinteressiert mit den Schultern. »Ein ganz netter Typ auf den ersten Blick. Ein bisschen still vielleicht. Hat immer nur ›Hmm‹ gemacht und seine Frau reden lassen, wenn ich etwas gefragt habe. Aber er kann einen guten Kaffee kochen!«

»Was änderte sich, als er den Raum verließ?«, fragte Margreta und ahnte, was Marjolein antworten würde.

»Die Soll-Hatte raunte mir sofort zu, es wäre Karkhoff gewesen. Zeigte mir dann aber mit einer Geste, dass sie das ihrem Mann gegenüber nicht laut äußern wollte.«

»Hmm«, machte Margreta und bog auf den Mühlendamm ein.

»Hallo, Mama?«, rief Marjolein über die lauter gewordenen Wagengeräusche hinweg, während sie über das Kopfsteinpflaster ratterten.

»Was ist denn?«, fragte Margreta, die wegen eines Radfahrers abbremsen musste.

»Sie verdächtigt deinen Lover!«

»Ist er nicht!«, entgegnete Margreta und fuhr über den Großen Bauhof in die Parade.

Marjolein sah sie ungläubig an.

»Es war ein schöner Abend, das gebe ich zu!«, sagte Margreta, als sie schließlich in die Dankwartsgrube einbogen. »Aber es ist nichts passiert, was ihn zu meinem *Lover* macht!«

Sie fuhren die Straße herunter und hielten nach einem Parkplatz Ausschau, doch alle Plätze waren belegt.

»Wenn man es schon mal eilig hat! So ein Mist«, schimpfte Marjolein.

Margreta hielt an der Ecke zur Einfahrt in die Düstere Querstraße. »Mach einfach schnell. Ich warte hier im Auto.«

Margreta sah zu, wie Marjolein in den nahe gelegenen Hauseingang schlüpfte, dann beobachtete sie den vorbeifahrenden Verkehr.

Ein Lastwagen hielt auf der Straße vor dem gegenüberliegenden Jugendhotel. Margreta beobachtete, wie der Fahrer wenige Augenblicke später die Laderampe herunterließ, auf sie hinaufsprang und im Wageninneren verschwand. Als er wieder auftauchte, hatte er eine dick mit Folie verpackte Palette mit auf die Rampe gezogen. Er senkte die Laderampe auf den Bürgersteig hinab und verschwand mitsamt Palette hinter dem Lieferwagen.

Der Fahrer war jedoch schnell zurück. Er wedelte sich mit ein paar Papieren Luft zu und sprang wieder in seine Fahrerkabine. Der davonfahrende Lieferwagen gab den Blick auf ein Pärchen frei, das an der Ecke zur Hellen Querstraße eng umschlungen an einer Häuserwand lehnte und sich küsste. Von der Frau konnte

Margreta nicht viel erkennen. Der Mann, der mit dem Rücken zu Margreta stand, war groß und schlank. Und gerade als sie dachte, dass ihr die locker auf seinen Hüften sitzenden weiß-orange karierten Shorts bekannt vorkamen, wurde die Beifahrertür geöffnet.

»Wir können, Mama! Entschuldige, dass es so lange gedauert hat«, sagte Marjolein und ließ sich mit einer gefüllten Plastiktüte auf den Beifahrersitz fallen. »Ich hatte Glück, Ole war nicht da!« Die Beifahrertür fiel zu.

»Mama, was guckst du denn da?«, fragte Marjolein, als sie bemerkte, dass Margreta gebannt über die Straße sah.

»Siehst du die da?«

»Ja! Ein Liebespaar! Na und? Wer soll das sein?«

Gerade als es aussah, als würde sich das Paar voneinander lösen, fuhr ein Transporter vorbei. Als das Pärchen wieder in Sicht kam, schlenderte es bereits Hand in Hand die Dankwartsgrube runter.

»Mist!«, fluchte Margreta. Sie startete den Motor und fuhr langsam los. Auf Höhe des Pärchens schaute sie rüber.

»Oh nein! Es ist Karkhoff!«, sprach Marjolein aus, was Margreta bereits gesehen hatte. »Aber wer ist die Frau?«

»Das weiß ich nicht!«, schimpfte Margreta.

»Fahr ein Stück vor, ich kann sie nicht richtig sehen«, bat Marjolein. »Aber fahr langsam. Oder halt noch einmal an.«

Während Marjolein mit den Knien Richtung Rückbank auf den Sitz kletterte, zückte sie ihr Handy und hielt es Richtung Seitenfenster.

»So! Die Aufnahme scheint ganz gut getroffen!«

»Und?«, fragte Margreta. »Wer ist sie?«

»Ich kenne sie nicht. Aber das finden wir raus. Keine Sorge.«

Margreta schloss zum letzten Mal im Sommermalkurs »Blühende Landschaften« ihre Zeichenmappe. Während sie das schwarze Band am Rand verknotete, überlegte Margreta, ob sie darüber traurig oder erleichtert sein sollte. Sie hatte sich ganz sicher etwas anderes unter diesem Kurs vorgestellt. Die Ankündigung des Malkurses unter Leitung eines renommierten Künstlers hatte vielversprechend geklungen. Die Realität hatte sich als nicht so rosig erwiesen. Sie hatte ihr einen Mann präsentiert, der in seiner eigenen Welt lebte und kein Talent besaß, diese für andere zu öffnen. Allerdings liebte Margreta seine Arbeiten, und sie hoffte, dass sie eines Tages ihren eigenen Zugang zu seiner Art zu malen finden könnte.

Ihre Künstlerkollegen hingegen, die um sie herum ebenfalls ihre Plätze aufräumten, Pinsel auswuschen und Staffeleien zusammenklappten, wollte sie nicht mehr missen. Sie hatte allesamt ins Herz geschlossen. Ob es der entspannte Björn war, der durch seine unkomplizierte Sichtweise oft für Leichtigkeit in der Gruppe gesorgt hatte. Oder Thorsten, der sich gern zurückhaltend zeigte, außer wenn es ums Essen ging. Der sein Herz aber ganz sicher auf dem rechten Fleck trug. Gunnar, der eindeutig der künstlerisch Begabteste unter ihnen war, sich aber dennoch nie in den

Mittelpunkt gespielt hatte. Oder die gutmütige Levke, die Streit nicht mochte und diesen durch ihre ausgeglichene Art oft vermieden hatte. Und auch Filibert, der ihr das bisschen künstlerische Talent, das sie in Junkers Augen besaß, nicht gönnte, nur weil er selbst noch weniger besaß. Dass es sich bei Filibert um den Lehrer Philipp Berthold handelte, darüber wollte Margreta heute Abend nicht nachdenken. Heute standen nicht die Nachforschungen um den Mordfall im Mittelpunkt.

Sie freute sich darauf, den letzten gemeinsamen Kursabend im Alten Zollhaus ausklingen zu lassen.

»Auf uns, Leute! Die besten Kunstkursschüler, die ein Hans Junker je unterrichten durfte«, sagte Björn einige Zeit später, als sie alle gemeinsam an einem Tisch in dem Gasthaus Platz nahmen. Er hob sein Glas in die Mitte.

»Ja, auf uns!«, riefen alle anderen und stießen mit ihm an.

»Ist irgendwie schade, dass es vorbei ist«, sagte Levke und nippte an ihrer Altbierbowle.

»Wir sind ja nicht aus der Welt!«, sagte Gunnar und streichelte Levke über den Unterarm.

»Ich finde es schade, dass der Junker nicht mehr mit ist!«, sagte Filibert grimmig. »Wenigstens beim letzten Mal hätte er mitkommen können.«

»Wolltest du ihm noch mehr von seinem eigenen Vortrag erzählen?«, zog Björn ihn auf und lachte, während er mit seinem Bein wippte.

»Ach komm, ist wirklich schade«, verteidigte Gunnar Filibert und seufzte, und auch Levke stimmte dem mit einem »Hmm« zu.

»Er will heute Abend noch nach Hause fahren«, sagte Filibert. »Hätte er genauso morgen machen können!«

»Wir sind irgendwelche Kursschüler aus irgendeinem Kurs von ihm«, sagte Gunnar und zuckte die Schultern.

»Und wir haben ihn ja auch nicht gerade begeistert, fürchte ich«, sagte Thorsten, während er zur Speisekarte griff.

»Bis auf Margreta!«, sagte Filibert und spielte an seinem Bierdeckel herum.

»Mir hat es nichts gebracht, dass er meine Ansätze, wie er sagte, vielversprechend fand«, verteidigte sich Margreta. »Wenn ich verstanden hätte, warum, dann vielleicht.«

»Ach, begrab das Kriegsbeil, Filibert«, meinte Levke. »Ist doch so schön hier. Wir alle zusammen!«

»Ich fand ihn jedenfalls cool mit seiner Sonnenbrille«, sagte Björn und lachte.

»So ein Spinner!«, sagte Thorsten und lachte ebenfalls.

Während der nächsten eineinhalb Stunden ließen die sechs den Kurs noch einmal Revue passieren und vergaßen dabei auch Junkers Eigenheiten nicht. Thorsten hatte eine Sonnenbrille dabei und setzte sie zur Feier des Tages trotz nächtlicher Dunkelheit auf. Gunnar kommentierte jede Aussage, die getroffen wurde, mit einem »Vielversprechend!«, und Björn stand des Öfteren auf, um seine Jeans am Gürtel hochzuziehen. Am Ende lagen sie sich lachend in den Armen. Selbst Filibert konnte über seinen Schatten springen und der Anekdote mit dem Klecks auf Margretas Leinwand, die sie selbst zum Besten gab, die lustige Seite abgewinnen.

»Wir müssen uns bald wiedersehen!«, sagte Levke beim Aufbruch. »Ich vermisse euch jetzt schon!«

»Und ich weiß auch schon wo«, sagte Björn und grinste. »Wir besuchen Margreta alle einmal im ›Radieschenheim‹!«

Margreta war glücklich, aber müde, als sie wenig später in ihr Taxi nach Wulfsdorf stieg.

»Na? Einen schönen Abend gehabt?«, fragte der Taxifahrer.

»Einen super Abend. Danke schön!«, antwortete sie gut gelaunt.

»Das wird es für den Mann der Frau, die in Beidendorf umgebracht worden ist, sicherlich auch sein«, sagte er.

»Wieso das?«, fragte Margreta.

»Haben Sie es denn noch nicht gehört?«

»Was denn?«

»Warten Sie. Hier kommen ja gerade die Nachrichten.« Und der Taxifahrer drehte das Radio lauter:

»Im Fall um den Leichenfund am Klempauer Hofsee hat die zuständige Staatsanwaltschaft heute mitgeteilt, dass der bisherige Hauptverdächtige, der Ehemann der Verstorbenen Hannelore D., aus der Untersuchungshaft entlassen wurde. Ob es einen anderen Tatverdächtigen gibt, darüber wollte die Staatsanwaltschaft keine Auskunft geben.«

KAPITEL 15

Es war Montagmorgen. Margretas Handy klingelte. Sie sah kurz drauf und ließ es klingeln.

»Willst du nicht rangehen?«, fragte Valerie, die gerade mit den Händen in einer Teigschüssel steckte und sah, dass ihre Freundin keine Anstalten machte, mit dem Entsteinen der Kirschen aufzuhören und abzunehmen.

Margreta schüttelte den Kopf.

»Willst du nicht wenigstens ablehnen? Damit das Klingeln aufhört?«

Margreta schüttelte wieder den Kopf und nahm sich die nächste Kirsche vor.

Valerie blies hörbar die Luft aus. »Was ist denn los? Wer nervt dich denn da?«

»Karkhoff!«

»Ach!«

»Ja!«

Das Handy hörte auf zu klingeln.

»Na Gott sei Dank!«, sagte Valerie. Sie knetete einen Moment in Gedanken versunken weiter. »Weißt du schon, was du mit ihm machen willst?«

»Erschießen. Vergiften. Elektrischer Stuhl. Ich habe mich noch nicht endgültig entschieden.«

Valerie lachte. »Ich meine den Salbeiabend!«

»Es gibt keinen!«

»Ach schade. Es war so eine hübsche Idee! Schade um meine Salbeieiskreation!«

»Ist ganz gut angekommen, oder?« Margreta sah kurz hoch.

»Jepp«, sagte Valerie und nickte. Dann wischte sie sich mit dem Handrücken über das verschwitzte Gesicht. »Was eine drückende Hitze heute! Warum ausgerechnet ich da den Hefeteig kneten muss!«

»Ich kann es ja schon«, sagte Margreta, und ihre Mundwinkel zuckten.

»Ich glaub's ja nicht! Na warte nur, bis ich aus dem Teig bin. Dann kannst du was erleben!«, drohte ihr Valerie.

Margreta lachte.

Eine Weile hingen beide wieder ihren Gedanken nach.

»Wir könnten ja trotzdem so einen Abend machen«, sagte Valerie. »Ohne Salbeibier, meine ich.«

»Hmm. Eine gute Idee!«

Als der Kirschstreuselkuchen bereits auf dem Abkühlgitter ausdampfte und Valerie für ein paar Stunden nach Hause gefahren war, kam Knutsen ins »Radieschenheim« geschneit.

»Kaffee?«, fragte Margreta und wollte bereits den Knopf drücken, als Knutsen den Kopf schüttelte.

»Nur Wasser, bitte! Viel Wasser«, sagte er, und seine Stimme klang dabei so rau, als würde er geradewegs aus einer Wüste kommen.

»Schwül heute, ne?«, fragte Margreta und stellte ihm ein großes Glas voll sprudelndem Wasser vor die Nase.

Als Antwort zog er ein leidendes Gesicht, dann wischte er mit einem Taschentuch über seine feuchte Stirn.

»Ich könnte dir auch von dem Salbeieistee …«

»Du hörst auch nie auf, mir dein Zeugs andrehen zu wollen!«, sagte er.

»Salbei hilft nun einmal gegen Schwitzen!«

Er winkte ab. »Lieber nicht!«

Margreta zuckte mit den Schultern. »Ich werde niemanden zu seinem Glück zwingen!« Und damit ließ sie ihn in Ruhe.

Sie nahm ein Geschirrhandtuch und polierte die Gläser, die auf dem Tablett standen, während er mit seinem Stift auf dem Display seines Handys arbeitete. Immer wenn sie ein fertig poliertes Glas ins Regal stellte, warf sie ihm einen Blick zu, in der Hoffnung, er könnte selbst etwas über die Freilassung Winters erzählen. Doch er war vertieft in seine Arbeit.

Irgendwann hielt Margreta es nicht mehr aus. Und auch auf die Gefahr hin, dass er ihr wieder das Schnüffeln vorwarf, fragte sie geradeheraus: »Warum habt ihr Winter freigelassen? Was ist passiert?«

»Es gab mehrere Zeugenaussagen, die ihn entlastet haben.« Er sah kaum zu ihr hoch.

»Haben die etwa den Mörder gesehen?«

Er schüttelte den Kopf. »Nicht richtig, leider.«

Margreta drehte ein weiteres Glas im Geschirrhandtuch. »Aber ihr könnt Winter definitiv als Tatverdächtigen ausschließen?«

»Hmm«, machte er und nickte dabei.

Margreta räumte das eine Glas ins Regal und nahm das nächste.

»Und habt ihr einen neuen Verdächtigen?«

Er sah kurz hoch. »Margreta! Bitte, du weißt, dass ich …«

»Jaja. Ich weiß schon«, fiel sie ihm ins Wort.

»Also dann«, sagte er und widmete sich wieder seinem Display. »Hast du eigentlich nicht so einen Ventilator?«, fragte er nach einer Weile.

Margreta zeigte in die Mitte der Raumdecke, an der sich bereits ein großer Ventilator drehte.

»So einen Tischdingens, meine ich.«

Sie legte das Geschirrhandtuch zur Seite und räumte das Glas ins Regal. Dann ging sie in den Vorratsraum und kehrte mit einem Tischventilator zurück. »Du solltest es doch mit meinem Eistee probieren«, sagte sie, als sie den Stecker in eine Steckdose drückte. »Dann schwitzt du von vornherein viel weniger.«

Er schaltete das Gerät ein und richtete den Luftstrom so aus, dass er ihm mitten ins Gesicht blies. »Wozu? Wenn es so etwas hier gibt!«

Margreta gab es auf und nahm das nächste Glas in die Hand.

Nachdem sie auch dieses poliert hatte, ließ sie ihre Hände samt Geschirrtuch und Glas auf die Theke sinken und sah ihn an.

»Was ist?«, fragte er.

»Findest du nicht, dass du mir auch mal vertrauen könntest?«

»Wie meinst du das?«

»Mit deiner Arbeit, meine ich!«

Er lächelte, schüttelte den Kopf und sah wieder auf seine Arbeit.

»Du musst mir ja keine Ermittlungsgeheimnisse verraten.«

Er richtete sich auf. »Sondern?«

»Na, es gibt Sachen, die wir nicht so leicht klären können wie du.«

»Zum Beispiel?«

»Zum Beispiel warum ihr Philipp Berthold nicht verdächtigt.«

»Wer sagt das denn?«, fragte er erstaunt.

Sie zuckte mit den Schultern. »Mein Bauchgefühl sagt mir das. Ich war mit ihm zusammen im Malkurs. Er schien ganz entspannt, und das wäre er ja wohl nicht, wenn er Ärger mit euch hätte. Und als ich dir neulich von unseren Nachforschungen berichtet habe, da hast du bei ihm auch nicht nachgehakt.«

»Gut aufgepasst«, grinste er. »Er zählt für uns tatsächlich nicht zum Kreis der Verdächtigen.«

»Aber warum nicht? Was ist mit seiner Stimmungsmache gegen die Dutt-Winter?«

»Sein Ehrgeiz ist auffällig, das stimmt.«

»Mehr hast du dazu nicht zu sagen?«

Er sah sie an. »Denk nach. War er in deinem Malkurs auch so ehrgeizig?«

»Ja, und wie. Hat mir kein einziges Bild gegönnt, das Hans Junker gefiel.«

»Und hast du jetzt Angst, dass er dich umbringen könnte?«

»Ich … Nein! Natürlich nicht.«

Er nickte. »Siehst du!«

Margreta sah ihn skeptisch an. »Und was ist mit der

Party? Dass er dort nichts getrunken hat? Und bald nach den Winters gegangen ist? Er wollte sie sogar nach Hause fahren!«

Er nickte anerkennend. »Nicht schlecht, was ihr alles herausbekommen habt. Aber eines habt ihr übersehen!«

»Und was?«

»Hast du nie persönlich mit ihm über den Abend gesprochen?«

Margreta schüttelte den Kopf. »Ich wusste lange Zeit nicht, dass es sich bei Filibert aus dem Kurs um Philipp Berthold handelt. Und Marjolein hatten wir geraten, mit ihren Kollegen vorsichtig umzugehen. Deshalb hat sie nur denen vertraut, die Winters Verhaftung ebenfalls nicht so leicht hinnehmen wollten.«

Er lachte. »Ganz schön einseitig eure Ermittlungen, findest du nicht? Wie wollt ihr da auf die Wahrheit stoßen?«

Margreta sah zerknirscht auf ihr Wasserglas. »Wahrscheinlich hast du recht! Also gut. Was haben wir übersehen?«

»Er hat ein sehr gutes Alibi!«

»Und zwar?«

»Er ist gleich nach der Party nach Dänemark aufgebrochen. Seine Schwester hat dort ihren Geburtstag gefeiert.«

»Ach, deshalb hat er nichts getrunken?« Sie sah nachdenklich aus. »Und seiner Frau auch verboten zu trinken.«

Knutsen nickte. »Sie haben sich beim Fahren abgewechselt.«

»Bist du sicher, dass sie wirklich in Dänemark waren?«

»Ganz sicher. Er hat die Grenze noch in der Nacht passiert und sich bis zum Mittag bei seiner Schwester ausgeschlafen.«

Margreta zog die Lippen kraus, während sie sich gedanklich damit abfand, dass sie Philipp Berthold von der Liste der Verdächtigen streichen müssten. Wer blieb überhaupt noch übrig, dachte sie, und ihr fielen nur die zwei Namen ein, die sie eigentlich schon abgehakt hatte. Asmus Karkhoff und Melanie Uhlig. War in der Nacht etwa mehr passiert als der Seitensprung der Berufsschullehrerin?

Ihr Handy signalisierte mit einem leisen Ton eine eingehende Nachricht. Sie schaute kurz drauf. »Die Frau auf dem Foto ist Melanie Uhlig! Ein Kollege hat sie erkannt«, hatte Marjolein geschrieben.

Margreta rieb sich über die Augen.

»Was ist? Schlechte Nachrichten?«, fragte Knutsen.

»Jedenfalls keine guten«, sagte sie.

»Was ist passiert?«

»Lass mal«, sagte sie.

»Wenn ich helfen kann, lass es mich wissen«, sagte er und widmete sich wieder seinem Handy.

Nachdem Knutsen gegangen war, wurde es auch schon Zeit, Vorbereitungen für die Mittagsgäste zu treffen. Valerie kam zurück, und gemeinsam bewirteten sie ihre Gäste. Erst danach hatte Margreta Zeit, wieder an das Gespräch mit Knutsen und die Nachricht von Marjolein zu denken, und es überkam sie das Bedürfnis, ein wenig Ablenkung im Garten zu suchen. Sie schaute nach den Tomaten und den Bohnen und zupfte ein paar vertrocknete Blätter von den Johannisbeersträuchern ab. Sie merkte, sie war nicht bei der Sache. Und so schleppte sie die Plastikgartenbank vom Gartenhaus bis in den Kräutergarten.

Hinter den Fliederbeerbüschen würde sie niemand schnell finden, und das kam ihrem Bedürfnis nach etwas Einsamkeit entgegen. Valerie würde sie in Ruhe lassen, das wusste sie. Tante Ria und Ferman allerdings, von denen sie nicht wusste, wo sie überhaupt hingegangen waren, konnten jederzeit auftauchen.

Margreta überschlug ihre Beine erst nach rechts und dann nach links, doch im Sitzen fand sie keine Ruhe. Sie stupste die Kräuterstauden an und meinte, sie könnte den aufsteigenden Geruch genießen, doch auch das vertrieb ihre Unruhe nicht.

Schließlich legte sie sich mit dem Rücken auf die Bank, die Beine angewinkelt. Sie hielt einen Arm vor das Gesicht, um ihre Augen gegen die Sonne zu schützen. Und dann kullerte ihr eine Träne über die Wange.

Die ganze Aufregung zehrte an ihren Nerven. Sie verlor langsam das Gefühl dafür, was richtig und was falsch war.

Hatte sie Karkhoff derart falsch eingeschätzt? War sie tatsächlich fast einem Mörder auf den Leim gegangen? Sie war auf dem besten Weg gewesen, sich in ihn zu verlieben!

Als sie an Marjoleins Handynachricht dachte, wischte sie sich die Träne weg und lachte bitter. Ja, es war die Uhlig! Sie wollte es nicht wahrhaben, aber die beiden hatten etwas miteinander. Wie unverfroren waren die, Hand in Hand die Dankwartsgrube herunterzuschlendern. Gleich um die Ecke lag das »Da Nino«, Nino Uhligs Weinlokal!

»Margreta?«, hörte sie Valerie rufen.

Margreta seufzte und setzte sich auf. Und während sie sich langsam wieder besann, wuchs die Wut in ihr. Sie würde Asmus Karkhoff persönlich ans Messer liefern! Und wenn es das Letzte war, was sie tat.

»Lass ihn doch mal!«

Margreta hatte die Nebeneingangstür noch nicht ganz geöffnet, als ihr die aufgeregten Stimmen entgegenschlugen.

»Ihr könnt ihn nicht einfach herbringen!«, hörte sie Valerie schimpfen.

»Jedes Kind würd für e Eisschokolaad mitgehe. Das ist hier net anders als im Vogelsbersch!«, hörte sie ihre Großtante aufgebracht antworten.

»Dafür könnt ihr echt Ärger kriegen! Das nennt man Kindesentführung!«

»Ach was! Mach ihm lieber die versprochene Eisschokolaad!«

Margreta beeilte sich, die Gartenschuhe gegen ihre Sandalen zu tauschen. Wenn Valerie sich aufregte, war es ernst. »Was ist Kindesentführung?«, fragte sie, als sie in den Gastraum eilte.

»Aaa!«, hörte sie einen Schrei von einem der Tische, und Margreta erkannte sofort den Jungen aus dem

Schuppen. Er sah sie mit angstverzerrtem Gesicht an und versuchte, sich von seinem Stuhl hochzudrücken. Doch das wurde von Ferman sofort unterbunden. »Bleib doch sitzen, Jungchen!«, sagte er beruhigend und drückte seine Hand auf dessen Schulter.

»Das ist die Frau!« Der Junge zeigte direkt auf Margreta.

»Vor der brauchst du kei Angst zu habe! Das ist bloß die Margreta!«, sagte Tante Ria, die neben dem Jungen saß. »Valerie, bring endlich die Eisschokolaad!«

»Ach du liebes Erbsenpüree, was macht denn der Junge hier?«, fragte Margreta.

»Das ist net dei Ernst!«, sagte Tante Ria und sah sie an, als hätte Margreta mal wieder nichts begriffen. »Ei, er soll uns endlich erzähle, was er mit dem Günni gemacht hat, dass der so durchdrehe tut!«

Margreta blickte zu dem Jungen, der nun Tante Ria panisch ansah. Er tat ihr leid.

Valerie kam mit einem großen Glas Eisschokolade und stellte es vor dem Kind ab. »Magst du überhaupt Eisschokolade?«

Der Junge nickte.

»Dann erzähl mir mal, mit welchem Strohhalm du ihn trinken willst.« Valerie zauberte vier Strohhalme in vier verschiedenen Farben hinter ihrem Rücken hervor.

Der Junge griff den grünen.

»Ist Grün deine Lieblingsfarbe?«

Er nickte.

»Grün ist auch die Lieblingsfarbe von Margreta! Stimmt's?«

Margreta verstand, was Valerie damit bezwecken wollte, und stimmte zu.

»Siehst du, da habt ihr ja was gemeinsam!«, sagte Valerie.

Margreta setzte sich neben den Jungen an den Tisch. »Hallo. Ich bin Margreta. Margreta Mai. Mir gehört das ›Radieschenheim‹. Und die nette Frau da, das ist Valerie.« Margreta zeigte zu ihr. »Sie ist meine Freundin und hilft mir hier.«

»Hallo«, sagte der Junge schüchtern.

»Und die zwei da, die dich hergebracht haben, das sind meine Großtante Ria und Herr Ferman. Du brauchst keine Angst vor uns zu haben. Wenn du nach Hause willst, darfst du natürlich sofort gehen!«

»Was? Das darf der net!«, rief Tante Ria entrüstet. »Der hat sei Eisschokolaad gekriegt. Bevor der net gesagt hat, was er mit dem Günni gemacht hat, geht der net fort. Sonst haben wir ihm ganz umsonst aufgelauert!«

»Ihr habt ihm aufgelauert?« Margreta sah sie entsetzt an.

»Ei, natürlich! Was hätte wir denn machen sollen, jetzt, wo du gesagt hast, dass er wahrscheinlich net mehr in den Schuppe geht!«

»Ich glaube das nicht!«, sagte Margreta und stand sofort auf. »Ich fahre dich sofort nach Hause!«

Der Junge, der ihren Wortwechsel Eisschokolade schlürfend und mit gebanntem Blick verfolgt hatte, schüttelte den Kopf.

»Du willst nicht nach Hause?«, fragte Valerie überrascht.

Der Junge schüttelte erneut den Kopf. Sein inzwischen geräuschvolles Saugen am Strohhalm kündigte an, dass seine Eisschokolade nahezu leer war. Mit viel Krach sog er auch den letzten Rest aus dem Glas. »Ich will hierbleiben. Das hat die Frau mir versprochen. Bis vier!«, sagte er und stellte das Glas auf den Tisch.

»Da hast du's! Wir waren nämlich gar net bös zu ihm«, sagte Tante Ria zu Margreta. »Willst du noch e Eisschokolaad?«, fragte sie den Jungen.

Der nickte.

»Nachher kriegt er noch Bauchschmerzen!«, mischte sich Ferman ein.

»Oder willst du lieber einen Keks? Einen Schokoladenkeks?«, bot Valerie an.

Der Junge sah zu Valerie hoch und nickte. Der verängstigte Gesichtsausdruck war inzwischen ganz aus seinem Gesicht verschwunden. Im Gegenteil, er sah sehr zufrieden aus.

»Wie heißt du überhaupt?«, fragte Margreta, die dem Stimmungswechsel des Jungen noch nicht ganz traute.

»Lasse.«

»Lasse, und wie weiter?«, fragte Ferman und griff in seine Hemdtasche, aus der er einen kleinen Notizblock und einen Bleistift zog.

»Lasse Lund!«

»Und wo wohnst du, Lasse Lund?«, fragte Ferman, der bereits den Namen des Kindes notiert hatte.

»Halt. Das musst du nicht sagen, Lasse!«, mischte sich Margreta ein. »Das geht uns nämlich nichts an. Der Herr Ferman ist kein Polizist und darf dich nicht verhören!«

Der Junge schwieg gehorsam und biss in seinen Keks.

»Lass Ewald fragen, Margreta! Was der mit dem Günni gemacht hat, interessiert dich auch«, mischte sich Tante Ria ein. »So wie der Bert Rogge gesagt hat, muss der ihn ja gequält habe!«

Auf einmal fing Lasse an zu weinen.

»Hej, was ist denn?«, fragte Margreta und strich dem Jungen über die Schulter.

»Ich hab Günni nicht gequält!«, schluchzte er. »Das war Herr Kremer!«

»Ist ja gut. Ich glaube dir ja.«

»Herr Kremer?« Ferman blätterte in seinem Notizbuch zurück. »Das ist der Vorbesitzer selbst!«

Wie sie von Lasse Lund erfuhren, kam Günni als Welpe zu Tom Kremer, der das Grundstück direkt hinter den Lunds besaß. Wann immer Günni in den Garten gelassen wurde, hatte Lasse mit ihm über den Gartenzaun hinweg gespielt. Und so hatten sich Günni und Lasse angefreundet, was für Lasse ein großes Glück war, da er selbst keinen Hund bekommen sollte.

Eines Tages bekam Tom Kremer mit, dass Lasse mit seinem Hund spielte, und er wurde fuchsteufelswild.

Er wollte nicht, dass Günni sich mit jemandem anfreundete, weil er ein Wachhund sein sollte.

Kremer hatte Lasse Lund gedroht, wenn er ihn noch einmal bei seinem Hund erwischen würde, gäbe es Ärger.

Lasse, der Angst vor Herrn Kremer hatte, hielt sich an dessen Vorgabe. Allerdings wusste Günni nichts von dem Verbot, und so freute er sich und bellte und jaulte, sobald Lasse den Garten der Lunds betrat, auch wenn er nicht mehr zum Zaun kam.

Das ärgerte Kremer so sehr, dass er begann, Günni gegen Lasse abzurichten. Wie er das gemacht hatte, wusste Lasse nicht genau, aber seine Mutter hatte ihm später erzählt, Kremer hätte irgendein Kleidungsstück von Lasse geklaut.

Das freudige Bellen Günnis, wenn er Lasse sah, wurde mit der Zeit immer mehr zu einem aggressiven Gebelle. Günni stürzte sofort zähnefletschend an den Zaun, sobald er Lasses Geruch aufnahm. Das ging so weit, dass sich die Familie Lund irgendwann nicht mehr in den eigenen Garten traute.

Lasses Eltern hatten versucht, mit Herrn Kremer zu reden, und auch ein Freund, der sich mit Hunden auskannte, hatte ihm erklärt, dass es gefährlich sei, was er da mache. Kremer zeigte sich beständig uneinsichtig und bestand darauf, dass Günni ein richtiger Wachhund und kein Schmusetier werden sollte.

Das Ganze ging so weiter, bis Lasse Günni und Herrn Kremer eines Tages auf der Straße begegnete. Günni wurde sofort aggressiv. Herr Kremer konnte ihn kaum bändigen. Es wäre sicherlich etwas passiert, wenn eine geistesgegenwärtige Nachbarin nicht schnell ihre Haustür geöffnet hätte. Lasse flüchtete sofort zu ihr.

Margreta, Valerie, Tante Ria und Ferman waren mehr als entsetzt über das, was sie da hörten.

»Und wie ging es weiter?«, fragte Valerie gespannt.

Nach diesem Vorfall hatte Tom Kremer eingesehen,

dass er einen Fehler begangen hatte. Und er hatte Günni zum Tierheim gebracht.

»Wo er dann ausgerechnet von Lisbeths Familie ausgesucht wurde, die in der gleichen Ecke wohnt«, meinte Margreta.

Es war bereits kurz vor vier Uhr, als Lasse in Margretas alten Golf stieg und sie ihn nach Hause fuhr.

»Es tut mir leid, dass ich dir dein Geheimversteck kaputt gemacht habe. Ich verspreche dir, dass ich dort nicht mehr hingehen werde, wenn du willst.«

»Ist schon in Ordnung«, sagte Lasse und sah gleichmütig aus dem Fenster. »Vielleicht kann ich ja auch manchmal zu dir kommen!«, sagte er.

»Zu mir? Ins ›Radieschenheim‹?«, fragte Margreta verwundert. »Ja klar, wenn du magst?«

»Im Schuppen war es oft langweilig.«

Margreta sah kurz zu ihm, als sie am Ringstedtenhof in den Feldweg einbog. »Warum? Warst du denn nicht freiwillig dort?«

»Ja, schon«, sagte Lasse. Und dennoch befriedigte seine Antwort Margreta nicht.

»Was hast du denn da immer gemacht?«

»Gewartet.«

»Gewartet?«, wiederholte Margreta. »Auf wen denn? Auf deinen Freund? Ist es euer gemeinsames Geheimversteck?« Margreta musste abbremsen, da eine Katze mitten auf dem Weg lag und sich nur langsam bequemte aufzustehen. Dann war sie mit einem Husch weg.

»Nein. Ich habe dort immer auf meine Mutter gewartet.«

Margreta zog verwundert die Augenbrauen hoch und gab wieder Gas. Sie konnte sich auf das, was Lasse erzählte, keinen Reim machen. Seine Mutter kam auch in den Schuppen?

»Meine Mutter arbeitet bis vier Uhr«, erklärte Lasse, als sie das Wohngebiet erreichten. »Dann kommt sie nach Hause.«

»Ach so«, sagte Margreta. »Du musst mir noch zeigen, wo du wohnst.«

»Da vorne musst du reinfahren«, sagte er und zeigte auf den Clara-Zetkin-Weg, auf dessen Straßenecke sie gerade zufuhren. Margreta blinkte und bog ab.

»Wohin jetzt?«

»Da vorne. Rechts.«

Margreta fuhr bis zur Stelle, an der man zum Wendehammer abbog.

»Hier ist es«, sagte Lasse. »Können Sie kurz warten? Ob meine Mutter schon da ist?«

»Ja, sicher«, sagte sie und sah zu, wie Lasse zur Haustür lief.

Kurze Zeit später kam er zurück.

»Hast du keinen Schlüssel für dein Zuhause?«

»Doch.« Das Doch kam leise. Lasse sah verlegen aus.

»Bis bald mal«, sagte Margreta.

Dann fiel die Tür ins Schloss.

Margreta blieb noch einen Moment nachdenklich vor Lasse Lunds Haus stehen. Schließlich wendete sie und folgte der Sackgasse bis zu Winters Haus. Als sie im Wendehammer gedreht hatte, fuhr sie langsam zurück. Sie konnte von hier aus Lasse Lunds Haus nicht sehen.

KAPITEL 16

»Margreta, wo ist Marjolein?«

»In Wulfsdorf.«

»Du musst sofort hinfahren!«

»Ja, was ist denn los, Jan?«

»Ich habe einen Tisch im ›Rendezvous‹ reserviert. Um acht Uhr. Für sie und Ole.«

»Mensch, Jan, es ist gleich sieben!«

»Das schafft ihr! Magnus sagt, der Laden ist genau das Richtige für einen Versöhnungsabend.«

»Und was soll ich ihr sagen?«

»Sag ihr, dass du mit ihr da hingehen willst. Das habe ich zu Ole auch gesagt. Dass ich mit ihm hingehe, meine ich.«

»In einen Romantikschuppen?«

»Äh, ja.« Knutsen zögerte. »Ich glaube, er kannte den Laden nicht. Jedenfalls hat er nichts gesagt.«

Margreta seufzte. »Mensch Jan, warum sagst du mir nicht früher Bescheid? Ich bin hier nicht fertig! Du hättest was sagen können.«

»Die Gelegenheit war grade gut. Und ich dachte, du wolltest auch, dass sie sich wieder versöhnen.«

»Klar will ich das!«

»Siehste! Und Ole hat gesagt, er hat die nächsten Abende schlecht Zeit. Und drei Tage warten, das fand ich viel zu lange!«

»Allerdings. Na gut. Überzeugt«, sagte Margreta.

»Wieso denn ausgerechnet im ›Rendezvous‹? Das ist der übelste Romantikschuppen! Was sollen wir da?«, fragte Marjolein, als ihre Mutter sie in die Abendplanung einweihte.

»Jetzt zieh dir was Hübsches an. Ist doch egal. Der Laden wurde mir empfohlen, und ich habe noch einen Tisch gekriegt. Ich wusste das nicht mit der Romantik. Wird schon nicht so schlimm sein!«

»Wir können uns genauso gut zu Hause unterhalten. Wir machen einen leckeren Wein auf. Keiner muss fahren.«

»Ich glaube, es tut uns beiden gut, mal rauszukommen.«

»Und ich glaube, es tut uns beiden gut, einfach mal zu Hause zu bleiben. Du hast deinen Malkurs fertig. Ich stecke mitten in den stressigen letzten Tagen vor den Sommerferien. Und Tante Ria …«

»Tante Ria ist schon im Bett und träumt von ihren nächsten Ausflügen mit Ferman. Die freut sich, wenn wir was Schönes machen. Ach bitte! Tu es für mich!«

Marjolein seufzte ergeben. »Na schön! Aber wundere dich nicht, wenn ich vor Müdigkeit am Tisch einschlafe!«

Margreta schickte ihrer Tochter einen Kuss durch die Luft zu. Dabei nahm sie sich vor, Knutsen bei Gelegenheit den Hals umzudrehen.

Gleich hinter der Tür des »Rendezvous« wurden sie von einem Kellner mit glatt gegeltem schwarzem Haar in schwarzer Stoffhose und schwarzem Hemd an einem Stehpult empfangen. An seiner Brust pulsierte ein schwaches Lämpchen in einem herzförmigen roten Plastikanstecker, darunter war ein Namensschild befestigt, auf dem der Name »Franz« stand.

Franz musterte Margreta und Marjolein von unten bis oben. »Sie haben reserviert?«

»Auf Knutsen. Für zwei«, sagte Margreta.

»Für zwei. Was sonst!«, antwortete Franz, und Margreta fand, dass er dabei ganz schön hochnäsig klang.

»Wieso hast du denn auf Knutsen reserviert?«, zischelte Marjolein ihr ins Ohr, während der Kellner die Liste nach ihrem Namen durchforstete.

»Ist doch egal! Du heißt so«, raunte Margreta zurück.

»Für Knutsen haben wir nichts, tut mir leid!«, sagte Franz und musterte sie erneut von unten bis oben. Diesmal mit einer gewissen Genugtuung in seinem Blick.

»Gucken Sie bitte noch einmal unter Mai!«, sagte Marjolein und warf ihrer Mutter einen Blick zu, der ihr signalisierte, dass sie sie gerade sehr peinlich fand.

Der Kellner fuhr noch einmal mit seinem Finger über die Reservierungsliste. »Nein, tut mir leid, für Mai habe ich auch nichts!«

»Franz, jetzt geben Sie sich mal Mühe! Knutsen oder Mai. Acht Uhr. Zwei Personen. Das werden Sie finden können!«, schimpfte Margreta und trat zu ihm hinter das Pult, um selbst einen Blick auf die Liste werfen zu können.

Franz versah Margreta mit einem Blick, der besagte, dass er diese Sorte von Gästen, zu der Margreta gehörte, nicht ausstehen konnte. Dann seufzte er ergeben und setzte seinen Finger erneut auf das Blatt.

Doch Margreta hatte seine Aufgabe bereits erledigt. Sie tippte weit unten auf eine Stelle. »Da steht doch Knutsen!«

»Ja, aber der Tisch ist schon besetzt! Sehen Sie das Häkchen hier?«

»Ach was! Der ist für uns. Tisch 34? Danke, den finden wir schon!«, sagte Margreta, zog Marjolein mit sich und ließ den verdutzten Franz einfach stehen.

Das Licht im »Rendezvous« war gedämpft, der Raum durch mannshohe Trennwände in gleichgroße Nischen eingeteilt, an deren Gangseite jeweils ein kleines herzförmiges Licht angebracht war, etwas größer als das, was Franz an seiner Brust trug. Wenige Lichter pulsierten, die anderen leuchteten nur matt.

Margreta konnte dieses Erlebnis mit keinem Restaurantbesuch bisher vergleichen. Beim Durchgehen fiel ihr auf, dass die Tische in den Nischen für jeweils zwei Personen eingerichtet waren. Die Herzlampe tauchte auch in der Nischeneinrichtung wieder auf. Hier sorgte sie als Tischlampenvariante für romantisches Licht. Aus jeder Nische dudelte andere Musik.

»Wo sind wir denn hier reingeraten?«, fragte Margreta und hoffte, dass sie nicht auch noch Nischen mit Betten finden würde.

»Das ist das ›Rendezvous‹, Mama! Ich habe dir gesagt, dass das nichts für uns ist!«

»Kann ich Ihnen helfen?«, fragte ein Kellner, der plötzlich aus einem Gang trat und ihnen den Weg versperrte. Unter seinem pulsierenden Herz stand der Name Adriano.

»Ja, bitte, Adriano. Wir suchen Nische 34.«

»Aber gern. Bitte folgen Sie mir!«

»Puh, das ist gerade noch einmal gut gegangen«, sagte Margreta Minuten später, als sie mit Knutsen wieder auf die Straße trat.

»Ich hatte ernsthaft befürchtet, Marjolein könnte auf dem Absatz umdrehen, sobald sie uns sieht.«

»Du hast Glück, dass ich nicht umgedreht bin, sobald ich diesen Laden betreten habe!«, sagte Margreta und lachte.

Knutsen hielt sich den Kopf. »Wie Ole mich angesehen hat, als wir rein sind. Wenn ich nicht gewusst hätte, dass ihr im Anmarsch seid, ich hätte sofort Reißaus genommen.«

»Hoffentlich machen die beiden was draus«, meinte Margreta. »Sonst haben wir unsere Chance vertan!«

»Sie kriegen das schon hin«, meinte Knutsen und nickte zuversichtlich mit dem Kopf.

Am nächsten Morgen, Margreta goss gerade die Blumen in den Beeten an der Lokalterrasse, kam Knutsen um die Ecke.

»Hast du was gehört?«, fragte er und stellte sich neben sie, die Hände in den Hosentaschen, den Kopf nickend nach vorn gebeugt.

»Ihr Bett war leer«, sagte Margreta grinsend und schüttete den Rest Wasser aus der Kanne unter den Oleander.

»Ach was! Ein Hoch auf diesen absonderlichen

Romantikschuppen!«, sagte Knutsen und machte eine Faust zum Sieg.

Margreta trug ihre zwei Kannen zum Nebeneingang und schöpfte dort aus einer Regentonne neues Wasser.

»War eine tolle Idee. Gut gemacht, Jan!«, sagte sie angestrengt, während sie die vollen Kannen zum Beet zurückschleppte.

»Ja, eine Sorge weniger!«, sagte Knutsen und kratzte sich mit einer Hand am Hinterkopf.

»Ei, da isser ja!«, hörten sie plötzlich Tante Rias Stimme. »Herr Kommissar, dass ich Sie noch treffe!«

»Und da kommt bereits die nächste!«, ächzte Margreta und stellte das Wasser mit Schwung ab, sodass es über- und Knutsen auf die Schuhe schwappte.

Knutsen machte erschrocken einen Satz zur Seite.

»Selbst schuld. Sie hätte ihr die Kanne ja auch abnehme könne, Herr Kommissar! Sie sind wohl kei Kavalier!«

Margreta versuchte, sich ein Grinsen zu verkneifen, und nahm eine der Kannen wieder hoch, um zu gießen.

Knutsen sah irritiert zwischen den Gießkannen und Tante Ria hin und her. Dann griff er die zweite. »Wo soll ich nass machen?«

Margreta zeigte auf das nächste Beet. »Wenn du da anfängst. Das ist das letzte.«

»Mach ich gern«, sagte Knutsen gönnerhaft und zog mit seiner Gießkanne zu dem Beet herüber.

Tante Ria stellte sich neben ihn und kontrollierte, wie er sich beim Blumengießen anstellte. »Aber net mit so e Schwung! Sie spüle ja die ganze Erd vom Liesche fort!«, kommentierte sie, während sie sich breitbeinig auf ihren Gehstock stützte.

Knutsen gab sich redlich Mühe, seine Sache besser zu machen. Als er seine Kanne leer gegossen hatte, hob er sie kopfüber in die Luft und sah ratlos zu Margreta rüber. »Und was jetzt?«, rief er.

»Hol dir neues Wasser!«, sagte sie und wies Richtung Regentonne.

Als auch die letzte Blume im Beet im Wasserbad schwamm, rief er stolz: »Fertig!«

Tante Ria sah ihn kopfschüttelnd an. »Sie habe noch net viel mit Garte zu tun gehabt, was?«

Knutsen zuckte bedauernd die Schultern.

»Na, wenn Margreta damit zufriede ist!«, sagte sie kopfschüttelnd und ging zu einer der Tischgruppen hinüber, um sich dort auf eine Bank zu setzen. Knutsen setzte sich auf eine andere ihr gegenüber.

Und während Margreta noch einige Blütenblätter zusammenfegte, saßen sie sich stumm gegenüber. Dann räusperte sich Tante Ria.

»Sie wisse aber, dass ich eigentlich net wegen der Margreta herkomme bin, oder?«

»Ach, nicht?«, antwortete Knutsen überrascht.

»Ich wollte ja eigentlich zu Ihne!«

»Zu mir?« Knutsen zeigte erstaunt auf seine eigene Brust.

Tante Ria sah entrüstet zu Margreta, die fertig mit dem Aufräumen und gerade auf dem Weg zum Nebeneingang war. »Ei, Kind! Hast du dei Kommissar denn noch nichts von meim Trickbetrüger Justus erzählt?«

»Bin gleich zurück!«, rief die. »Ich hole nur Wasser und einen Kaffee für uns alle.«

Margreta feixte. Endlich bekam Tante Ria Gelegenheit, ihre Geschichte aus dem Vogelsberg bei Knutsen loszuwerden. Margreta ließ sich deshalb viel Zeit bei der Zubereitung der Getränke.

Als sie schließlich wieder zu ihnen stieß, traute sie ihren Ohren nicht. Die Geschichte, die Tante Ria zum Besten gab, hatte sie in dieser Art noch nie gehört. Staunend setzte sie sich dazu.

Tante Ria erzählte gerade, dass sie schon immer auf die Gelegenheit gewartet hatte, einen dieser Enkeltrickbetrüger auffliegen zu lassen. »Wozu ist man denn so alt geworde? Sie könnte das mit ihre junge Jahre ja gar net mache, Herr Kommissar!«, sagte sie, und Knutsen nickte brav.

Von all den Aufklärungskampagnen in dieser Sache hielt sie aus eigener Erfahrung nichts.

»Wisse Sie, Herr Kommissar. Bei uns im Bäckerladen im Vogelsbersch, da stehe die alte Leut immer lange rum. Und da hab ich schon so viel auf sie eingeredet. Aber ach, Sie wisse ja, wie stur die alte Leut sein könne! Die habe mich nur blöd angeglotzt und nix dazu gesagt. Ich tät mich nich wunnern, wenn jeder Einzelne von ihne auf so e Betrüscher reinfalle tät!«

Und dann beschrieb sie, wie sie ihr Glück kaum fassen konnte, als eines Tages jener Justus bei ihr anrief. »Ich wusste sofort, jetzt hat sei letzt Verbrecherstündche geschlage! Sie könne sich net vorstelle, wie ich ihn an der Nas herumgeführt hab!«

Sie hätte ihn mit ihrem Gerede über Apfelwein ganz durcheinander- und anschließend mit viel Fingerspitzengefühl auf ihre Reiseträume gebracht. »Der hat sofort angebisse! Wie e Hai ins Surfbrett, der feine Herr Justus! Der wusst ja net, mit wem er es da zu tun hat! Ich hab sogar inkognido mei Familiensilber verkauft. Und vor mei Dochter Trudi so getan, als wär ich so e blöd Kuh, mit der man so was mache kann. Und was meine Sie? Mei ganz Rechnung ging auf!« Sie sah Knutsen stolz an. »Sie finde doch auch, dass ich e verdammt gut Spürnas bin, oder?«

Knutsen sah zu Margreta und dann wieder zu Tante Ria. »Ich bin nicht sicher, ob ich das alles richtig verstanden habe, Frau Lewelt. Weswegen wollten Sie zu mir?«

»Na, weil unser Dorfpolizist, der Hannes, der hat das net so mit de Verbrecherjagd. Und Sie, Sie sind da doch de Spezialist!«

»Und was genau kann ich da für Sie tun?«, fragte er, und Margreta sah, dass Knutsen das Kompliment von Tante Ria gut ertragen konnte.

Tante Ria seufzte. »Ach, Herr Kommissar, da komme Sie nun etwas zu spät! Mei Trudi hat angerufe, dass mei Plan aufgange ist. Der Justus ist bereits festgenomme! Und stelle Sie sich vor, der heißt gar net Justus!«

»Wuff!« Miss Pitty stellte sich in angespannter Haltung vor Knutsen auf.

»Ei, was hat mei Klei denn?«, fragte Tante Ria und klopfte auf ihre Oberschenkel. »Komm mal her zu mir!«

Doch Miss Pitty ließ sich nicht ablenken. »Wuff!«, machte sie noch einmal.

Ferman versuchte, sie sanft zurückzuziehen, doch Miss Pitty stemmte sich dagegen und blieb, wo sie war. »Ich verstehe das nicht, was hat sie denn?«, fragte er kopfschüttelnd.

Knutsen zog seine Beine noch weiter unter die Bank.

»Hast du was Essbares dabei?«, fragte Margreta.

Knutsen griff sich in die Hemdtasche und zog eine zerbeulte Papiertüte heraus.

»Nur meine Stulle für heute Vormittag.« Knutsen grinste verlegen.

»Wuff!«, machte Miss Pitty.

»Den Brate hat sie geroche!«, meinte Tante Ria und nickte.

Knutsen steckte die Tüte zurück.

»Wuff, wuff«, erhöhte Miss Pitty ihren Einsatz.

»Was ist denn da drauf?«, fragte Ferman.

»Leberwurst.«

»Oh, ihre Lieblingswurst!«, sagte Ferman und seufzte.

»Da kommst du jetzt nicht mehr drum herum«, sagte Margreta verschmitzt.

»Worum?«

»Na, es mit ihr zu teilen!«

»Du spinnst wohl!« Knutsen schüttelte entrüstet den Kopf.

»Na, da hat sie schon recht!«, mischte sich Tante Ria ein. »Was komme Sie auch ausgerechnet mit Leberwurst hier an.«

»Tss!«, machte Knutsen.

»Wuff!«, machte Miss Pitty.

»Na gut!«, sagte Knutsen und zog sein Brot wieder aus der Tasche.

Und während er sein Brot an Miss Pitty verfütterte, kam Grete Siebenhus um die Ecke. Knallgelbe Armreife, jeder mindestens einen Zentimeter breit, ergänzten ihren heute sportlichen Stil. Auf meerblauen Leggings trug sie ein gelb-rosa diagonal gestreiftes T-Shirt, auf dem mit blauen Pailletten »Sports College Idaho« geschrieben stand. Das Blau wiederholte sich in ihren Turnschuhen und ihrem Lidschatten, das Rosa in ihrem Lippenstift und ihren Knöchelwärmern und die gelbrosa Streifen auf ihren Fingernägeln.

»Juchuuh!«, rief sie. »Da seid ihr ja!« Sie strahlte.

»Moin, Frau Siebenhus!«, begrüßte sie Margreta.

»Moin, Frau Mai!«, fertigte Grete Siebenhus sie schnell ab und schenkte dann Knutsen ihre ganze Aufmerksamkeit. »Und der Herr Kommissar ist auch da. Wie schön!«

Knutsen rang sich ein kurzes Lächeln zur Begrüßung ab.

»Ich hoffe, Sie haben den Mann von der Frau, die nicht schwimmen konnte, nicht zu früh freigelassen, Herr Kommissar. Ich habe noch nicht gehört, dass Sie schon einen anderen haben!«, rief sie ihm zu.

»Nein, es ist alles in Ordnung mit dem freigelassenen Tatverdächtigen, Frau Siebenhus«, beruhigte Knutsen sie.

»Sind Sie sicher?«

Er nickte.

»Da will ich Ihnen aber sagen, dass ich von einer Frau im Supermarkt gehört habe, dass ihre Bekannte ihr ganz im Vertrauen erzählt hat, dass sie jemanden kennt, der meint, dass Sie jetzt wieder einen Mann suchen. Einen dicken Mann. Jedenfalls soll er nicht dünn sein. Und nicht groß. Und als ich wieder zu Hause war, habe ich gleich bei meiner Nachbarin geklingelt. Die hatte zwar telefoniert, aber als sie gesehen hat, dass ich so aufgeregt war, da hat sie sofort das Gespräch beendet. Das war auch gut so, denn dann konnte sie gleich ihre Freundin anrufen.«

Und an Margreta gewandt sagte sie: »Du weißt schon, Frau Mai. Die Freundin, die den Arbeitskollegen ihres Cousins kennt, der die Tochter mit dem komischen Namen hat. Pumilla oder so ähnlich.«

Margreta nickte. »Das Mädchen, das beim Friseur in der Kahlhorststraße war, richtig?«

»Ach, Frau Mai, du bringst ja alles durcheinander. Ihre Freundin war bei dem Friseur, nicht Pumilla! Pumilla geht nicht zum Friseur!«

»Ach so, das habe ich nicht gewusst«, sagte Margreta und versuchte, sich ein Grinsen zu verkneifen.

»Na, es hat zwar ein wenig gedauert, aber irgendwann hatte die Freundin jemanden erreicht, der meinte, den Winter schon mal gesehen zu haben. Und von dem wissen wir, dass der Winter auch etwas dick ist. Und nicht so groß!« Sie sah Knutsen erwartungsvoll an.

Doch der reagierte nicht, sondern kraulte seelenruhig Miss Pittys Nacken.

»Sind Sie jetzt nicht beunruhigt, Herr Kommissar?«, fragte Grete Siebenhus.

»Ne!«, antwortete er, ohne hochzugucken.

Grete Siebenhus schnappte nach Luft. »Also, eins sage ich Ihnen, Herr Kommissar! Meine Nachbarin, ihre Freundin und ich sind uns einig, dass Sie den Winter besser hätten behalten sollen, solange Sie noch keinen anderen haben! Wo er so gut zur Personenbeschreibung passt!«

»Ich danke Ihnen für den Rat, Frau Siebenhus«, sagte Knutsen und sah Miss Pitty lächelnd hinterher, die von Ferman mit einem Leckerli angelockt wurde. »Ich werde das mit meinem Team besprechen!«

Als Grete Siebenhus auf einmal bemerkte, dass Knutsen nicht mehr mit dem Hund beschäftigt war, sah sie sich um. Und als sie feststellte, dass Tante Ria und Ferman im Begriff waren, das »Radieschenheim« zu verlassen – Tante Ria stand schon auf dem Zibbelsring, und Ferman und Miss Pitty waren auf dem Weg dorthin –, stieß sie einen Schrei aus. »Halt! Wo wollt ihr denn hin?«, rief sie ihnen hinterher. »Ich hatte mir fest vorgenommen, euch heute nicht zu verlieren!«

Margreta und Knutsen sahen der mit den Armen wedelnden Grete Siebenhus hinterher und lachten. Dann sah Knutsen auf die Uhr.

»Ich muss dann jetzt auch los. Der nicht so dicke und nicht so große Mann wartet auf mich«, sagte er grinsend.

Margreta räumte die Gläser und Kaffeetassen auf das Tablett und sammelte die leere Brottüte ein.

»Brauchst du ein Ersatzfrühstück?«, fragte sie.

Er wägte ab. »Wäre nicht schlecht. Ich meine, was hast du denn?«

»Du meinst, was ich habe, was du auch isst?«

»Hmm«, antwortete er nur.

»Leberwurst habe ich zwar nicht. Aber eine Scheibe Schinken immer. Und Brot auch.«

Er folgte ihr in die Küche, setzte sich an den Tisch und sah zu, wie Margreta zwei Brotscheiben auf ein Brett legte.

»Auch Salat? Tomate? Gurke?«

Er schüttelte den Kopf. »Du gibst nicht auf, oder?«

»Nie!« Margreta lachte und holte die Butter aus dem Kühlschrank. »Stimmt das, dass ihr eine bestimmte Person sucht?«, fragte sie dann.

Er nickte. »Allerdings nicht mit der Beschreibung, die Frau Siebenhus abgeliefert hat!«

»Das war ja keine.«

»Vor allem war sie komplett falsch!«

Margreta lachte. »Das sieht ihr ähnlich!« Sie verteilte Schinken auf die eine Brotscheibe. »Wenn *nicht so dick* und *nicht so groß* komplett falsch ist, wie du sagst, sucht ihr dann einen schlanken großen Mann?« Margreta legte das zweite Brot auf das erste. Und erst als sie beide in zwei Hälften geteilt hatte, sah sie zu Knutsen.

Der hatte zwischenzeitlich seinen Ellenbogen auf den Tisch gestützt und sein Kinn zwischen Daumen und Zeigefinger gelegt und grinste sie an. »Du passt gut auf!«

»Das war nicht schwer!«, antwortete sie.

Er nickte und sah auf einmal ernst aus. »Es stimmt. Wir halten Ausschau nach einem großen, schlanken

Mann. Das haben die Zeugenaussagen ergeben. Leider hat keiner sein Gesicht gesehen.«

Margreta zog eine Papiertüte aus einer Schublade. Knutsen griff danach und packte sein Brot ein.

»Danke für die Schinkenstulle!«

»Gern!«, sagte Margreta und lächelte. »Und danke für dein Vertrauen!«

Er stand auf. »Nachdem selbst Frau Siebenhus davon weiß, dass wir nach einem bestimmten Typ Mann fahnden, habe ich wohl kein großes Geheimnis mehr verraten!«

KAPITEL 17

»Hast du dich entschieden wegen des Salbeifestes? Machen wir es oder nicht?«, fragte Valerie.

»Wir machen es!«, sagte Margreta und schaute mit tränenden Augen vom Zwiebelschneiden hoch.

»Dann schlage ich vor, dass wir die Werbetrommel kräftig rühren! Mein geliebter Ehemann kann seine Nase aus seinen Buddelschiffen holen und sich zur Abwechslung mal an den Computer setzen. Wir können ein Plakat von innen und außen ins Türfenster hängen. Wir können Aufsteller für die Tische machen. Und in der Siedlung Flyer verteilen. Was hältst du davon?«

Margreta schniefte. »Hört sich fantastisch an. Und wann machen wir es?«

»Von mir aus schon am nächsten Samstag. Da fangen die Ferien an, da werden bestimmt viele Radieschenheimer mehr Zeit im Garten verbringen.«

»Abgemacht!«, sagte Margreta und wischte sich mit dem Handrücken über die Augen.

»Margreta? Kind?«, erscholl es in dem Moment aus dem Gastraum.

»Ich komme!«, rief Margreta zurück, legte ihr Messer hin und stand auf.

Tante Ria stand auf ihren Gehstock gestützt im Eingang, davor warteten Ferman und Miss Pitty.

»Komm schnell, Kind. Wenn dich die Siebenhus

frage tut, ob du uns gesehen hast, dann sagst du, dass du mich nach Wulfsdorf gefahren hast. Und den Ewald hast du am beste seit heut Morge net gesehen, verstande?«

Margreta nickte und grinste. »Wieder auf der Flucht?«

»Ja«, sagte sie und rollte mit den Augen.

»Und wo seid ihr wirklich?«

Tante Ria sah zu Ferman, dann wieder zu Margreta. »Wir wolle die Lisbeth besuche fahre. Der Bert Rogge will sich den Günni mal ansehen!«

Margreta nickte. »Na gut. Bringt Ewald dich wieder hierher?«

Tante Ria sah wieder zu ihm.

»Ich werde sie entweder hierher oder nach Wulfsdorf fahren. Du brauchst dich nicht nach uns zu richten!«

»Alles klar!« Margreta wünschte den beiden einen schönen Tag und kehrte dann lächelnd in die Küche zurück.

Gemeinsam bewirteten sie die Mittagsgäste im »Radieschenheim« und rührten bereits kräftig die Werbetrommel für ihr Fest.

»Am nächsten Samstag steigt unser Sommersalbeifest!«, verkündete Margreta lachend.

»Ab morgen haben wir auch Flyer und Plakate«, versprach Valerie.

»Die Leute freuen sich richtig drauf!«, sagte Margreta, als sie die Küche aufräumten.

Als sie fertig waren, setzten sie sich für eine Pause gemeinsam auf die Terrasse.

»Ich werde gleich schon mal mit Entwürfen für unser Plakat anfangen«, sagte Valerie und reckte ihr Gesicht mit geschlossenen Augen in die Sonne.

»Hmm«, sagte Margreta, die sich einen Platz im Schatten gesucht hatte und in die Tageszeitung schaute.

Valerie sah kurz zu ihr. »Meinst du, wir sollen es auch in der Zeitung bewerben?«

Margreta sah kurz auf. »Ach, das brauchen wir nicht. Das wird sonst zu groß. Lass uns erst mal probieren, wie so ein Abend überhaupt ankommt.«

»Hast recht!«, sagte Valerie und reckte ihr Gesicht wieder in die Sonne.

»Frau Maaii!«, erscholl es im nächsten Moment vom Zibbelsring her.

»Oh nein, Frau Siebenhus!«, murmelte Margreta und sah auf.

Valerie stand auf. »Ich setze mich dann mal an die Entwürfe. Viel Spaß!«, sagte sie und warf Margreta eine Kusshand zu.

»Frau Mai! Da bist du ja!«

Margreta lächelte. »Was gibt es, Frau Siebenhus?«

»Davon abgesehen, dass ich gehofft hatte, deine Tante und Ewald hier zu finden, habe ich dir den hier mitgebracht. Ich habe ihn gefunden. Er stand ganz verlassen am Eingang zu unserem Kleingartenverein! Hinter unserem großen ›Radieschenheim‹-Schild versteckt. Als hätte er was ausgefressen!«

Und damit schob sie den Jungen vor, der sich bis dahin hinter ihr versteckt hatte.

»Lasse!«, rief Margreta.

»Er hat gesagt, er wollte zu dir, Frau Mai! Stimmt das auch?«

»Alles richtig, Frau Siebenhus. Vielen Dank, dass Sie ihn mir vorbeigebracht haben.«

Sie sah sich um. »Deine Tante ist nicht zufällig hier?«

»Nein. Sie hatte Kopfschmerzen. Da habe ich sie nach Wulfsdorf gebracht.«

Frau Siebenhus sah für einen kurzen Moment enttäuscht aus, dann entspannten sich ihre Gesichtszüge wieder. »Na ja, dann richte ihr gute Besserung aus, Frau Mai! Ist sowieso besser, wenn ich jetzt nach Hause fahre. Dann brauche ich meine Maniküre nicht abzusagen. Ich wollte morgen nämlich nicht schon wieder Gelb tragen! Auf Dauer ist das ja nicht schön! Oder was meinst du, Frau Mai?«

»Ach, da fragen Sie die Falsche. Ich trage am liebsten Natur!«, sagte Margreta und zeigte ihr ihre unlackierten Fingernägel.

Als Grete Siebenhus sich wieder verabschiedet hatte, bot Margreta Lasse eine Limonade an. Und als sie damit auf die Terrasse zurückkehrte, fand sie den Jungen neben der Forsythie am Ausgang zum Zibbelsring stehen. Dabei luscherte er um die Ecke.

»Na? Erwartest du noch jemanden?«, fragte Margreta.

Der Junge blickte zu Boden. »Nein«, sagte er leise. »Ich habe nur was geguckt.«

»Na, komm her, setz dich zu mir«, lud sie ihn neben sich auf die Bank ein.

Doch Margreta merkte, dass er auch in ihrer Nähe nicht ruhiger wurde. Er knibbelte am Flaschenetikett der Limonade und sah immer wieder hoch Richtung Zibbelsring.

Margreta sah sich das eine ganze Weile an, dann hatte sie eine Idee.

»Hast du Lust, mal meinen Garten zu sehen? Er ist ganz privat. Dort darf niemand hin. Außer ich lade ihn ein!«

Der Junge nickte und stand direkt auf.

Er folgte ihr am Nebeneingang vorbei durch die Pforte mit dem von Marjolein bunt bemalten Schild mit dem Wort »Privat«.

Margreta steuerte auf den Kräutergarten hinter den Fliederbeerbüschen zu, wo immer noch die Gartenbank stand. »Nun sind wir ganz ungestört. Ist es hier nicht schön?«

Lasse nickte und sah sich um.

»Du kannst gern ein paar Blätter zupfen oder mit deiner Hand darüberstreichen. Die Kräuter riechen ganz toll.«

Lasse sah sich erst noch einmal um, dann kniete er sich hin und hielt seine Nase dicht über die Stauden.

»Berühre sie ruhig, das tut ihnen nichts. Dann riechen sie noch viel besser!«, sagte Margreta.

Ganz zaghaft probierte er es aus.

»Und? Welche gefällt dir am besten?«, fragte sie, als er lächelnd hochsah.

»Die da!«, sagte er und zeigte auf den Zitronenthymian, der sich in diesem Sommer bereits wieder ein gutes Stückchen Garten erobert hatte. »Die riecht wie meine Limonade!«

Margreta lachte. »Toll, ne? Oder guck mal die da!«, sagte sie und zeigte auf eine grüne Pflanze, die etwas abseits in einem eingegrabenen Eimer wuchs.

»Hmm. Die riecht ja wie Kaugummi!«

»Das ist Pfefferminz! Pflück dir ruhig einen Stängel von beidem ab. Dann kannst du sie mit nach Hause nehmen.«

Lasse nickte und setzte sich neben sie auf die Bank. Immer wieder hielt er seine Nase in den kleinen Kräuterstrauß.

Als er wieder anfing, sich umzuschauen, wurde Margreta endgültig misstrauisch.

»Sag mal. Ist alles in Ordnung bei dir, Lasse?«, fragte sie.

Er nickte.

»Also, wenn du mich fragst, dann machst du dir irgendwelche Sorgen.«

Er schüttelte den Kopf.

»Und warum schaust du dich ständig um?«

Er steckte seine Nase für eine ganze Weile in seinen Kräuterstrauß. Dann sah er sie an.

»Also doch?«, fragte sie.

Er nickte.

»Willst du mir erzählen, was dich bedrückt?«

Erst sah er sich noch einmal um, dann nickte er wieder.

»Da gibt es diesen Mann«, sagte er ganz leise.

»Was für einen Mann?« Margreta horchte auf.

»Der sucht mich! Vor ihm verstecke ich mich. Bis meine Mutter nach Hause kommt.«

»Was ist das für ein Mann? Kennst du ihn?«

Er schüttelte den Kopf. »Aber er hat gesehen, dass ich ihn gesehen habe.«

»Und was will er von dir? Warum sucht er dich denn?«

Lasse schwieg und steckte seine Nase wieder in den Kräuterstrauß.

»Du hast dich im Schuppen vor ihm versteckt«, meinte Margreta nachdenklich und sah zu den Hummeln, die sich auf den Blüten tummelten. »Aber wieso nicht zu Hause?«

»Er weiß ja, dass ich da wohne. Weil er mich da gesehen hat.«

»Bist du denn allein im Haus?«

»Ja. Bis um vier. Dann kommt meine Mutter.«

Margreta nickte und überlegte. Hatte der Junge etwa den Mörder beobachtet? »Wann hat er dich denn gesehen?«, fragte sie leise.

Lasse sah Margreta an. »Neulich. In der Nacht.«

»Hast du gesehen, dass er die Frau überfahren hat?«

Lasse nickte und steckte seine Nase wieder in den Kräuterstrauß.

»Wie sah er aus?«

»Er war sehr groß. Und dünn.«

»Hast du sein Gesicht gesehen?«

Lasse nickte.

Margreta überlegte fieberhaft, was sie tun sollte. Direkt zu Knutsen ins Behördenhochhaus? Es war halb vier. Lasses Mutter würde ihn bald vermissen. Margreta war das sicherlich nicht erlaubt. Zu Lasse fahren und dort auf die Mutter warten? Was wäre, wenn sie noch einkaufen ginge? Zu viel Zeit würde verstreichen. Sie entschied, Knutsen um Rat zu fragen.

»Komm mit!«, sagte sie zu Lasse und ging mit ihm zurück auf die Terrasse. »Valerie?«, rief sie.

Ihre Freundin steckte den Kopf zur Tür hinaus.

»Kannst du einen Augenblick nach Lasse gucken? Geh mit ihm am besten in die Küche. Ich muss dringend telefonieren!«

Knutsen und Fink kamen etwa eine Viertelstunde, nachdem Margreta Knutsen angerufen hatte. Eine Kinderpsychologin kam kurz darauf. Sie setzten sich mit Margreta an einen Tisch und warteten auf Lasses Mutter. Lasse war derweil mit Valerie in der Küche. Sie buken Schokoladenkekse. Für den Abend hatte Margreta das »Radieschenheim« für geschlossen erklärt. Einen entsprechenden Hinweis hatte sie bereits an die Tür gehängt.

Margreta machte Knutsen ein Zeichen, dass er ihr folgen sollte. Er stand auf.

»Es ist ganz sicher Karkhoff! Warum schickst du nicht schon eine Streife zu ihm?«

Knutsen sah sie überrascht an. »Nanu? Auf einmal so misstrauisch ihm gegenüber? Nur weil er groß und schlank ist?«

»Aber er hat es doch getan!«

Knutsen hob die Hände. »Ganz sutsche, Margreta. Erst hören wir mal, was der Junge uns zu erzählen hat. Und dann werden wir darüber nachdenken, wer zu verhaften ist.«

»Aber die Zeit läuft davon. Wenn Grete Siebenhus schon weiß, dass ihr wisst, wie der Täter aussieht, warum sollte er es nicht erfahren?«

»Wenn es dich beruhigt. Es ist bereits eine Streife zu ihm unterwegs.«

Margreta atmete auf. »Na, dann ist ja gut.«

»Allerdings nicht wegen des Mordes. Sondern wegen des unerlaubten Besitzes von Rauschmitteln.«

Margreta sah ihn fragend an.

»Wie bei der Obduktion herauskam, hat Karkhoff tatsächlich etwas Azteken-Salbei in sein Gebräu gemischt, das er auf Kronecks Party ausgeschenkt hat. Nicht viel, aber bei Frau Dutt-Winter war es nachzuweisen. Und die anderen, die davon getrunken haben, erzählten auch, dass sie sich nach dem Genuss des Salbeibiers auf merkwürdige Art berauscht gefühlt hatten.«

Margreta dachte nach. »Aber da hast du es. Er hat sie auf dem Gewissen! Weil ihr Mann berauscht war, als er ins Auto gestiegen ist …«

»… hat er sie aus Versehen überfahren?« Knutsen schüttelte den Kopf. »Nein. Sigvard Winter war es nicht! Er ist nicht mit dem Auto gefahren.«

»Dann war es Karkhoff selbst! Er ist ebenfalls für eine geraume Weile von der Party verschwunden. Mit der Uhlig zusammen.«

»Für ein lauschiges Schäferstündchen am Kleinen See, ja. Sie wurden gesehen, Margreta! Er kann schlecht an zwei Orten gleichzeitig sein.«

»Aber …« Dann schwieg Margreta.

Als Lasses Mutter eintraf, war sie den Tränen nah.

»Wo ist Lasse? Geht es ihm gut?«

Die Polizisten beruhigten sie, dass Lasse gerade Kekse backe und nicht viel von der Aufregung wisse.

»Wie ich Ihnen schon am Telefon erklärt habe, Frau Lund, brauchen wir Ihr Einverständnis, dass unsere Kinderpsychologin mit Lasse reden darf. Er hat Frau Mai erzählt, dass er den Mörder gesehen hat. Wir würden gern mit ihm sprechen. Sie dürfen natürlich dabei sein und es jederzeit unterbrechen«, erklärte Knutsen.

Die Frau nickte. »Natürlich. Mein armer Lasse. Wie viel Angst er gehabt haben muss!«, sagte sie besorgt. »Darf ich meinen Jungen jetzt sehen?«

Margreta ging zu Valerie hinein, während die Psychologin mit Lasse redete.

»Karkhoff war es nicht!«

Valerie strich ihr über die Schulter. »Aber das ist gut so. Stell dir vor, du hättest mit einem Mörder geflirtet!«

»Hmm«, machte Margreta. »Aber er hat Rauschmittel in sein Bier gemischt! Deshalb wurde er verhaftet.«

»Ach du liebe Zeit! Was denn?«, rief Valerie.

»Stell dir vor: Salbei. Einer mit berauschender Wirkung.«

»Hast du den auch im Garten?«

»Bist du verrückt? Der ist verboten!«

»Wirklich? Es gibt einen berauschenden Salbei?«, wiederholte Valerie nachdenklich. »Und dabei habe ich gedacht, nur du bist im Salbeirausch!«

Wenig später klopfte Knutsen an die Küchentür. »Wir sind fertig, Margreta. Vielen Dank, dass wir die Befragung hier durchführen konnten.«

»Kein Problem«, sagte Margreta. »Und wie geht es jetzt weiter?«

»Der Junge fährt zusammen mit seiner Mutter mit uns ins Behördenhochhaus. Dort werden wir ein Phantombild anfertigen lassen.«

»Um Gottes willen. Ist das nicht alles zu viel für ihn?«

»Er lebt seit Tagen in Angst, Margreta. Er hat mit niemandem über das, was passiert ist, gesprochen. Ich habe das Gefühl, jetzt, wo alles raus ist, möchte er, dass der Spuk möglichst schnell vorbei ist.«

»Kann ich mitfahren?«, fragte Margreta.

Knutsen sah sie nachdenklich an. Dann sagte er: »Der Junge hat darum gebeten. Und ich habe noch jede Menge Fragen an dich!«

Margreta setzte sich auf den Drehstuhl gegenüber von Knutsens Platz und wartete. Knutsen selbst holte noch zwei Becher Kaffee, den es im Behördenhochhaus nur aus dem Automaten gab.

»Wie lange dauert denn die Anfertigung so eines Bildes?«, fragte Margreta, als er zurückkam.

»Kommt ganz auf den Jungen an«, sagte er und setzte sich. Dann holte er sein Handy raus und legte es auf den Schreibtisch.

»Erzähl mir mal, wie du auf den Jungen gekommen bist.«

»Na, du weißt, da war dieser Wilde Salbei. Den hatte ich dir gezeigt!«

»Ach ja, der Wilde Salbei!«, sagte Knutsen. »Am Thema Salbei kommen wir zwei wohl nicht mehr vorbei, was?«

In der nächsten Stunde berichtete Margreta Knutsen, wie sie erst Günni kennengelernt hatte und dann auf Lasse gestoßen war. Knutsen musste so manches Mal nachfragen, bis er die Zusammenhänge verstand, die von einer einfachen Salbeipflanze zur Lösung seines Mordfalls führten. Er bekam einen richtigen Lachanfall, als er erfuhr, dass Tante Ria und Ferman an dem Abend, an dem er sie in der Siedlung getroffen hatte, nicht wegen des Mordfalls, sondern wegen Günni unterwegs waren. Schließlich bedankte er sich bei Margreta dafür, dass sie den Malkurs besucht hatte. »Denn ohne deinen Wilden Salbei wären wir wohl nicht auf den Jungen gekommen. Bei der Befragung der Eltern ist nämlich nichts herausgekommen.«

Schließlich klopfte es an Knutsens Bürotür, und ein Polizeibeamter brachte eine Umschlagmappe.

»Ist der Junge schon weg?«

»Ja, er und seine Mutter sind nach Hause gefahren!«

»Na, dann wollen wir doch mal sehen!«, sagte Knutsen, als der Polizeibeamte wieder verschwunden war. Er nahm die Mappe hoch und öffnete sie. »Hmm!«, sagte er. »Kommt mir erst einmal nicht bekannt vor. Da müssen wir wohl einen Abgleich mit der Verbrecherkartei machen.«

Er legte die Mappe hin.

Als Margreta die Zeichnung sah, stieß sie einen Schrei aus.

»Was ist, Margreta!« Knutsen fuhr erschrocken hoch. »Kennst du ihn etwa?«

Margreta nickte. »Es ist Hans Junker! Mein Mallehrer!« Ihr war übel. »Kann ich was zu trinken haben?«

Knutsen hob den Hörer ab und drückte eine Taste. »Magnus, komm her. Und bring ein Glas Wasser mit. Wir haben ihn!«

KAPITEL 18

Seit Margreta den Mann auf dem Phantombild als Hans Junker identifiziert hatte, ging es in Knutsens Büro zu wie im Taubenschlag. Kollegen von Knutsen kamen und gingen. Gefühlte tausend Fragen wurden gestellt, und mit ihrer Beantwortung tauchten immer wieder neue auf. »Wer hat ihn nach Lübeck eingeladen? Und wer an die Schule am Vogelsang? Wo war Hans Junker während seines Aufenthalts untergebracht, wann hat er dort ein- und ausgecheckt? Gibt es irgendeine offensichtliche Verbindung zwischen der Toten und Hans Junker, und wurden Sigvard Winter und Philipp Berthold zur erneuten Befragung einbestellt?«

Alles kreiste darum, den einen Zusammenhang zwischen dem berühmten Maler und der Rektorin der Schule am Vogelsang aufzudecken, der ein Tatmotiv aufzeigen könnte.

Margreta konnte kaum etwas zur Beantwortung all dieser Fragen beitragen. Sie erzählte, wie er im Kunstkurs aufgetreten war, was sie vom Vortrag wusste und dass er nach dem letzten Kursabend direkt nach Hause gefahren war.

Sie bekam mit, dass die Polizei in Wilhelmshaven eingeschaltet wurde und dass Junker zu Hause nicht anzutreffen war. Eine Nachbarin hatte gesagt, dass sie ihn am Samstagmorgen mit einem großen Koffer in ein Taxi hatte steigen sehen. Der Taxifahrer erzählte, dass er ihn zum Bahnhof gefahren hätte. Die Bank gab darüber Auskunft, dass am Samstag am Bankschalter neben dem Bahnhof 1.000 Euro von seinem Konto abgehoben worden waren. Das sei die letzte Buchung gewesen. Ab dann verlor sich seine Spur.

Bevor Margreta von einem Streifenwagen nach Hause gebracht wurde, bat Knutsen sie, das Gehörte vertraulich zu behandeln und dies auch Valerie auszurichten.

Als sie zu Hause war, zog sie sich auf die Terrasse zurück. Sie machte es sich in einem Liegestuhl gemütlich und genoss den leichten Wind, der durch ihren Garten wehte. Ein paar Vögel stritten sich im Kirschlorbeer. Eine Katze schlich über den Rasen. Margreta ließ den Blick schweifen.

Wo Tante Ria blieb, konnte sie nicht sagen. Ferman hatte versprochen, sie nach Hause zu bringen. Und sie vertraute darauf, dass dies eher früher als später passieren würde, denn Tante Ria wurde immer sehr früh müde.

Von Marjolein hatte sie seit dem gestrigen Abend im »Rendezvous« bis auf eine Handynachricht, in der sie ein großes Herz und ein Danke geschickt hatte, noch nichts gehört.

Als ihr Telefon im Wohnzimmer klingelte, stand sie auf und ging ran. Es war Valerie.

»Ist alles in Ordnung bei dir? Wie war es auf dem Präsidium? Soll ich vorbeikommen?«

Noch bevor Valerie eintraf, kam Tante Ria nach Hause. Sie wirkte zufrieden und glücklich, wenn auch hundemüde.

»Ich war mit Ewald in Travemünde. Am Meer! Wir habe e Fischbrötche gegesse! Und in einem Strandkorb gesesse. Und dann …« Sie gähnte. »Ach, was wir sonst noch gemacht haben, das erzähle ich dir ein andermal. Und damit ließ sie Margreta stehen und ging ins Gästezimmer. In der Tür drehte sie sich noch einmal um. »Morgen früh holt mich Ewald schon um acht Uhr hier ab! Also vergiss net, mich zu wecke!«

Als Margreta wieder auf der Terrasse saß, hörte sie, wie noch einmal Türen klappten und die Klospülung ging. Und dann hörte sie nichts mehr von ihrer Großtante.

Valerie hatte eine Flasche Apfelcidre mitgebracht. Und einen Flyer, der das Sommersalbeifest bewarb. Sie zeigte ihn, noch bevor sie sich hingesetzt hatte.

»Sieht toll aus!«, sagte Margreta, doch ihre Freundin bemerkte sofort, dass sie etwas bedrückte.

»Was ist los, Margreta? Wen hat Lasse gesehen? War es doch Karkhoff? Oder gar Winter?«

Margreta presste kurz die Lippen fest aufeinander. »Es ist Hans Junker! Mein Mallehrer«, sagte sie dann.

»Oh nein!«

Margreta nickte.

Valerie nahm den Flaschenöffner und die Flasche Apfelcidre in die Hand. »Aber er ist dir nicht so ans Herz gewachsen, dass es dir großen Kummer bereitet, oder?« Valerie sah sie forschend an.

Margreta schüttelte den Kopf.

Valerie öffnete die Flasche, befüllte zwei Gläser und reichte ihr eines.

»Die Vorstellung, dass ich viel Zeit mit einem Mörder verbracht habe, ist trotzdem fürchterlich!«

Valerie nahm einen Schluck aus ihrem Glas. »Und nun? Haben sie ihn schon?«

»Die Fahndung läuft!« Margreta seufzte.

»Oh Mannomannomann«, sagte Valerie und schüttelte gedankenversunken den Kopf. »Der arme Lasse!«

Margreta nickte.

»Was hat er eigentlich gesehen? Hast du das mitbekommen?«

»Ja. Lasse konnte in der Nacht nicht schlafen, weil ihm so heiß war. Das Fenster war sperrangelweit auf. Da hat er einen Mann und eine Frau gehört, die Frau hat die ganze Zeit gekichert. Lasse ist aus dem Bett geklettert, um zu sehen, wer es ist. Er hat das Pärchen Richtung Wendehammer einbiegen sehen. Der Mann hielt die Frau im Arm. Beide seien ganz schön getorkelt.«

»Die Auswirkungen des Salbeibieres!«, meinte Valerie und nahm einen Schluck von ihrem Cidre.

Margreta nickte. »Wahrscheinlich.«

»Und dann?«

Lasse hat dem Pärchen hinterhergeschaut, als plötzlich ein Taxi kam. Und es hielt genau vor Lasse Lunds Haus. Ein Mann stieg aus und tat so, als würde er zu den Lunds ins Haus gehen. Als sich das Licht des Bewegungsmelders einschaltete, konnte Lasse den Mann sehen. Er kannte ihn nicht und fragte sich, was er wohl bei ihnen wollte. Als der Taxifahrer wegfuhr, kehrte der Mann um.«

»Das ist ja unheimlich!«, fand Valerie und schüttelte sich.

»Lasse sah, wie der Mann zur Ecke schlich und ebenfalls Richtung Wendehammer einbog. Dann hat Lasse ihn aus den Augen verloren. Doch er war neugierig geworden. Er ist aus dem Haus raus, um zu gucken, was der Mann macht. Von der Straßenecke aus hat Lasse gesehen, dass er dem Pärchen hinterherschlich.«

»Und dann?«

»Weiter hat Lasse sich nicht getraut und ist umgekehrt. Er ist dann wieder ins Haus und in sein Bett. Als er jedoch auf einmal wieder eine Frau kichern hörte, ist er schnell zum Fenster gelaufen und hat gesehen, dass dieselbe Frau am Haus der Lunds vorbeitorkelte, die zuvor mit dem anderen Mann unterwegs gewesen war. Und plötzlich sei ein Auto vom Wendehammer her gekommen und hätte auf die Frau zugehalten. Lasse hörte den Schlag, als die Frau gegen das Auto prallte.«

»Oh nein!«, entfuhr es Valerie.

»Lasse ist dann wieder runter, um zu sehen, was passiert war. Er ist auf die Straße gelaufen und hat gesehen, wie der Mann, der dem Pärchen hinterhergeschlichen war, die Frau in den Wagen trug. Sie hätte bewegungslos in seinen Armen gehangen.«

»Und dann?«

»Der Mann wendete den Wagen. Als er zurückfuhr, stand Lasse immer noch da. Er sagt, er war nicht in der Lage, sich zu verstecken. Als der Mann dann langsam an ihm vorbeifuhr, hätte er ihn angesehen und dabei eine Hand an seiner Kehle entlanggeführt.«

»Wie schrecklich! Der arme Lasse!«, rief Valerie

schockiert. »Kein Wunder, dass er sich immer verstecken wollte!«

»Das wird auch der Grund dafür gewesen sein, weshalb er mich eingesperrt hat.«

»Na klar. Allein dadurch, dass du sein Versteck gefunden hast, hielt er dich für gefährlich!«

Am nächsten Morgen wartete Margreta vergeblich auf Knutsens Besuch im »Radieschenheim«. Wann immer eine männliche Bassstimme vom Zibbelsring her durch die geöffnete Lokaltür drang, eilte sie nach vorn, um nachzusehen. Nie war es Knutsen. Irgendwann rief sie ihn an.

»Was gibt's?«

»Habt ihr was herausgefunden?«

»Margreta, bitte! Ich habe zu tun. Ich melde mich!«

Doch er meldete sich auch bis zum Mittag nicht.

Valerie versuchte, sie mit den Plakaten für das Salbeisommerfest aufzuheitern, doch mehr Begeisterung als ein emotionslos dahergesagtes »Sie sind wunderschön. Danke.« konnte sie ihr damit nicht entlocken.

»Was mache ich nur mit dir!«, seufzte Valerie.

Am Nachmittag tauchten Tante Ria und Ferman mit Miss Pitty auf der Terrasse des »Radieschenheims« auf.

Die kleine Hundedame schaffte es auf Anhieb, Margreta das erste Lächeln des Tages zu entlocken. Und Tante Rias gute Laune konnte Margreta auch nicht lange ignorieren.

»Was habt ihr denn nur getrieben?«

»Och!«, sagte Tante Ria und sah Ferman verschwörerisch an.

»Wir waren ein bisschen in der Holsteinischen Schweiz unterwegs!«, sagte Ferman und streichelte Miss Pitty, die zu seinen Füßen lag.

»So e hübsche Natur da oben! Fast so wie im Vogelsbersch!«, sagte Tante Ria.

Margreta wurde das Gefühl nicht los, dass sie ihr nicht die ganze Wahrheit sagten. »Habt ihr etwa ein Geheimnis, ihr zwei?«

Die beiden schüttelten den Kopf.

Tante Ria entdeckte als Erste den Flyer für das Salbeisommerfest. Valerie hatte auf jedem Tisch ein paar verteilt. »E Party! Ei, das wird schön!«, sagte sie erfreut. »Und so e hübsches Bild hier drauf. Hast du das gemalt, Margreta?«

»Nein«, sagte sie. »Das hat Valeries Mann im Internet heruntergeladen.«

»Och. So etwas kann man mache?«, fragte sie ganz erstaunt. »Aber apropos Malerei. Der Ewald und ich habe uns in so einem hübschen Café in Belau e Stücksche gegönnt.«

»Aha!«, sagte Margreta. »Was gab es denn Gutes?«

»Riwwelkuche!«, sagte Tante Ria.

»Streuselkuchen!«, sagte Ferman im gleichen Moment. Dann lachten sie.

»Aber das war e wirklich schönes Café, Margreta. Da musst du auch mal hin. Da hinge nämlich so schöne Bilder an den Wänden, wie du sie malen tust.«

»Das hat deine Großtante sofort an dich erinnert«, meinte Ferman.

»Und des habe ich der Frau aus dem Café auch gesagt! Dass du auch so schö male kannst!«

»Aha!«, sagte Margreta.

»Na, jedenfalls hat die Frau gesagt, dass die Bilder all von em alten Dorflehrer stamme!«

»Er ist vor einigen Jahren gestorben. Und das Dorf hält seine Kunst überall in Ehren.«

»Denn er wär e ganz liebe Mann gewese, hat die Frau erzählt.«

»Weil er ein guter Lehrer gewesen war. Der sich auch nach dem Unterricht um die Kinder gekümmert hat. Einem Jungen aus dem Dorf hat er zum Beispiel Kunstunterricht gegeben. Gegen den Willen seiner Eltern!«

»Der Lehrer hat dem Bub viel beigebracht. Bis er eines Tages ganz aus dem Dorf verschwunne ist.«

»Nachdem sein Elternhaus in einer Nacht abgebrannt ist.«

»Fast hätte das Feuer auch dem Bub sei Lebe gekostet, doch er hatte Glück und wurde gerettet.«

»Der arme Junge! In einer Nacht zum Vollwaisen!«

»Und e Schwester hat er auch gehabt.«

»Die ist aber schon mit dreizehn im Dorfweiher ertrunken!«

»Manche im Dorf erzähle sich, er soll nun e berühmter Maler sein.«

»Vielleicht kennst du ihn sogar, Margreta?«

»Wie heißt er denn?«, fragte sie.

Die beiden sahen sich an. »Hans? Hans irgendwas!«, sagte Ferman.

»Hans Junge!«, sagte Tante Ria und nickte.

»In welchem Ort seid ihr denn genau gewesen?«, fragte Margreta.

In dem Moment kamen Marjolein und Ole vorbei. Hand in Hand spazierten sie auf die Terrasse.

»Hallo zusammen!«, riefen sie und strahlten.

Im Nu gehörte ihnen die Aufmerksamkeit aller.

Tante Ria wollte natürlich alles über das wiedererstarkte Liebesglück wissen, und während Marjolein ihr erzählte, wie es dazu kam, zog sich Margreta in die Küche zurück.

Sie probierte es noch einmal bei Knutsen. Sie wurde den Verdacht nicht los, jener Hans Junge könnte Hans Junker sein. Nach ein paar Mal Klingeln schaltete sich nur die Mailbox ein. »Jan, ich bin es! Ruf mich bitte zurück«, sprach sie drauf und legte auf.

Als Margreta auf die Terrasse zurückkehrte, berichtete Marjolein gerade von ihrem arrangierten Treffen in dem Romantikschuppen. Tante Ria wirkte mehr als begeistert. Insbesondere, als Marjolein die Inneneinrichtung beschrieb und von dem Service erzählte, dass jedes Pärchen in seiner Kabine die eigene Lieblingsmusik hören könnte.

»Ins ›Rendezvous‹, Ewald, müsse mer da auch noch hin?«, fragte Tante Ria Ferman.

»Ich gehe mit dir, wohin du willst, liebe Ria! Es soll deine perfekte Urlaubsreise werden«, antwortete er charmant. Und Tante Ria lächelte zufrieden. »Jetzt allerdings sollten wir aufbrechen!«, meinte Ferman nach einem Blick auf die Uhr.

»Ist es schon so spät?«

Er nickte.

»Ach Gottche, ich komme ja schon!«

»Wo wollt ihr denn hin?«, fragte Marjolein.

»Ach, nur ein bisschen zu den anderen. Wir wollen ein bisschen klönen!«, meinte Ferman, der Mühe hatte zu verhindern, dass Miss Pitty Tante Ria gleich hinterherstürmte. »Jetzt komm mal her, meine Hübsche! Ich muss dich erst losmachen!«

Die drei waren gerade einen Augenblick hinter den Forsythien verschwunden, als Valerie um die Ecke kam.

Margreta sprang auf. »Wie spät ist es denn? Entschuldige, Valerie. Ich hatte versprochen, den Salat zu putzen. Ich komme sofort!«

»Ach Quatsch! Ich weiß ja, ihr habt eine Menge zu bereden. Und so spät ist es auch nicht. Ich rufe dich, wenn ich Hilfe brauche.«

»Wir können auch helfen!«, bot Marjolein ihre und Oles Hilfe an.

»Damit ich Platzangst in der Küche kriege? Nein danke. Bleibt schön, wo ihr seid! Zur Not bringe ich euch die Arbeit raus!«

Und damit verschwand Valerie im »Radieschenheim«.

»Dann hole ich uns jetzt wenigstens etwas zu trinken! Was wollt ihr?«

Als Margreta drei Gläser und eine Karaffe mit Wasser auf den Tisch gestellt hatte, setzte sie sich und sah ihre Tochter und ihren Schwiegersohn an. »Und? Was habt ihr heute getrieben?«

»Wir waren bei Sigvard Winter!«

Ole nickte. »Er hat sich echt gefreut!«

»Und Gustav Kroneck und seine Frau Lisa waren auch dort«, meinte Marjolein. »Es hat ihm gutgetan, zu hören, dass es einige gab, die an seine Unschuld geglaubt haben. Und es war wichtig, dass er sich einmal aussprechen konnte.«

»Natürlich!«, sagte Margreta. »Er hat seine Frau verloren. Ob sie getrennt waren oder nicht.«

»Er hat die Liebe seines Lebens verloren!«, sagte Ole und griff nach Marjoleins Hand.

»Wenn endlich herauskäme, warum!«, sagte Marjolein.

»Habt ihr mit Jan gesprochen?«, fragte Margreta. Sie war sich nicht sicher, was die beiden bereits wussten. Und ihr Versprechen Knutsen gegenüber, den Ermittlungsstand vertraulich zu behandeln, fiel ihr in diesem Fall schwer.

»Er hat mich heute Morgen auf der Arbeit angerufen!«, sagte Ole. »Er hat uns gesagt, dass sie nach deinem Mallehrer fahnden. Und dass du ihn erkannt hast.«

»Dann haben sie ihn also noch nicht gefunden!«, meinte Margreta enttäuscht.

»Wie gesagt. Es war heute Morgen. Seitdem haben wir auch nichts mehr von ihm gehört.«

Eine Weile saßen sie still beieinander. Margreta überlegte, ob sie den beiden von der Geschichte von diesem Lehrer und seinem Schüler erzählen sollte. Doch sie wollte dies lieber erst mit Knutsen besprechen.

»Wie aufgekratzt Tante Ria ist«, sagte Marjolein.

»Sie ist das erste Mal im Urlaub. Vergiss das nicht!«, erinnerte sie Margreta.

»Wirklich unvorstellbar!«, sagte Marjolein. »Was machen die eigentlich die ganze Zeit?«

»Ich habe keine Ahnung!«, seufzte Margreta. »Sie fahren offenbar viel herum. Aber es scheint da auch noch etwas zu geben, worüber sie nicht reden wollen.«

»Oha!«, sagte Ole. »Nachher sind sie noch verlobt!«

»Mal nicht den Teufel an die Wand!«, sagte Margreta. Und alle lachten.

»Meint ihr denn, sie hat sich in Ferman verliebt?«, fragte Marjolein.

»Hmm!«, machte Ole und zog die Schultern kurz hoch.

»Ach, ich glaube nicht«, sagte Margreta. »Sie genießt einfach, dass ihr jemand ihre Wünsche von den Augen abliest.«

»Und Ferman?«, fragte Marjolein.

»Tja, das wiederum kann ich nicht einschätzen«, meinte Margreta.

»Wer hätte geahnt, dass deine Großtante aus dem Vogelsberg noch Herzen bricht!«, meinte Ole grinsend.

»Und wo sind die beiden heute rumgefahren?«, fragte Marjolein und kratzte an einem ihrer Fingernägel.

»Holsteinische Schweiz!«

»Aha. Na hübsch. Was kann man denn da machen?«, fragte Marjolein.

Margreta schüttelte den Kopf. »Sie haben dort sicherlich keine Disco gesucht!«

In dem Moment klingelte Margretas Handy. Sie sah, dass es Knutsen war.

»Hallo, Jan! … Habt ihr sch…? … Okay. Verstehe. Was ich dir erzählen wollte … Ja, ich mache es kurz. … Ich wiederhole nicht andauernd alles! … Dann lass mich aussprechen. … Tante Ria und Ferman waren heute in … Doch, das könnte dich interessieren! … In einem Café in …«

»Er hat einfach aufgelegt!« Margreta schüttelte entrüstet den Kopf.

»Er hat sicherlich keine Zeit«, versuchte Ole, seinen Vater zu erklären.

»Hmm!«, machte Margreta und sah sehr unzufrieden aus.

»Was wolltest du ihm denn sagen?«

»Dass Tante Ria und Ewald Ferman heute in einem Café in der Holsteinischen Schweiz waren, in dem Werke eines einheimischen Malers ausgestellt sind.«

»Okay? Und warum wolltest du es ihm erzählen?«

»Weil es in diesem Ort offenbar noch einen Maler gibt. Und der soll, wie sich Tante Ria und Ferman erinnert haben, Hans Junge heißen. Angeblich ist er jetzt ein berühmter Maler. Ich wollte es Jan nur erzählen, weil ich dabei an Hans Junker gedacht habe.«

»Vielleicht hat er später mehr Zeit«, tröstete Ole sie.

»In welchem Ort war das denn?«, fragte Marjolein.

»Belau.«

Als Margreta den Namen nannte, tat Marjolein einen Schrei. »Das ist der Ort, in dem die Dutt-Winter als

Kind ihre Sommer verbracht hat! Ole, erinnerst du dich nicht? Das hat Sigvard vorhin erwähnt, als er von ihrer glücklichen Kindheit erzählt hat.«

Ole nickte. »Dann erklärt das auch, warum Winter meinte, dass seine Frau am Abend, bevor sie ermordet wurde, so merkwürdig war.«

»Genau. An dem Nachmittag hatte sie sich mit Hans Junker wegen des Vortrags getroffen. Deshalb hatte sie ja meinen Termin verschoben.«

»Winter hatte sie abends besucht und wollte mit ihr auf ein Glas Wein ins ›Da Nino‹ gehen.«

»Und er hätte sie auf dem Wohnzimmerboden inmitten ihrer alten Fotos sitzend gefunden. Sie hätte ganz durcheinander gewirkt und ihn dann hinausgeworfen.«

»Weshalb er am nächsten Abend so glücklich über die Versöhnung auf der Party war!« Ole seufzte.

»Hat er auch erzählt, warum sie so schnell wieder gegangen ist?«, fragte Margreta.

Marjolein nickte. »Er sagt, ihm war auf einmal so übel, dass er sich nur noch auf das Sofa geschleppt hätte. Danach weiß er nichts mehr. Das Selbstgebraute musste es in sich gehabt haben!«

»Als er wieder aufgewacht war, stand die Polizei vor seiner Tür«, meinte Ole.

»Und die hat ihm dann erzählt, dass seine Frau tot ist! Der arme Mann!«, meinte Margreta.

»Ich rufe Papa an!«, sagte Ole.

Er stand auf und verzog sich ins »Radieschenheim«.

Als er wieder herauskam, wirkte er erleichtert. Er erzählte, dass sein Vater bereits über den Zusammenhang Bescheid gewusst hätte. Sie hätten Hans Junker in dem Haus seines alten Lehrers gefunden. »Er wird gerade verhört!«

KAPITEL 19

Margreta und Valerie räumten den Einkauf aus Valeries Kofferraum.

»Ich hoffe, wir haben an alles gedacht!«, sagte Margreta und griff zwei der Einkaufskörbe. Valerie nahm die anderen zwei.

»Ich denke schon! Wir haben das meiste im Garten.«

»Na gut. Hoffentlich wird unser Sommersalbeifest kein Reinfall«, meinte Margreta auf dem Weg zum »Radieschenheim«.

»Ach Quatsch! Das wird ein super Ereignis, über das ganz Lübeck noch lange sprechen wird!«

»Na, wenn du meinst! Kann sich dein Mann denn ausnahmsweise von seinen Buddelschiffen losreißen?«

»Oh ja! Und wehe, wenn nicht! Ich habe ihm gedroht, dass ich sie sonst alle mit viel Sand befüllen und im Mühlenteich versenken werde!«

»Na, da konnte er dann wohl schlecht Nein sagen«, feixte Margreta.

Um Margreta und Valerie den Rücken für die Vorbereitungen zu ihrem Salbeisommerfest freizuhalten, hatten Marjolein und Ole die Mittagsschicht im »Radieschenheim« inklusive Vorbereitungen und Aufräumen übernommen. Tante Ria beobachtete das Ganze von einem strategisch günstigen Platz im Gastraum.

»Nein. Normaler Kaffee ist dieser Knopf hier, das ist Milchkaffee. Und wenn es ein Espresso sein soll, dann musst du vorher an diesem Rädchen drehen.«

»Und wenn einer einen Latte macchiato möchte?«

»Dann drückst du den Knopf hier.«

»Hoffentlich trinkt heute niemand Kaffee!«, stöhnte Ole.

»Doch, ich!«, rief Margreta, während sie ihre Körbe an der Theke vorbei Richtung Küche schleppte. »Du kannst sofort üben und mir einen Milchkaffee machen.«

»Und ich nehme einen Eiskaffee!«, rief Valerie.

»Oh nein. Wie geht das denn schon wieder?«, stöhnte Ole.

»Zur Not denkst du dir was aus!«, tröstete Marjolein ihren Mann. »Wann kommt Jan eigentlich, Mama?«, rief sie Margreta hinterher. »Der könnte auch mal helfen!«

»Keine Ahnung, mein Schatz!«, rief Margreta und stellte mit viel Gestöhne den Einkaufskorb auf den Tisch.

»Er ist jetzt durch mit dem Fall Dutt-Winter?«

Margreta nickte und zog die Butterpakete aus dem Korb. »Aber er kann ja jeden Moment einen neuen bekommen!«

»Wo ist eigentlich Tante Ria?«, fragte Margreta eine gute Stunde später. »Ist sie etwa wieder mit Ferman weg?«

Marjolein schüttelte den Kopf und wies mit dem Daumen auf die Terrasse. Als Margreta mit einem Glas Wasser vor die Tür ging, fand sie ihre Großtante am letzten Tisch vor dem Nebeneingang. Sie hatte einen großen Hut und eine Sonnenbrille auf, obwohl sie bereits im Schatten eines Sonnenschirms saß. Beides kam Margreta ungemein bekannt vor. Mit genau so einem Hut und der gleichen Sonnenbrille arbeitete Margreta zuweilen im Garten.

»Na?«, fragte sie. »Alles in Ordnung? Wo ist denn heute dein Ewald?«

Von ihrer Tante kam keine Reaktion.

»Hallo? Ist da Leben unter dem großen Hut? Und hinter der Sonnenbrille?«

»Kann man denn net mal sei Ruh habe!«, murrte Tante Ria.

»Aber klar!«, sagte Margreta. »Ich setze mich einfach hier vorne hin.« Und Margreta wählte einen Platz ein paar Bänke entfernt.

»Kannst du dich net annersdarum hinsetze?«

»Dann habe ich die Sonne im Gesicht.«

»Hast du denn kei Sonnenbrill?«

»Die hast du auf!«

Margreta nippte an ihrem Wasser. »Wo ist denn heute dein Ewald?«

»Er ist net mei Ewald!«

»Oh!«, sagte Margreta und nippte noch einmal am Glas. »Und Miss Pitty?«

»Die hat er zur Nachbarin zurückgebracht. Die ist seit gestern wieder daheim.«

»Und deshalb kommt Ewald nicht?«

»Naa! Ich hab ihm gesagt, dass er sich entwöhne muss.«

»Von Miss Pitty?«

»Red nicht so e dumm Zeuch! Von mir!«

Margreta nickte. »Und warum?«

»Ich vermiss mei Leut!«

»Ach so! Heimweh!«

»Ja!«

»Du kannst Tante Trudi anrufen, wann immer du willst, hat sie gesagt.« Margreta verriet Tante Ria nicht, dass Tante Trudi bereits auf dem Weg nach Lübeck war. Denn Tante Trudi hatte ihre Mutter auch schon vermisst.

»Sie hat sich net bei mir entschuldigt! Ich ruf net an.«

»Wofür sollte sie sich denn entschuldigen?«

»Na, dass sie mich zu all dem gebracht hat!«

»Es ist also ihre Schuld?«

»Ei, natürlich. Wessen denn sonst?«

»Hmm«, machte Margreta und nippte noch ein paar Mal an ihrem Wasser. »Dann kommt Ewald heute nicht zum Fest?«

»Doch, doch! Man muss sich ja nicht gleich ganz entwöhne. Aber jeden Daach e Stündche mehr. Dann ist das net so schlimm für ihn. Das ist wie mit den Schilddrüsentabletten. Die darf man auch net auf einmal absetze!«

Margreta nickte. »Das macht ihr schon richtig, ihr beiden!«

Bereits am Nachmittag, um genau zu sein eine Stunde vor dem Fest, kam Simone mit ihrem neuen Mann Bernwald Lieblich.

»Wir wollten uns unbedingt die besten Plätze sichern. Wenn du und Valerie nachher einzig mit Salbeiblättern behängt den Fruchtbarkeitstanz der Salbeigöttin tanzt, dann wollen wir natürlich nichts verpassen! Bernwald? Komm mal her. Zeig Margreta deine neue Kamera!«

Und während Bernwald gehorsam antrabte, erfuhr Margreta, dass mit dieser Kamera nicht nur Bilder, sondern auch exzellente Filme mitgeschnitten werden könnten. »In 1-a-Qualität. Wenn du hinterher gucken willst, ob wirklich nichts von eurer, nun ja, schon etwas betagteren Haut durch die Salbeiblätter durchgeblitzt ist, dann kannst du das auf der Aufnahme auf jeden Fall sehen!«

Margreta sah Simone entsetzt an. »Wer hat euch denn erzählt, dass wir so etwas überhaupt machen?«

»Jan! Jan hat es mir erzählt. Er hat gesagt, ihr habt ihn seit Wochen einstudiert!« Und dann hielt sie die Hand vor den Mund und flüsterte. »Ich habe erst gedacht, der will mich hochnehmen. Dabei wissen wir beide, dass er es nicht so mit Scherzen hat. Aber Bernwald hat das gleich im Internet recherchiert. So etwas gibt es ja wirklich! Und da sag ich nur: Tolle Idee, mit etwas Authentischem euer Fest zu etwas ganz Besonderem zu machen!«

»Ja, dann. Setzt euch gleich hier vorne hin. Hier neben die Tür. Da reicht zwar der Schatten des Sonnenschirms nicht mehr hin. Aber ihr seid es ja gewohnt, so viel Sonne auszuhalten bei all euren Studienreisen, die ihr schon gemacht habt!«

Simone nickte. »Da hast du ganz recht. Wenn ich an die Sonne in …« Simone sah sich um. »Bernwald! Wie hieß das Land noch, da wo die Sonne so …«

Den Rest des Satzes bekam Margreta nicht mehr mit, da sie ins Haus flüchtete. Sie hatte noch genug zu tun. Sollte Bernwald sich um seine Frau kümmern.

Als Margreta später noch einmal auf die Terrasse kam, glühten die Gesichter von Simone und Bernwald bereits. Simone lächelte sie trotzdem an. »Margreta!«, rief sie.

»Ja, was gibt es?«

»Ich wollte nur noch mal sagen, wie sehr ich mich darüber freue, dass unsere lieben Kinder wieder zueinandergefunden haben. Wenn ich nur daran denke, was passiert wäre, hätte ich dir nicht gesagt, für wen der Rosenstrauß gedacht war. Wer weiß, vielleicht wären sie sonst schon bald geschieden!«

Knutsen kam über den Arfenpadd durch den Garten. Er stellte sich unter das Küchenfenster und rief: »Margreta! Margreta, bist du da?«

Valerie stupste ihre Freundin an. »Der Herr Hauptkommissar persönlich für dich!«

Margreta lehnte sich aus dem Fenster. »Was machst du denn da?«

»Lass mich bitte rein. Aber so, dass mich niemand sieht!«

»Durch das Küchenfenster?«

»Geht's auch durch den Nebeneingang? Valerie könnte die Leute einen Moment ablenken?«

»Was hast du denn? Warum stellst du dich so an?«

»Ich will einfach noch meine Ruhe haben!«

Margreta sah ihre Freundin an. »Und? Lust, kurz den Pausenclown zu spielen?«

»Er hat keine Minute!«

Knutsen ließ sich auf einen Küchenstuhl nieder. »Danke, Valerie!«

»Keine Ursache«, sagte sie und zog ein spöttisches Gesicht. »Dafür kannst du uns nachher beim Fruchtbarkeitstanz aushelfen. Wir brauchen noch ein Opfer!«

Knutsen lachte laut auf. »Sie hat es tatsächlich geglaubt?«

»Ich glaube, bei Margreta kann sie sich alles vorstellen!« Valerie grinste.

Er schüttelte den Kopf. »Unfassbar!«

Als er sich beruhigt hatte, sah er sich um. »Und in diese so verführerisch aussehenden Sachen habt ihr überall diesen Wilden Salbei reingepackt?«

»Nicht den Wilden! Den habe ich nur gemalt, der hat nicht so viel Geschmack. Aber etliche andere Sorten. Magst du probieren?«

»Auf keinen Fall! Ich bin ja nicht lebensmüde«, lachte er. »Aber diesen Tischdingensventilator, den kannst du mir noch einmal holen.«

Als Knutsen sich einen Moment später den stromerzeugten Wind ins Gesicht blasen ließ, erzählte er, dass auf Hans Junker der Prozess warte. »Er hat gestanden!«

»Die Nachricht wird Lasse freuen!«, meinte Valerie.

»Aber warum hat er Hannelore Dutt-Winter überhaupt umgebracht?«, fragte Margreta. »Kannten sie sich etwa von früher?«

Margreta und Valerie erfuhren, dass sie sich tatsächlich als Kind über den Weg gelaufen sein mussten. Das sei aber nicht der Grund für den Mord.

»Sondern?«, fragte Margreta.

»Es gab einen Dorflehrer, der hat Hans Junker das Malen beigebracht.«

»Von dem Dorflehrer wissen wir. Über ihn haben wir von Tante Ria erfahren.«

»Stimmt. Also, dieser Dorflehrer war der Onkel von Hannelore Dutt-Winter. Sie hat viele Sommer bei ihm verbracht.«

»Und deswegen …?«

Knutsen hob die Hand. Er wollte nicht unterbrochen werden. »Es gab ein riesiges Landschaftsbild, das eine Wiese in der Holsteinischen Schweiz abbildete, das Hans Junker, wann immer er bei dem Dorflehrer war, bewundert hat. Als der Dorflehrer irgendwann in ein Altersheim kam, hat Junker dieses Bild aus dem Haus entwendet, um es aufzubewahren. Da er der Meinung war, dass niemand sonst das Kunstwerk so wertschätzen könnte wie er.«

»Und dann?«

»Sein Elternhaus brannte in einer Nacht nieder. Junker konnte sich als Einziger retten. Und er zog in die Welt, um ein Künstler zu werden. Davon hatte er immer geträumt. Und genau das hatten seine Eltern ihm immer verboten.«

»Doch die waren ja tot!«

Knutsen nickte. »Er konnte bald, wenn auch mehr schlecht als recht, als Künstler leben. Berühmt wurde er vorerst nicht. Bis sein Dorflehrer starb, blieb Hans Junker mit ihm in Kontakt. Es scheint, er war der einzige Mensch in Junkers Leben, der nett zu ihm war. Und er war auch der einzige, bei dem er keine Angst hatte, der zu sein, der er fühlte zu sein. Ein Künstler aus ganzem Herzen.

Junker war tief betroffen, als sein alter Freund eines Tages im Altersheim einschlief.

Viele Jahre später war Junker verzweifelt darüber, dass er immer noch nicht berühmt war. Und er reichte das Bild seines Dorflehrers als sein eigenes ein. Auf einmal klopften die Menschen an seine Tür und konnten nicht genug von seinen Bildern kriegen. Er wurde für das Bild seines Dorflehrers mit dem Lemaire-Preis ausgezeichnet.«

Margreta ließ das Sieb mit den geschnittenen Paprika fallen. »Das Bild ist nicht von ihm?«

Knutsen schüttelte den Kopf. Und während Margreta die Paprika wieder aufsammelte, erzählte er weiter.

»Das ist nie jemandem aufgefallen. Wie auch? Der Dorflehrer hatte sich nie bemüht, seine Bilder in die Öffentlichkeit zu bringen. Ihm ging es allein um das Malen.«

»Dann hat Frau Dutt-Winter das Bild wiedererkannt?«

»Ja, so ähnlich. Hans Junker sollte an ihrer Schule einen Vortrag halten. Frau Dutt-Winter war keine Kunstinteressierte. Und sie hatte noch nie etwas von einem Lemaire-Preis gehört. Da sie sich als Rektorin auf den Referenten vorbereiten wollte, suchte sie seinen Lebenslauf im Internet heraus und stieß auf das Bild, das ihr so vertraut war. Sie lud Junker zu einem Vorgespräch in die Schule ein und stellte ihn zur Rede.«

»Und deshalb hat er sie umgebracht?« Valerie knabberte eine Paprika.

Knutsen nickte. »Genau. Sie ist auf sein Geheimnis gestoßen. Sie konnte seinen Lebenstraum von einem auf den anderen Moment zerstören. Nämlich indem sie ihn verriet. Also musste sie sterben!«

»Oh, wie schrecklich!«, sagte Marjolein, die im Türrahmen stand und das Ende von Knutsens Erzählung offenbar mitgehört hatte.

Eine Weile war es stumm in der Küche. Dann sagte Marjolein: »Mama. Die Gäste kommen. Ihr solltet langsam rauskommen.«

KAPITEL 20

Erst jetzt bemerkte Margreta, dass das Stimmengewirr auf der Lokalterrasse lauter geworden war. »Valerie, nimm die Schürze ab!«, sagte sie zu ihrer Freundin und zog sie am Arm mit hinaus.

Es waren mehr Leute gekommen, als sie gerechnet hatten. Viele kannten sie aus der Kleingartensiedlung. Einige Gesichter hatten sie noch nie gesehen. Sie freuten sich über jeden Einzelnen.

»Wir sind neu hier in der Kleingartensiedlung«, sprach sie eine junge Frau mit einem rot-weiß gestreiften Tuch um den Hals und einem freundlichen Lächeln im Gesicht an. »Das ist ja toll, dass es hier solche Feste gibt. Dann haben wir uns offenbar richtig entschieden! Machen Sie das jedes Jahr mit Salbei?«

»Oh, das haben wir uns noch nicht überlegt. Das ist unser erstes Salbeisommerfest!«

Ein kleines Mädchen zupfte in dem Moment an ihrem Arm. »Meine Mutter hat gesagt, hier gibt es selbst gemachtes Eis? Stimmt das?«

Margreta nickte. »Wende dich an diese nette Frau hier.« Sie zeigte auf Valerie. »Die gibt dir Eis!«

Sie unterhielt sich mit vielen Leuten, und Margreta war sich bald sicher, dass ihr Fest bei allen gut ankam.

Als auf einmal ihre ganze Malkurstruppe vor ihr stand, stieß sie einen kleinen Freudenschrei aus. »Das ist ja klasse! Wie habt ihr denn davon erfahren?«

Björn zeigte auf Filibert. »Er hat so eins aus der Schule mitgebracht. Deine Tochter hat am letzten Tag vor den Sommerferien noch fleißig Flyer verteilt.«

Margreta ließ es sich nicht nehmen, jeden Einzelnen in den Arm zu nehmen.

»Es ist so schön, dass wir hier zusammen sind!«, sagte Levke glücklich und hängte sich links bei Gunnar und rechts bei Thorsten ein.

Letzterer sah sich bereits nach dem Buffet um. »Es riecht hier aber schon verdammt gut!«

Valerie stellte sich auf eine Bank, zog Margreta zu sich hoch und rief: »Setzt euch, wenn ihr noch einen Platz findet. Dort hinten sind auch Stehtische.«

»Wir freuen uns, dass ihr alle gekommen seid. Genießt das schöne Wetter! Das Buffet mit den Salbeispeisen haben wir im Gastraum angerichtet!«, vollendete Margreta die gemeinsame Begrüßung.

Zufrieden sahen die beiden Freundinnen zu, wie sich die Lokalterrasse immer mehr füllte. Ihr Salbeibuffet stieß bei den vielen neugierigen Gaumen auf großes Interesse. Die beiden Köchinnen heimsten viel Lob dafür ein.

Für gute Unterhaltung sorgte Grete Siebenhus, als sie das Fest betrat. Sie sah zuerst etwas unsicher aus, da es viele Leute gab, die sie nicht kannte. Auf einmal zog ein Lächeln auf ihr Gesicht, und sie stolzierte in ihren weißen Leggings und auf hohen weißen Sandaletten auf Simone zu. Ihre Fußnägel in Olivgrün metallic glitzerten bei jedem Schritt herrlich in der Sonne.

»Ach, was ein Zufall, du! Guck doch mal! Wir sind ja im Partnerlook!« Simone zog an ihrem Satin-Shirt, das sie heute zum Anlass passend in grünen Farbtönen ausgewählt hatte. »Das hast du sicherlich auch bei Anny Friede im Sommerschlussverkauf gekauft, oder?«

»Anny Friede? Das Modehaus gibt es ewig nicht mehr! Das ist bestimmt nicht das gleiche!«, antwortete Simone empört. Sie sah an sich herunter.

»Doch, von Anny Friede. Ich weiß es noch ganz genau. Der Tisch mit den T-Shirts stand gleich links, wenn du …«

»Mein T-Shirt ist ganz neu! Das habe ich erst letzte Woche beim Einkaufsbummel in Paris erstanden. Und von wegen Sommerschlussverkauf! Den Preis, was das gekostet hat, den will ich Ihnen lieber nicht erzählen. Das können Sie sich bestimmt nicht leisten!«

»Ach was, das war nicht teuer! Ich habe es gleich in mehreren Farben gekauft. Wann war das denn noch?« Sie sah sich um, als ob ihr jemand in dieser Frage helfen könnte. »Auf alle Fälle hat es noch D-Mark gekostet.«

Simone sah sie böse an. »Mein Shirt ist nicht so ein billiges Ding wie das, was Sie da anhaben!«

»Ach, guck doch. Es sieht haargenau gleich aus!« Grete Siebenhus stellte sich noch dichter an Simone heran. »Hier, guck. Der Goldfaden auf der Naht, den hast du auch!«

Simone schaute entsetzt auf den in der Sonne glitzernden Beweis. »Es ist trotzdem nicht das gleiche! Nicht wahr, Bernwald?«

Bernwald sah gequält herüber. Die Sonne schien ihm nicht gut zu bekommen. Er war puterrot und tupfte sich beständig Schweiß von der Stirn.

Grete Siebenhus sah Simone lächelnd an. »Also, ich finde unser T-Shirt immer noch schön. Dass es schon so alt ist, dafür musst du dich nicht schämen. Es gibt Dinge, die kommen nie aus der Mode. Da achte ich sehr genau drauf!«

Als die Leute, die das Schauspiel verfolgten, anfingen zu lachen, zog Simone an Bernwalds Arm. »Komm, Bernwald! Wir gehen! So etwas muss ich mir nicht bieten lassen! Und den Fruchtbarkeitstanz, den schauen wir uns lieber dort an, wo er kulturell auch hingehört. Und nicht in diesem miefigen Gartenlokal!«

Grete Siebenhus zuckte nur mit der Schulter, als sie abdampften. Sie freute sich über den frei gewordenen Platz. Sie saß kaum, da entdeckte sie Margreta in der Nähe stehen. »Wo sind eigentlich deine Tante und Ewald, Frau Mai?«, rief sie ihr zu. »Ich hätte gedacht, dass sie hier sind. Es ist so langweilig ohne sie!«

»Sie werden ganz sicher noch kommen«, tröstete Margreta sie.

Nach Simones Abgang traute sich auch Knutsen aus der Tür. Und er stand auch nicht lange allein. Einige Leute, die wussten, dass er den Mordfall um die Lübecker Rektorin gelöst hatte, verwickelten ihn sofort in ein Gespräch.

Margreta unterhielt sich mit einer Frau, die sich nach einer besonderen Zutat in der Birnen-Salbei-Tarte erkundigt hatte. Plötzlich tippte ihr jemand an den Arm. Als sie sich umdrehte, standen dort Lasse und seine Mutter. »Oh, Lasse! Und Frau Lund! Wie schön!«

Margreta freute sich riesig über ihren Besuch.

»Hast du schon gehört? Sie haben den Mann gefasst!«

Lasse nickte glücklich. »Dann brauche ich nicht mehr in den Schuppen zu gehen!«

»Nein«, sagte Margreta. »Das musst du wirklich nicht! Aber wenn dir nach der Schule mal langweilig ist und deine Mutter noch nicht da ist, dann bist du im ›Radieschenheim‹ immer herzlich willkommen!«

Lasse strahlte. »Das mache ich bestimmt! Die Psychologin hat nämlich gesagt, dass ich vielleicht noch einige Zeit brauche, bis ich keine Angst mehr habe. Und in deinem Kräutergarten, da hatte ich überhaupt keine Angst!«

Margreta wuschelte ihm über den Kopf. »Gern, Lasse. Auch wenn sonst niemand in meinen Privatgarten darf. Du darfst immer in meinen Kräutergarten!«

In dem Moment sah sie Tante Ria und Ferman neben der Forsythie stehen. Tante Ria winkte ihr zu.

»Nu guck mal, wer dich noch besuche will!«, sagte sie und zeigte hinter sich auf den Zibbelsring. Margreta lugte um die Ecke. Und dort standen Lisbeth und Günni! Bei ihnen waren Bert Rogge und eine Frau, die Margreta noch nie gesehen hatte.

»Oh, Lisbeth. Wie schön!« Und dann fiel ihr Lasse Lund ein. »Oh, ich glaube, du kannst nicht mit Günni hierherkommen. Lasse ist da.« Margreta sah sie traurig an.

»Du kannst das Mädche net einfach fortschicke!«, mischte sich sofort Tante Ria ein.

»Ich kann nicht riskieren, dass etwas passiert!«, antwortete Margreta.

»Nein, das können Sie wirklich nicht«, sagte die Frau neben Bert Rogge. »Doch wir haben eine Überraschung für Sie!«

Sie stellte sich neben Lisbeth. »Du bist dran, liebes Kind!«

Lisbeth sagte »Sitz!«, und Günni setzte sich.

Margreta war ganz erfreut. »Lisbeth! Du besuchst eine Hundeschule. Das ist ja super!«

Ferman räusperte sich neben ihr. »Margreta, ich würde dir gern Bert Rogges Schwester vorstellen. Kerstin Rogge. Sie ist eine Hundepsychologin und kennt sich mit aggressiven Hunden sehr gut aus.«

»Wir konnten net mit ansehe, wie der gute Hund den arme Bub so angeknurrt hat. Wir dachten, sie sollten lieber wieder Freunde werden«, klärte Tante Ria Margreta auf.

»Wir haben bereits kleinere Erfolge erzielt«, erklärte Kerstin Rogge.

»Und einen wollen wir dir zeigen!«, sagte Ferman.

»Weiß Lasse Bescheid?«

Lisbeth nickte. »Er hat uns ein T-Shirt von sich gegeben. Damit Günni mit seinem Geruch trainieren kann.«

Margreta nickte beeindruckt. »Und jetzt?«

»Wart's mal ab, Kind!«, schimpfte Tante Ria.

Und dann eilte Ferman zu Lasse und seiner Mutter. »Jetzt geht es los!«

Lisbeth führte Günni entlang des Zibbelsrings am Eingang zur Gartenterrasse vorbei. Man konnte sehen, dass

Günni auf Lasses Geruch reagierte. Doch er wurde nicht so wild, wie Margreta es bei den Bahngleisen erlebt hatte. Lisbeth hatte ihren Hund unter Kontrolle. Sie kehrten gerade um und kamen den Weg wieder zurück.

»Das ist ja klasse!«, freute sich Margreta.

Und auch Lisbeth strahlte über das ganze Gesicht.

»Vielleicht können sie eines Tages wieder miteinander spielen!«, sagte Ferman.

»Das ist für heute genug Training«, sagte Kerstin Rogge. »Er hat seine Sache sehr gut gemacht. Bei so vielen Menschen ist das ein toller Erfolg!«

Margreta bedankte sich für den Besuch. Dann verabschiedeten sich Lisbeth, Günni und die beiden Rogges.

»Ich muss meine Schwester wieder in die Holsteinische Schweiz fahren«, erklärte Bert Rogge.

»Ach so, deshalb seid ihr …« Margreta drehte sich zu Tante Ria und Ferman um. Beide strahlten.

»Wir wollten nichts verraten. Es sollte eine Überraschung werden!«

Margreta konnte sich keine halbe Stunde später bei Tante Ria dafür revanchieren, als Tante Trudi auf die Gartenterrasse trat.

»Ach Gott! Mei Kind!«, rief Tante Ria und ließ glatt ihren Gehstock fallen. »Aber wo ist denn der Erwin? Ihr hattet nicht etwa Knaadsch?«, fragte sie misstrauisch.

»Der Erwin? Der ist daheim in de Backstub!«, sagte Tante Trudi. »Und Knaadsch? Den haben wir schon lange net mehr. An das Streite habe wir uns seit Jahren gewöhnt!«

»Dann ist alles gut!«, schluchzte Tante Ria, und es lief ihr glatt eine Freudenträne herunter.

Es war fast neun Uhr, als auch die letzten Gäste das Fest verließen. Tante Trudi und Tante Ria waren bereits um sieben nach Wulfsdorf gefahren.

Marjolein und Ole halfen noch beim Aufräumen. Dann gingen sie ebenfalls.

Als alles fertig war, setzten sich Margreta, Knutsen und Valerie draußen auf eine Bank. »Wollen wir noch ein Glas auf unseren gelungenen Abend trinken?«, fragte Margreta und gähnte.

»Na gut. Aber dann muss ich dringend los«, sagte Valerie.

»Was hast du denn heute Abend noch vor?«, fragte Margreta.

»Na, ich muss noch Buddelschiffe im Mühlenteich versenken gehen!«

Nachdem Valerie sich verabschiedet hatte, blieben Knutsen und Margreta noch auf der Bank sitzen. Beide hatten die Beine lang gestreckt und ihre Hände zwischen die Beine gelegt. Und so schauten sie in den Sternenhimmel.

»Hoffentlich wird es jetzt etwas ruhiger«, meinte Margreta und seufzte.

»Was alles passiert ist!«, sagte Knutsen.

»Tante Rias Überraschungsbesuch. Ich habe nicht geahnt, wie abenteuerlustig sie ist!«

»Na, mit ihrer Spürnas!«, sagte Knutsen, und beide lachten.

»Wir haben Miss Pitty kennengelernt, und sie hat alle verzaubert«, überlegte Margreta weiter.

»Marjolein und Ole haben ihren ersten Ehestreit überlebt.«

»Lisbeth und Günni werden sich mit Lasse anfreunden.«

»Ich habe dich vor einem schlechten Sommerflirt bewahrt.«

»Oh mein Gott, wie gut, dass das herausgekommen ist!«, sagte Margreta und stöhnte. »Wenn der meinen Gästen dieses Salbeigebräu ausgeschenkt hätte. Nicht auszudenken!« Margreta schüttelte den Kopf.

Knutsen lachte. »Ich habe deinen Mallehrer hinter Gitter gebracht.«

»Ach! Habe ich da nicht auch einen klitzekleinen Teil zu beigetragen?«, fragte sie und knuffte ihn in den Arm.

»Dabei hattest du mir einmal versprochen, dich nicht mehr in meine Ermittlungen einzumischen!«

»Das habe ich noch nie getan!«, sagte Margreta voller Inbrunst. Dann seufzte sie und sah wieder in den Sternenhimmel. »Ach ja, es ist schon wieder ganz schön viel passiert hier bei uns im ›Radieschenheim‹. Und dabei fängt der Sommer erst an!«

»Hmm!«, machte Knutsen.

Eine Weile schwiegen beide. Dann sah Margreta zu Knutsen. »Hast du eigentlich irgendetwas von unseren leckeren Salbeigerichten probiert?«, fragte sie ihn.

Der schüttelte den Kopf. »Du weißt, ich bin vorsichtig, wenn es um Grööntüch geht. Man sieht es doch an deinem Karkhoff. Man kann nie vorsichtig genug sein!«

Margreta sah wieder in den Himmel.

»Was hast du denn gegessen?«

»Ach, da stand ein Korb. Voll mit Brot. Das war lecker!«

Margreta grinste in den Sternenhimmel. »Da war auch Salbei drin! Und du hast es nicht einmal gemerkt!«

Am nächsten Nachmittag bildeten Margreta, Marjolein, Ole, Knutsen und Ferman das Abschiedskomitee für Tante Ria und ihre Tochter. Sie wollten wieder nach Hause in ihr Dorf am Rande des Vogelsbergs fahren.

Die beiden Hauptpersonen standen bereits am Auto und schauten in den Kofferraum. »Trudi, guck emol, wie leer der ist! Hast du auch wirklich nichts vergesse?«

»Hier ist dei Jutebeutel, Mama. Mehr hattest du net dabei!«

»Bist du dir da sicher?«

»So hat es mir die Margreta gesagt!«

»Nachher kostet das so viel Porto, wenn sie es hinterherschicken muss!«

»Es ist alles do, Mama!«

»Ei gut, worauf wartest du denn noch? Lass uns endlich losfahren!«

Und dann begann die Abschiedsrunde. Ole und Knutsen reichte sie die Hand, und Margreta und Marjolein nahm sie in den Arm. Als Tante Ria zu Ferman kam, trat sie einen Schritt zurück. »Dichter geht's net, Ewald! Sonst schaffst du das net mit der Abgewöhnung!«

Ferman drückte sich eine Träne weg. »Ist schon gut, Ria. Ich habe ja noch Miss Pitty!«

Als Tante Ria endlich im Wagen saß, sah sie zu ihrem

Abschiedskomitee hinüber. »Ach, ihr Leut, jetzt freu ich mich auf daheim. Urlaub ist ja e schöö Sach, aber im Vogelsbersch, da ist es doch am schönsten!«

Und als Tante Trudi den Rückwärtsgang einlegte und langsam aus Margretas Ausfahrt zurücksetzte, da hatte Tante Ria bereits ihre Augen geschlossen. Und noch bevor Tante Trudi den Vorwärtsgang einlegte, hörten die anderen schon den ersten Schnarcher von Tante Ria.

»Da fährt sie hin, unsere Spürnas«, sagte Knutsen, und alle lachten.

ANHANG

Über den Salbei

»Unter allen Stauden ist kaum ein Gewächs über die Salbei, denn es dienet dem Arztet, Koch, Keller, Armen und Reichen.«

(aus dem Kreuterbuch von Hieronymus Bock, 1546)

Grünes Pflaster bei Stichen und Bissen

Als Margreta am Wegesrand von einer Ameise gebissen wird, erntet sie ein Wiesensalbeiblatt, zerquetscht es und reibt den austretenden Saft über die brennende Stelle und deckt sie anschließend mit dem Blatt ab.

Dieses sogenannte »Grüne Pflaster« hilft nicht nur bei Ameisenbissen, sondern kann auch das Jucken von Mücken- oder Bremsenstichen lindern.

Als »Grünes Pflaster« helfen auch Blätter von Spitzwegerich, Zitronenmelisse oder Frauenmantel.

Salbeibier

Salbeibier ist mehr als nur eine extravagante Idee von Hobbybierbrauer Asmus Karkhoff. Bereits im »Deutschen Wörterbuch« von Jacob und Wilhelm Grimm taucht der Begriff »Salbeibier« auf: »Salbeibier, n., mit Salbei gewürztes Bier, cerevisia salviata.«

Über seine Bekömmlichkeit ist an gleicher Stelle zu erfahren, dass Salbeibier den Magen und das Haupt stärkt.

Auf einschlägigen Internetseiten zum Thema Hobbybierbrauen wird Salbeibier auch heutzutage wieder sehr positiv diskutiert. Die Hobbybrauer verwenden in der Regel Blätter vom Gartensalbei, teils auch Salbeiteebeutel.

MARGRETAS REZEPTE MIT SALBEI

Valeries Salbeieis
(auf Joghurtbasis mit Orangensaft)

500 g griechischer Joghurt (10 % Fett)
200 g Sahne
100 g Orangensaft (100 %)
20 g Traubenzucker
30 g Zucker
50 g Akazienhonig
frische Salbeiblätter (etwa 15 Stück)

Salbeiblätter in feine Streifen schneiden und im Mörser so lange zerreiben, bis eine feuchte Masse entsteht.

Alle Zutaten zur Eismasse vermengen und über Nacht im Kühlschrank kühl stellen.

Am anderen Tag die Eismasse in der vorbereiteten Eismaschine zu Eis verarbeiten und gleich genießen.

Wer keine Salbeistückchen im Eis möchte, der kann den Salbei über Nacht im Orangensaft ziehen lassen. Nach dem Abseihen der Kräuter den Orangensaft unter die Eismasse mischen.

Im Eisschrank wird das Eis sehr fest. Wer es aufbewahren möchte, muss eine halbe Stunde Auftauzeit im Kühlschrank mit einberechnen.

Salbeimäuschen der Köchin »M«

Margreta Mai ist immer auf der Suche nach neuen Rezepten für ihr »Radieschenheim«. Auf einem Flohmarkt fällt ihr ein handgeschriebenes Kochbuch aus dem 19. Jahrhundert in die Hände. Die Verfasserin gibt sich durch ein schön geschwungenes handschriftliches »M« zu erkennen.

Margreta vermutet, dass sie Köchin in einem Lübecker Haushalt gewesen sein mochte. Sie schreibt, dass sie, wenn die frischen Blätter am Salbeistrauch austreiben, immer »'n Pott vull Müse« für die Kinder des Hauses bereithält. Nach der Umrechnung der alten Mengenangaben probiert Margreta folgendes Rezept:

125 g Vollkornmehl
200 ml Milch
2 TL Sirup
1 Ei
Prise Salz
½ TL Zimt
etwa 20 Salbeiblätter mit Stiel
Butterschmalz zum Ausbacken

Vollkornmehl mit Milch und Sirup mischen. Anschließend das Ei unterschlagen und mit Salz und Zimt würzen. Die gewaschenen und wieder trockenen Salbeiblätter in den Teig tauchen und im heißen Butterschmalz ausbacken.

Tatsächlich erinnert das Ergebnis an kleine Mäuschen. Und schmecken tun sie auch noch gut.

KNUTSENS SHANTY

Als Margreta mit Asmus Karkhoff ausging, überfiel Knutsen tatsächlich ein Anflug von Eifersucht. Hier ist das Shanty, mit dem er dieses Gefühl zu bekämpfen versucht hat. Das Lied ist ein sogenanntes Longdrag- oder Halyard-Shanty, das von den Seemannsleuten bei schwerer Arbeit mit längerer Dauer, wie zum Beispiel beim Segelsetzen, eingesetzt wurde.

Whiskey for my Johnny

1. O, whiskey is the life of man,
Whiskey, Johnny!
I drink whiskey when I can.
Whiskey for my Johnny!

2. Whiskey from an old tin can,
Whiskey, Johnny!
I'll drink whiskey when I can.
Whiskey for my Johnny!

3. I drink it hot, I drink it cold,
Whiskey, Johnny!
I drink it new, I drink it old.
Whiskey for my Johnny!

4. Whiskey makes me feel so sad,
Whiskey, Johnny!
Whiskey killed my poor old dad.
Whiskey for my Johnny!

5. I thought I heard the old man say,
Whiskey, Johnny!
I'll treat my crew in a decent way.
Whiskey for my Johnny!

6. A glass of grog for every man,
Whiskey, Johnny!
And a bottle full for the chanteyman.
Whiskey for my Johnny!

7. O whiskey hot and whiskey cold,
Whiskey, Johnny!
Oh whiskey new and whiskey old.
Whiskey for my Johnny!

8. Oh whiskey here and whiskey there,
Whiskey, Johnny!
Oh I'd have whiskey everywhere.
Whiskey for my Johnny!

9. Oh whiskey killed my poor old dad,
Whiskey, Johnny!
Oh whiskey drove my mother mad.
Whiskey for my Johnny!

10. Oh whiskey made me pawn my clothes,
Whiskey, Johnny!
Oh whiskey gave me this red nose.
Whiskey for my Johnny!

DANKSAGUNG

Hier möchte ich den Menschen einen Platz einräumen, ohne die Margreta Mai nicht das hätte erleben können, was sie in diesem Buch erlebt hat.

Ich danke meiner Freundin Sabine Braun, die mich in allen schulischen Angelegenheiten beraten und Tante Rias Ausdrucksweise ihre hessische Originalität verliehen hat. Ein weiterer Dank geht an Braumeister Mario Kühnl. Er hat mich über das Brauen von Kräuterbier im Allgemeinen und Salbeibier im Besonderen aufgeklärt und mich in der Idee bestärkt, dass Asmus Karkhoff im Buch Salbeibier braut. Ich danke meiner Schwester Ines, die sich für mich in die Lübecker Wiesenwildnis geschlagen und viele Örtlichkeiten erkundet hat. Ein Dankeschön geht auch an meine Autorenkollegin und Freundin Christiane Gref, die meine Schreibe dank vieler gemeinsamer Projekte bestens kennt und sich auf die Suche nach meinen Lieblingsschnitzern im Text gemacht hat. Meine Lektorin Teresa Storkenmaier hat sich mit viel Engagement um mein Buchprojekt gekümmert. Vielen Dank für die gute Zusammenarbeit.

Der letzte und größte Dank geht an meine Familie. Ihr wisst, dass ich das Buch ohne euch nicht hätte schreiben können.

Weitere Krimis finden Sie auf den folgenden Seiten und im Internet:

WWW.GMEINER-SPANNUNG.DE

ELINOR BICKS
Nimmergrün

978-3-8392-2010-8 (Paperback)
978-3-8392-5267-3 (pdf)
978-3-8392-5266-6 (epub)

TRÜGERISCHE SAAT Ein rätselhaftes Waldsterben beunruhigt die Menschen im Landkreis Darmstadt-Dieburg. Kommissar Roland Otto ermittelt zunächst widerwillig. Doch dann kommen zwei Kinder zu Tode und es wird klar, dass ein mörderischer Erpresser am Werk ist. Ein Wettlauf gegen die Zeit beginnt. Die Ermittlungen führen Roland Otto und Lore Kukuk entlang des Hugenotten- und Waldenserpfades tief in die Vergangenheit. Und Lore erfährt etwas über ihre Vorfahren, das besser im Dunkeln geblieben wäre.

HEIKE MECKELMANN
Küstenschatten

978-3-8392-2036-8 (Paperback)
978-3-8392-5317-5 (pdf)
978-3-8392-5316-8 (epub)

EISIGE ZEITEN Am Strand vom Grünen Brink entdecken Urlauber eine grausam zerstückelte Leiche. Dabei handelt es sich um einen Mann, der erst wenige Tage zuvor auf einer Fähre eine Prostituierte schwer misshandelt hat. Die Polizei versucht verzweifelt die Wahrheit ans Licht zu bringen, doch es fehlt ihr an Spuren. Das auffällige Tattoo am Nacken des Opfers ist der einzige Hinweis. Welche Rolle spielt die verängstigte Frau? Für die Kommissare Westermann und Hartwig beginnt in ihrem zweiten Fall auf der Insel ein blutiges Katz-und-Maus-Spiel.

GMEINER SPANNUNG

WWW.GMEINER-VERLAG.DE
Wir machen's spannend

SANDRA DÜNSCHEDE
Friesennebel

978-3-8392-2028-3 (Paperback)
978-3-8392-5303-8 (pdf)
978-3-8392-5302-1 (epub)

VERNEBELTE WAHRHEIT Gustav Nissen, Bewohner des Pflegeheims ›Olenglück‹, wird von Nordic-Walkern tot im Legerader Wald in Nordfriesland gefunden. Schnell stellt sich heraus, dass der Mann keines natürlichen Todes gestorben ist. Hatte der Sohn des Toten, der durch die hohen Heimkosten sein Erbe gefährdet sah, seine Finger im Spiel? Oder leistet im Heim jemand illegal Sterbehilfe? Kommissar Thamsen verfolgt mehrere Ansätze, doch erst ein Undercovereinsatz seines Freundes Haie im Pflegeheim scheint den Nebel zu lichten …

DOMINIK KIMYON
Stallgeruch

978-3-8392-2033-7 (Paperback)
978-3-8392-5315-1 (pdf)
978-3-8392-5314-4 (epub)

STADT, LAND, MORD Die Angst geht um im beschaulichen Eichsfeld: Die frisch verlobte Linda Becker liegt tot zwischen ihren Alpakas. Ein düsteres Geheimnis aus ihrer Vergangenheit nimmt sie mit ins Grab. Doch während ihre Familie auffällig schnell versucht, zur Tagesordnung überzugehen, geschieht ein weiterer Mord. Kriminalhauptkommissar Christian Heldt aus Göttingen gerät bei den Ermittlungen in einen Sog aus Intrigen, Hass und Selbstsucht, der ihn und die Menschen um ihn herum in Lebensgefahr bringt.

Das Neueste aus der Gmeiner-Bibliothek

Unser Lesermagazin

Bestellen Sie das kostenlose Krimi-Journal in Ihrer Buchhandlung oder unter www.gmeiner-verlag.de

Informieren Sie sich …

www … auf unserer Homepage:
www.gmeiner-verlag.de

@ … über unseren Newsletter:
Melden Sie sich für unseren Newsletter an unter www.gmeiner-verlag.de/newsletter

f … werden Sie Fan auf Facebook:
www.facebook.com/gmeiner.verlag

Mitmachen und gewinnen!

Schicken Sie uns Ihre Meinung zu unseren Büchern per Mail an gewinnspiel@gmeiner-verlag.de und nehmen Sie automatisch an unserem Jahresgewinnspiel mit »mörderisch guten« Preisen teil!